太平花

黎民泰 著

四川人民出版社

目录

1934年冬	001
1935年春	025
1935年夏	054
1937年秋	094
1938年春	120
1941年夏	152
1945年秋	186
1949年冬	224
后　记	228

1934年冬

我无法确知1934年12月的成都天气。但在我的想象中，这肯定是个十分阴冷的季节，因为我的小爷爷黄海晏从浣花溪边那间爬满枯藤的小屋里走出来时，浑身都在战栗。

这时，夜色已经降临，溪边小路上阒无人迹，只有梧桐树光秃秃的枝丫伸展在晦暗的天空中，瘦嶙嶙、黑黢黢的，如同悚然高举的手臂。一缕寒风贴地吹来，卷起路边一张薄脆的枯叶，啪地打在黄海晏脸上，黄海晏竟像被巴掌击中似的一个趔趄，差点跌倒下去。

两三个小时前，黄海晏还置身于一片温暖的愉悦中。他夹着课本，走在学校最有名的银杏大道上。那时，冬日的太阳已经偏西，快要接近耸立在远处的钟楼尖顶了，但稀稀薄薄洒下的阳光里，仍有几分残存的暖意。黄海晏惬意地走在这片冬日暖阳中，发现大道两旁的银杏树几乎掉光了叶子，但仍有几片顽强地坚守着，高高地挂在枝头，在斜阳穿透下，金黄而又明亮地战栗着。黄海晏停下脚步，仰头观望着那些叶子。他似乎看到了它们清晰的仍然饱含生命力的筋脉。他想起了盛夏时节，那满树蓬勃汇聚的葱绿。还有秋天的时候，无数成熟的银杏果像下雨一样扑簌簌地掉落，引来许多惊奇的女学生，在那些不停弹跳滚落的果子间惊喜地尖叫……

黄海晏笑了笑，继续沿着银杏大道往前走去。他再次想起了宋人葛绍体写的那首诗："等闲日月任西东，不管霜风著鬓蓬。满地翻黄银杏叶，忽惊天地告成功。"当初，这首冷僻的七绝诗在他脑海里蓦然出现时，他自己都吓了一跳。作为教授古典文学的年轻讲师，黄海晏熟悉很多古代诗人吟咏银杏的出色诗句，可偏偏是葛绍体这首并不出名也不出色的七绝诗喷涌而出，占据了他的整个脑海。特别是最后那句"忽惊天地告成功"，让他印象深刻，难以忘怀。难道这与他的情致有关？与他内心隐藏的某种期盼有关？

就在这时，黄海晏发现了一个熟悉的身影。那个熟悉的身影从前面的银杏大道上一闪而过，匆匆往江边走去了。

黄海晏赶忙收住驿动不安的思绪，也跟着往江边走去。

接下来，就出现了那个意味深长的静默的画面：在江岸的望江亭上，那个他熟悉但又从不与他打招呼的女子，已经靠坐在栏杆上，翻看起了一本略显残破的《薛涛诗集》。女子穿着做工考究的蓝色呢子大衣，脖子上缠着鲜红的羊毛围巾，在被夕阳照耀的望江亭里倚栏而读，身姿优雅，面容娴静，恍若薛涛再世。

黄海晏知道，那个蛰居在浣花溪边小屋里的上级，又在向他发出召唤了。

但黄海晏望着亭中读诗的女子，依旧有些恍惚。这样的"碰面"已经有好几次了。每次黄海晏都想走上去，跟她说说话，或者谈谈薛涛，但她都视而不见，有时还冷着脸，做出一副拒人于千里之外的漠然神情，好像他根本不存在，或者她根本就不是来为他"读诗"的。

黄海晏知道，这也是蛰居在浣花溪边的那个上级，为他们两人规定的纪律。

既是纪律，就不能违反。黄海晏只得讪讪地离开望江亭，向锦江边上走去。

在江边一棵苍老的柳树下，黄海晏站了下来。他没有再回头去看亭中的女子。他知道，那女子肯定已经离开了，亭子里除了热烈斜照的夕阳外，空无一物。他抬头去看江水。穿城而过的锦江在这里拐了一个弯，继续往东流去。江面宽阔而又平缓，铺满落日的余晖，仿若一面轻轻漾动的红绸。但沿河两岸遍布着萧条的树木和灰黑的民居，又使这锦官城里一河雍容的江水，弥漫起了冬日凋敝与苍凉的味道。

这时，学校的钟楼敲响起来，清亮的金属报时声像江面上的波纹一样，在夕阳里悠悠传荡。黄海晏知道时间不早了，便离开江湾，来到九眼桥头，招住一辆黄包车，往城西赶去。

大约一个多小时后，黄海晏就走进了浣花溪边那间爬满枯藤的小屋。在这间他多次造访的僻静的小屋里，那个成天捂着胸膛咳嗽的上级，拍拍身旁的椅子，让他坐了下来。之后，那个上级又接着咳嗽，且愈咳愈凶猛，喀喀的咳嗽声震荡着整个小屋，似乎把屋顶上陈旧的天花板都要咳落下来了。上级艰难地倒着气，声音嘶哑地告诉了他一个惊人的消息。上级伸出瘦筋筋的巴掌，在咳成紫茄子的脸面前不停地抖动，上气不接下气地悲怆地说，五……五万人，五万人哪！为了过……过一条江，壮……壮烈牺牲了！

1934年冬

现在，离开小屋的黄海晏在浣花溪边的小路上失魂落魄地走着。大约两个月前，就是在这间孤僻的溪边小屋里，这个上级颇为神秘地告诉他：我们的八万部队已经开始往西移动了。然后，这个上级又凭着自己的猜想，满怀希望地说，这支八万人的部队，很有可能翻山越岭，到我们四川来！

从那天起，黄海晏就记住了这个消息，并为这支即将到来的部队激动着。他无数次地想象过这支部队在黑夜里匆匆西行的情景。他甚至还想象过这支庞大的部队到了四川后，那满地红旗招展的热烈景象。这时，学校银杏大道两旁的树叶开始变黄，并在秋风吹拂下，雨瀑般纷纷飘落。黄海晏开始在讲课的间隙，透过教室的窗户，望着那满树满地金黄灿烂的银杏叶，在心里默默吟诵葛绍体的诗：等闲日月任西东，不管霜风著鬓蓬。满地翻黄银杏叶，忽惊天地告成功。

"忽惊天地告成功"，成了1934年入冬之后，黄海晏心底最大的秘密和最大的期盼。然而，这个惊天动地的成功没有到来，到来的却是惊天动地的失败！

黄海晏被这个突如其来的失败的消息击垮了。他跌跌撞撞地在浣花溪边的小路上走着，脑海里出现的全是那条江的画面：黑沉沉的江水闪烁着黑沉沉的血光，载浮着无数被枪弹洞穿的尸体，黑沉沉地涌动……

五万人，五万人哪！黄海晏止不住像那个上级一样仰天悲叹，仰面悲泣。

不久，黑咕隆咚的天空飘下稠密的雨雪。冰凉的雨点和尖锐的雪粒打在黄海晏脸上，他没有感到疼，他只感到冷。刻骨铭心的冷，粉身碎骨的冷。

黄海晏毫无遮拦地把自己暴露在悲凉的雨雪中。路边溪沟里传来叮咚作响的流水声，犹如寒夜一曲孤凉的哀歌，啃噬着他。

直至深夜，黄海晏才彳亍着回到总府街自家的庭院里。这时，他浑身都被雨雪淋湿了，脸孔和手脚都被冻木了。他像风雪之夜的逃难者一样，倚靠在门框上喘息。他看见客堂里有温暖的灯光投射出来，黄澄澄地铺洒在湿漉漉的院地上。他还听见客堂里有笑语之声在喧响。他知道，他大哥又在跟人兴奋地谈论他钟爱的那些植物了。他仰头望望雨雪飘荡的寒夜的天空，悲伤地摇摇头，赶紧躲回了自己的小屋里去。

后来，我小爷爷黄海晏在回忆1934年的往事时，总是固执地认为，这年与众不同的寒冷的冬季，就是从这个雨雪飘飞的夜晚开始的。

这天午后，我年仅十八岁的大伯伯黄蜀俊从学校跑回来，兴奋地告诉我爷爷黄河清：他打听到一户人家，住在东城棉花街，家里至今还种着一丛太平花！

那时，我爷爷正站在书屋一面高大的墙壁前，对着墙上密密麻麻的植物标本和植物图谱发呆。在这些精心制作的植物标本和工笔线描的植物图谱中间，留着一个醒目的空白，除了标示着"太平花"三个空洞的汉字外，既无标本，也无图谱。正是这个十分突兀的空白，让我爷爷潜心写作了两年多的《四川植物志》彻底停顿下来。我爷爷像了解自己的掌纹一样，谙熟太平花颠沛流离的前世今生,也像知晓自己的内心纹理一样,明白太平花远远超越了植物层面的人文意蕴。但我爷爷至今没有搜集到真正的太平花标本,也无法对它进行植物学描绘。我爷爷知道,如果他不能在《四川植物志》里准确地记载和描述太平花,那他这部耗费了巨大心血的学术著作,就失去了灵魂,失去了意义。即或将来勉强地出版发行了,他也会抱憾终生的。

正因为如此,在这个冬日郁闷的午后,我大伯伯黄蜀俊带回的消息,才让我爷爷异常地惊喜和激动。我爷爷立刻从墙壁上那个空白的愁思里解脱出来。他赞许地拍了拍我大伯伯的肩头,转身就往外面疾走。直到走出院门,走到了大街上,我爷爷才发现,他脚上还穿着家居的"棉窝窝鞋"。

作为植物学教授的我爷爷,就这样穿着臃肿笨拙的"棉窝窝鞋",在我大伯伯的带领下,急匆匆地赶到东城棉花街,找到了那户人家。

这是一处成都街巷里常见的小富人家的院落,有龙门,有天井,还有一个积满了暗绿色雨水的大石缸,矗立在屋檐下,水面上漂浮着已然枯黄的浮萍叶子。但从堂屋里出来与我爷爷见面的主人,却与土著的成都居民有些不同。这人身材魁伟,脸孔白净,身上穿着褐色的缎面团花长袍,上面还罩了一件柔软泽亮的黑绸马褂。最为醒目的是,这人微翘的左手拇指上,还戴着一枚街面上少见的雕花镶金的和田玉扳指。

这人慢吞吞地从堂屋里迈步出来,挺着肚子站在屋檐下,将我爷爷上上下下打量了一遍,最后耷拉着眼皮,把目光停落在了我爷爷的"棉窝窝鞋"上。

我爷爷低头看了看脚下的"棉窝窝鞋",抬头说,对不起,我出来得匆忙,忘记换鞋了。

这人略略一笑,把肚子挺得更高了,一边抚弄着拇指上那枚贵重的和田玉扳指,一边淡淡地说,我是旗人。正黄旗人。

一说"旗人",一说"正黄旗",我爷爷便大抵知道了这家人的底细。

过去,在成都的老皇城旁边建有一座满城,专供驻防成都的八旗兵驻扎,同时也住着八旗兵们的家属。满城虽有大大小小六道城门,但从不对外开放,也不准任何汉人进入,完全是个自成一统的封闭世界。据说,满城里的八旗兵也尊卑有序,分为上三旗、中三旗和下二旗,在各自划定的区域内驻防、生活。正黄旗居上三旗之首,在八旗中地位最高,披甲的军士们领到手的朝廷饷银,家属们在将军衙门领回来的"口粮银子",都比别旗的兵户要多,家中的住房也比别旗的兵户要宽。久而久之,这些正黄旗的军士就养成了人上人的优越感,走在满城的兵街上,总是大摇大摆,根本不把别人放在眼里。有时到将军衙门去办事,见两旁执守的军士穿着中三旗或下二旗的兵服,顿即满面的睥睨之色,那副趾高气扬的样子,似乎把天都要踢破了。他们的子弟也跟着染上了纨绔习气。稍有一点情趣品位的,像北京城里的王府子孙一样,追逐起了名花异草和古玩字画。没有情趣品位的,则像北京城里的富家公子一样,提笼架鸟,招摇过市。有时,他们还三五个聚在一起,公然在将军衙门前斗鸡、斗蛐蛐赌博,放肆地大声喊着闹着,玩得天昏地暗,不亦乐乎。

但这种优越且优裕的旗人生活,在辛亥年戛然而止。他们的满族皇帝丢掉了两百多年的大清江山，他们如丧考妣，顿失庇护，只得龟缩在封闭的满城里，躲避着外面世道邅变的腥风血雨。后来，成都新起的汉人军阀带着士兵冲进满城，大街上杂乱的奔跑声和枪栓拉动的哗啦声，让他们心惊肉跳，彻夜不眠。他们知道，这个傲然独立的养尊处优的满城，已经不属于他们满人了。他们开始收拾金银细软，趁着夜晚的黑暗逃出满城，在外面的街巷里买房居住。他们已经习惯了成都和风细雨的安逸生活，再也没有心性和力量回到白山黑水间那片酷寒的祖宗发祥地了。但瘦死的骆驼比马大，落难的凤凰比鸡强，他们仍然固执地保留着过去的生活习性与旗人心态。他们很少跟周围的汉人交往，就是在街面上碰见邻居了，他们也从不打招呼，总是傲慢地仰着脸，与对方一擦而过。有时家中拮据了，不得不变卖一些祖传的宝物，他们宁愿偷偷摸摸跑到皇城根下，做贼似的与过去熟悉的旗人廉价交易，也不肯正大光明地将东西拿到汉人开的当铺里去多卖钱。他们认为，把祖传的宝物卖给汉人，有失他们旗人的自尊与脸面。他们成了成都城里最孤独的贵族。

　　现在，我爷爷拜访的正是这样的人家。我爷爷觉得，作为前朝遗留下来的贵族，家里至今还养着一丛名贵的太平花，是完全有可能的。

　　但我爷爷环顾庭院，却没有发现太平花的丝毫踪迹。

　　那个有着前朝贵族身份的主人，似乎看穿了我爷爷的心思，脸上泛起一丝轻笑，说东西在后花园哩。说完，就自顾自转过了身去。

　　我爷爷只得带着我大伯伯，跟着他往屋后走去。

可刚一走到后院，我爷爷就忍不住笑了。这不过是屋后自己开辟出来的一小片园地，用粗糙的黄泥土砖围着，里面零零星星地种了一些花草树木。可主人却将它命名为"后花园"。我爷爷禁不住在心里感叹：旗人就是旗人哪！

但主人脸上却没有一丝赧色。他郑重其事地走到园中一角，郑重其事地揭开一道围裹着的麻布。于是，一丛高过人头的掉光了叶子的灌木植物，就在灰黄破落的土砖墙下，赫然出现了。主人回过身来，以一种傲岸的神情望着我爷爷。

我爷爷心里一惊，赶紧走上前去，仔细地察看那丛植物。我爷爷整个人都埋进了那些光秃秃的枝丫里。我爷爷像狗见了骨头一样，调动全身的感官功能，嗅闻着它们的气息，辨别着它们的肌理。甚至连胞芽生长的陈旧疤痕，我爷爷也仔细地看了。最后，我爷爷拣起地上一片枯黄的叶子，举在脸前，反复地审视着它的形状、筋脉以及浅齿形的边缘。我爷爷边看边问主人，这就是你家养的太平花？

主人把戴着和田玉扳指的左手与右手交握着，抱在挺凸的肚子前。一副不屑多言的样子。

这花哪来的？我爷爷又问。

是太后老佛爷赏给我阿玛的！主人开口了，语调高亢激昂，充满了骄傲。

你阿玛是什么军职？

游击！

哦，游击，相当于现在的营长或连长……我爷爷若有所思地点点头，把那片叶子丢在地上，拍着手上沾染的灰尘，转身往外面走去。

主人一愣，朝着我爷爷喊道，哎，你怎么走了？我还没给你讲我阿玛的战功哪，他可是我们正黄旗打仗最勇敢的人，当年太后老佛爷在紫禁城里……

我爷爷把两手抱举过肩头，草草地拱了拱，说我家里还有事，恕不奉陪，恕不奉陪了。然后就招呼起我大伯伯，头也不回地走了。

主人怔在那丛灌木一样的植物前，面色尴尬阴郁。但片刻之后，他就恢复了先前那种傲岸的贵族派头，鄙夷地瞪着我爷爷的背影，冷笑着说，你们汉人，懂什么呀懂？

我爷爷像没听见似的，径直往外走去。

直至来到了大街上，我大伯伯才追上我爷爷，忐忑不安地问，怎么回事？

我爷爷摇摇头，说那根本不是我们要找的太平花。它只是一株普通的山梅花而已。

那他怎么说是慈禧太后赏给他阿玛的？

没落的旗人嘛，总要编些故事，给自己脸上贴金。

接着，我爷爷就告诫我大伯伯，说你今后要记住，我们找的是太平花。它虽然也是山梅花属，但并不是山野里长着的那些山梅花，也不是市井里普通人家养着的那些山梅花。此花非彼花，彼花非此花，你懂吗？

我不懂。我大伯伯茫然地说。

你今后会懂的。我爷爷拍了拍我大伯伯稚嫩的肩头。

然后，两人就不再说话了，在1934年破旧的成都街头上默默地走着。夕阳将他们的身影拉得又细又长，仿佛一腔失落的愁绪沉重地拖在他们身后。直到暮色四起，城市变得昏暗起来，街道两旁络绎不绝地响起店家插装铺板的噼啪声，我爷爷才仰头看了看天空，对落在后面的我大伯伯说，天气要变了，我们赶紧回家去吧。

我大伯伯紧走几步，闷头跟在我爷爷身后。

结果，我爷爷回到家里，刚在书屋坐下，我奶奶就走了进来，说你下午刚走不久，就有一个叫竹秀的人来拜访你了。

我爷爷正将左腿翘在右腿上，准备换脱脚下笨拙的"棉窝窝鞋"。我爷爷停住了换鞋，抬头望着我奶奶，满面疑惑地说，竹秀？我没有叫竹秀的朋友呀。

我奶奶双手抱在胸前，依旧保持着她昔日的大家闺秀风范，语调平静地说，我也觉得那人很面生，好像从来没有见过，说话也怪怪的。

怎么个怪法？我爷爷问。

我奶奶望着窗外，竭力回忆和描摹着她的印象与感受：那人个子不高，人很清瘦，说着一口北方话，可听着又有些别扭，好像腔调里夹杂了什么。

夹杂了什么？

我也不知道。我只是觉得，他不像是一个地道的北方人。

他没说找我有啥事吗？

我问了，他不说，只说晚上会再来拜访你的，然后就彬彬有礼地告辞走了。对了，他告辞的时候，还突然向我弯了弯腰，把我吓了一跳。

我爷爷把脱了一半的"棉窝窝鞋"重新套在脚上，蹙着眉头站起身来，走到了窗户前。

就在这时，1934年冬季的成都第一场雨雪突然降临。透过窗外庭院的灯光，我爷爷可以清晰地看见那些飘洒的雨丝，也可以清楚地听见瓦屋上雪粒砸落的簌簌声。

冬夜的清寒与冷寂纷拥而至。我爷爷望着外面扑朔迷离的雨雪，开始在脑海里想象着那个即将拜访他的"奇怪"的人……

在一条狭窄幽深的小巷里，一把撑开的红布雨伞正在飘落的雨雪中慢慢移动。从上往下看去，只能看见雨伞下面有一双毛皮靴子在交错着迈动，细小的雪粒落在褐色的靴面上，轻轻地弹了一下，就滚到湿漉漉的石板地上去了。

小巷两旁的居民全都关门抵户躲在家里，只有少许从窗户口漏出的昏黄灯火，撒落在巷道的湿地上，凄亮地闪烁。

那把红布雨伞移动到巷口的时候，停了下来。那双毛皮靴子并靠着，站在了街中间。

在巷口街边的屋檐下，一个腰缠蓝布围帕的身姿饱满的年轻女人，正将铁制的火钳伸进用竹篾圈围的土灶塘里，夹出一个个圆滚滚的烤熟的红薯，放在灶沿上。风雪凄迷的小巷口，弥漫着一股热烘烘的甜香气息。

毛皮靴子显然是被这股浓烈的甜香气吸引，才停站下来的。

忙碌的女人抬起头来，看见了在街中间停驻的红布雨伞，也看见了雨伞下面那个被大棉袍和大棉帽严严实实地裹着的外乡人。女人非常高兴，举着手中的火钳招呼道，大哥，刚刚烤熟的又香又甜的红薯，你来一个吧！

外乡人微微一笑，走了过去。

女人赶紧放下火钳，把双手在围帕上擦了又擦，面色欢欣地在那些烤熟的红薯间挑选着。

外乡人默默地注视着女人。他发现，女人手眼灵动，腰肢活泛，圆腴的脸孔被灶火映得通红，甚至连嘴上的茸毛都在闪光。外乡人不觉看得呆了，不由得想起了遥远的家乡，想起了他美丽的妻子与活泼的女儿：此刻，她们围坐在家中温暖的火炉旁，脸孔也像这女人一样，红光满面，神采奕奕吧？

女人终于挑出了一个硕大的烤得焦黄的红薯。外乡人伸手去接，不想却被烫着了，赶紧缩回手去，哟哟哟地在脸面前甩动着。

女人露齿一笑，说大哥你别急嘛。我们四川有句老话，心急吃不得热红薯。然后便弯下腰去，拿出一张草纸来，垫在滚烫的红薯下面，笑吟吟地双手递上。外乡人发现，这女人不仅面目姣好，双目清亮，还有一口雪白的闪光的牙齿。外乡人又是一愣。

女人再次笑了，说大哥你别怕，有草纸垫着，不会烫着你的。

外乡人慌忙接过红薯，抱在了自己胸前。他嘴唇动了动，似乎想说什么，但又没有说出来。他有些不好意思地向女人弯了弯腰，转身举着红布雨伞走了。

女人站在甜香四溢的土灶前，望着那把红布雨伞在凄迷的雨雪中渐渐走远。女人捉起火钳，在灶沿上轻轻敲了一下，笑着嘀咕道，一个大男人，怎么还像小姑娘一样害羞呀？

这就是那个在我奶奶面前自称竹秀的人。

这个叫竹秀的人，在1934年突然降临的雨雪中，抱着一个滚烫的烤红薯，来到了我爷爷家。

1934 年冬

013

我爷爷已经让我奶奶在客堂里烧起了一盆红红的炭火。院门刚一叩响,我爷爷就叫我大伯伯赶快去开门。不久,这个被大棉袍和大棉帽严严实实地罩着的外乡人,就走进温暖如春的客堂,出现在了我爷爷面前。在等待来访的时间里,我爷爷费尽思量,也没猜出竹秀是谁。现在,我爷爷将来人看了又看,依旧没有认出他是谁来。我爷爷满脸疑惑地望着他,望着他胸前抱着的烤红薯,请问你是……

来人把头上的大棉帽揭下来,拿在手上,笑微微地望着我爷爷。

我爷爷双眼一亮,呀地叫了一声,急步走上前去,一把拉住了他。我爷爷热烈而又不无怨怪地说道,原来是你呀,秀夫君!你怎么跟我夫人说你叫竹秀呢?让我半天都没反应过来!

这个真名叫竹下秀夫的日本人,一手拿着大棉帽,一手抱着烤红薯,有些腼腆地说,对不起,河清君。你知道的,我喜欢中国,喜欢中国名字。

我爷爷连连点头,说对对对,我在日本的时候,你就问过我中国人是怎么取名字的。

所以,我也取了个中国名字。竹下秀夫笑着说。

不错,不错,你这个中国名字,跟你那个日本名字还挺切合的。我爷爷比着大拇指说。

竹下秀夫弯腰说,谢谢河清君夸奖。

我爷爷拿下他手上的大棉帽和烤红薯,放在旁边的桌子上,说我们是老同学,你就不要这么客气了。然后就将他拉到火炉旁坐了下来。

我爷爷把着竹下秀夫冰凉的双手在炭火上烤着,问他几时来的中国,都到过哪些地方。竹下秀夫腰板挺得笔直,说他从横滨上船,直航上海,又从上海坐船到了重庆,之后便一路坐车来了成都。我爷爷笑了笑,就问他对地处中国内陆的成都印象如何。竹下秀夫像要急于表达什么似的,赶忙说,很好,很好,这里的一草一木,一人一景,都让我感动,给我一种回家的感觉。

我爷爷诧异地望着他,此话怎讲?

竹下秀夫便说起了他在小巷口见到的那个卖烤红薯的女人。黄黄的灯光,红红的炉火,红红的人儿,美得很哪!竹下秀夫禁不住感叹道。这时,屋中的炭火燃得正旺,将他清瘦的面孔映得通红,他也成了一个"红红的人儿"。

我爷爷终于明白过来。早年在日本留学的时候,我爷爷曾应竹下秀夫邀请,前往北海道他老家札幌游历。在冬季铺满白雪的札幌小镇上,经常有日本女人踩着高高的木屐、穿着色彩绚丽的樱花和服,在夜晚昏黄朦胧的灯光下卖着烤红薯。那画面确实很清新,很隽美,让人感动。

我爷爷笑了笑,指着竹下秀夫说,你还像当年一样多愁善感。

我从小就读了很多中国的唐诗宋词。是这些诗词教会我如何看待世间万事万物的。竹下秀夫说。

我爷爷感慨说,看来,你当初真不该学植物,应该去学文学。

竹下秀夫笑道,我不后悔。文学发现人世的美,植物学发现花草的美。我一直生活在美中。

我爷爷惊讶地看着他这位日本同学,脸上露出钦佩的神情。我爷爷在他手背上拍了拍,由衷地说,竹下君,你这句话说得真好,是一个优秀的植物学家说的话。

1934 年冬

竹下秀夫脸上又露出了那种腼腆的神情，说这话可不是我说的，是你当年在日本留学时对我说的。

我爷爷一怔，这话是我说的？我能说出这样富有诗意和哲理的话来？

竹下秀夫咕哝道，你忘了，我可没忘。

我爷爷拍着脑门想了想，哦，我记起来了，我确实说过这话，好像是在春游的时候，我们站在东京郊外一片粉红的樱花林里说的。

竹下秀夫点头，对，你当时站在一株树下，仰头望着漫天飘洒的樱花说，学植物好啊，可以发现大自然千姿百态的美！我就是在你这句话的鼓励下，才坚持着把植物学了下去。

我爷爷哈哈大笑，那你后来成为日本著名的植物学家，也有我的一份功劳哟！

竹下秀夫也跟着笑起来，说海内存知己，天涯若比邻。我一直把你当成我最知心的良师益友来尊敬和想念的。

就在这时，窗外雨雪纷飞的庭院里出现了我小爷爷黄海晏的身影。他像个落汤鸡似的瑟缩着，抱着双臂，急匆匆地穿过庭院，往后屋走去。

竹下秀夫透过窗户发现了他，转头问我爷爷，那人是谁？

我爷爷望了望窗外，说是我弟弟。

竹下秀夫恍然一瞬，说我想起来了，你在日本的时候曾说过，你有一个小你十几岁的弟弟，人很聪明，等他将来长大了，也让他到日本留学，学习植物。他后来到日本学植物了吗？

我爷爷遗憾地摇了摇头，说我这个弟弟呀，从小就特立独行，他对日本不感兴趣，也对植物不感兴趣。他后来到法国去了。

竹下秀夫怔了怔，说到法国去了？法国可是欧洲大革命的策源地，他到法国去学什么？

我爷爷说，他先学政治与法律，后来又改学法国文学了。可回到国内后，他教授的却是中国古典文学。

有趣，有趣。你这个弟弟，真是太有趣了。竹下秀夫说着，又忍不住转过头去望向窗外。这时，我小爷爷黄海晏的身影已经消失不见了，庭院里除了越来越稠密飘飞的雨雪外，只有黄蒙蒙的灯光铺洒在湿漉漉的院地上，凄迷地闪烁。

竹下秀夫映在窗玻璃上的清瘦面孔，模糊地显出了一种风雪般苍茫的神情……

几乎在同一时刻，在距我爷爷家数里的盐市口附近，也有一家幽深的庭院矗立在迷茫的雨雪中，也亮着黄蒙蒙的灯光，在接待着客人。

庭院的主人是我舅爷爷李沧白。但与我爷爷家接待客人的欢快气氛不同，此刻在我舅爷爷家的书屋里，气氛显得异常凝重，甚至有一种让人喘不过气来的感觉。

来访者叫王培源，身份是国民政府实业部地质调查所主任。这是两人在这一天中的第二次会面。第一次会面，是在我舅爷爷任所长的四川省地质调查所里公开举行的。在我舅爷爷那间铺着深色橡木地板的办公室里，王培源像许多从南京下到地方的中央政府官员一样，傲气十足地跟我舅爷爷进行着公事公办的例行交涉：王某特奉中央政府之命，率地质调查大队前来四川，对西南诸省的地质矿产进行调查，希望四川省政府和四川地质所全力配合。我舅爷爷则像许多地方官员一样，满脸热情地应承着说，这是当然，这是当然。我们四川地质所也有这样的调查计划，希望借此与中央所配合，圆满完成该项计划。然后，两人的手就上下交叠着握在了一起，并且四目相对，微笑注视。此间，握手传递的信息，目光传达的信号，只有两人才能心领神会。于是，当夜晚来临，成都街头上飘起1934年的第一场雨雪时，这个叫王培源的中央政府官员和地质学家，便脱下拘谨严正的中山装，换上一件宽松的西式黑呢大衣，并且用一条灰色的羊毛围巾掩住自己的大半个面孔，偷偷溜出了那个叫"可园"的高级招待所，一路风雨潜行，悄悄来到了我舅爷爷家。

我舅爷爷立刻将这个雨雪之夜的秘密访客接进了自己的书屋，并迅速把门窗关上，把窗帘拉上了。但王培源还不放心，又亲自走上前去，检查那些掩闭的门窗。我舅爷爷坐在书桌后面，跷着二郎腿笑道，我的老同学，你放心吧。我下午就将老婆孩子送走了，现在除了风声雨声外，没有人能听见我们的谈话的。王培源回过头来，神情严肃地说，就是外面的风声雨声，也不能把我们的话听了去。我舅爷爷怔了一下，赶紧放下二郎腿，拉开抽屉，拿出一个笔记本来，摊开着放在了书桌上。王培源立刻走上去，合上了那个笔记本，说我们下面的谈话涉及中央的一个绝密计划，你不能记一个字，也不能对外泄露一个字。我舅爷爷仰头望着王培源，脸上充满了茫然与愕异。王培源目光咄咄地瞪视着他，口吻严厉地说，这个计划事关党国的前途命运，你必须无条件配合！我舅爷爷故作无奈地摊摊手，只得把笔记本收回到了抽屉里去。

书屋里一时沉寂无声,甚至连窗外的风声和雨声都被完全隔绝了,只有屋瓦上面雪粒砸落的簌簌声隐约可闻。

之后,王培源就在我舅爷爷对面的椅子上坐了下来。为了显示谈话的严肃与庄重,他特意挺直了腰板,并将宽松的黑呢大衣往身上裹了裹。我舅爷爷不敢马虎,赶紧将屁股下面的椅子往前挪了挪,把胸脯紧贴在桌沿上,双眼一眨不眨地望着王培源。

接下来,这个来自中央政府的地质学家王培源,就在1934年成都的第一个雨雪之夜,在屋顶上一片扑朔迷离的雪落声中,字斟句酌地向我舅爷爷讲起了那个绝密计划。

王培源神情凝重地告诉我舅爷爷,自从九一八事变日本军队强占东三省后,蒋委员长就指令一些军事战略学家,对日本的未来军事方向及军事行动展开秘密研究。这些军事战略学家一致认为,日军必然会在今后的某个时刻,对中国突然发动全面侵略战争。战争一旦爆发,日军必将利用他们在军事上的巨大优势,对国民政府的首都南京发起进攻,以期迅速占领南京,控制国民政府,胁迫中国投降。这时候,国民政府必须要做两件事,一是动员全部力量,沿长江纵深布防,逐次抵抗,以空间换时间;二是必须在日军攻占南京前迁都,把国民政府和中央军事委员会全部撤退到大后方去,以做完全彻底的对日抵抗。但把首都迁到哪里最为妥当呢?军事战略学家们给蒋委员长提供了三个方案:一是陕西的西安,二是四川的重庆,三是云南的昆明。蒋委员长考虑再三,最后决定:一旦日军发动全面侵略战争,就把国民政府的首都迁到四川重庆去。因为先总理孙中山先生在早年进行反清革命时,就十分看重四川,认为四川位居长江上游,北接陕甘,南扼云贵,东连湘鄂,地大物博,是个天然的革命根据地。蒋委员长追随先总理多年，非常熟悉先总理的这一思想，所以对四川格外青睐。但让蒋委员长顾虑重重的是，自从国民政府建立以来，四川就由本地方军阀把持着。这些军阀大多没有革命思想，也无国家观念，他们把四川看作自己的独立王国，多年来对中央心怀戒备，且多有抵牾，他们是不会轻易让中央进入四川的。于是，蒋委员长指示行政院，特命地质大队入川，表面上为调查西南诸省的地质矿产而来，实质上是要探摸四川各方面的情况，特别是要调查清楚四川现有的地理、山脉、江河水系以及道路交通和城市布局等状况，为今后中央迁都四川，把四川建设成为抗战大后方做万全准备。正因为如此，他这次带来的所谓地质调查大队，地质专家并不多，更多的是军事专家、道路专家、桥梁专家和城市建造专家，他们的最终目标，就是要尽快提供一套建设四川抗战大后方的完备方案，以备战争突然爆发时，被中央政府及时采用与实施。

　　王培源的讲述终于停了下来。在整个讲述过程中，王培源语调平缓、波澜不兴，似乎对这个惊天的绝密计划早已耳熟能详、烂熟于心，但坐在书桌对面的我舅爷爷，却听得目瞪口呆、心惊肉跳，气都出不匀净了。原先退隐不闻的雪落声突然蜂拥而至，像急风暴雨一样在屋顶上炸落喧响，同样让我舅爷爷感到心悸和紧张。这时，我舅爷爷不觉想起中午给王培源率领的地质大队接风时，那一张张讳莫如深的面孔。我舅爷爷曾在南京的中央地质所工作过几年，人缘很广，人脉也很熟悉，但在这次欢迎宴席上，除了两三个地质学家还算面熟外，其他的人全都十分陌生，甚至连名字都未听说过。当时，我舅爷爷还感到奇怪。现在，我舅爷爷终于明白过来了。但知道了真相的我舅爷爷，却没有感到丝毫轻松，他忧心忡忡地对王培源说，地质大队在四川开展调查工作没有问题，但中央要想进入四川，非常困难。并说，他奉中央密令已经回川工作好几年了，虽然也在川府和川军中结识了不少心向中央的实力派人物，但就整个"渗透四川"的工作而言，却无多大起色。他感到很惭愧。

坐在桌子对面的王培源笑了笑，脸上突然泛出了一种神秘的颜色。他把身子前倾着，对我舅爷爷说，现在情况不同了，中央即将迎来一个前所未有的进入四川的大好机会！

大好机会？我舅爷爷茫然地望着他这位地质学家出身的老同学。

王培源站起身来，开始在屋中踱步。此时，他虽已脱下政府官员们常穿的严正的中山装，换上了宽松随意的西式大衣，但举手投足，却更像个搞政治的谋略人物了。他一边踱步，一边仰头望着屋顶思考，仿佛屋顶上映现出千山万水一样。

王培源望着那想象中的"千山万水"，神色悠远地说，大约两个月前，江西苏区的共军在国军的第五次围剿中彻底失败，开始突围往西溃逃。国民政府中央军事委员会判定共军的意图是退往湘西，与盘踞在那里的另两股共军会合，建立新的根据地，于是便调集湘桂两省十多万部队，沿湘江严密布防，对逃窜的共军进行堵截。双方激战五昼夜。最后，共军虽然强行渡过了湘江，但损失极其惨重，八九万人的部队就有五万多人战死。那么，这残余的三万多共军将会逃往何处呢？据我判断，他们会继续西窜，想方设法杀开一条血路，进入中央控制相对较弱且地理环境十分复杂的云贵川三省，特别是富庶的天府之国四川，很可能成为他们觊觎的下一个目标。而共军一旦进入四川，中央必会派大军追剿。那时，其他的中央势力再纷纷跟进，我们就可借着围剿共军之机，削弱四川各路军阀的实力，最终达到彻底控制四川的目的了。

正在为自己工作不力而懊恼的我舅爷爷，听了王培源的这番话后，顿时喜上眉梢，拍掌说，这样好，这样好啊！我们多年来苦心经营的渗透统一四川的任务，就可借机完成了！

但深谋远虑的王培源却摇了摇头，说事情并非嘴上说的这么简单。首先，中央进入四川的第一大障碍，就是那些把持着四川的大大小小的军阀。别看他们平时一盘散沙，矛盾重重，只要中央势力伺机进入四川，他们就会捐弃前嫌，拧成一股绳，进行全力阻止。关键时刻，他们甚至不惜与中央兵戎相见，血战对峙。其次，盘踞在川北并积聚了相当实力的徐向前军队，也必定会采取军事行动，策应江西的流窜共军进入四川。这对在四川并无政治及军事优势的中央政府来说，也是一件颇为头痛的事。

我舅爷爷叹了口气，说四川的情况确实如此，军阀拥兵自重，对抗中央，共军武装割据，不得消停。用我们四川人自己的话来说，就是一个实打实的烂摊子，烂得像煮垮的面疙瘩一样，舀都舀不起来了！

王培源在桌子对面站下来，把双手撑在桌面上，俯望着我舅爷爷说，还有一个潜在的可怕的敌人，我们也必须严加防备。

我舅爷爷惊异地望着王培源，我们还有一个可怕的敌人？

王培源郑重地点了点头，说，对，这个可怕的敌人就是日本军国主义，是我们中华全民族的公敌。我在离开南京前，就听外交部的朋友说，日本外务省已照会中国政府，希望恢复在九一八事变后被成都市民捣毁的领事馆。但日本过去设在成都的领事馆从未得到中国政府和四川政府的承认，外交部便以"成都非通商口岸，依约不得设领"为由，予以拒绝。

我舅爷爷一脸茫然，这又是怎么回事？

王培源直起身来，面色沉重地说，据外交部的朋友讲，日本陆军部可能获知或者分析出了中国政府将在中日战争全面爆发的第一时间里，将国民政府的首都迁往四川的绝密计划。日本人欲借成都领事馆的恢复，渗透四川，建立自己的秘密情报网，搜集四川的各种情报，以便在战争全面爆发后，对中国的抗战大后方实施精确打击。日本人在东三省就是这样干的。他们在很多年前就派出商人、浪人甚至是文人和学者潜入东北地区，以各种名目深入到乡村甚至是偏远的山区，事无巨细地到处搜集情报。后来他们绘制的地图，不仅涵盖了东北的大小城市，还标注出了众多的山脉走向、江河流域以及县乡以下的道路与村庄，竟比我们中国人自己使用的军事地图还要精细、准确。

我舅爷爷倒吸了一口凉气，不觉拍着桌子怒骂道，这狗日的日本人，真是处心积虑、狼子野心啊！

王培源坐回到椅子上，神情忧悒地望着窗外说，别看成都深居内陆，离东北很远，离南京也很远，但随着国内局势的变化，它必将成为多方力量拼死角逐的一个大战场。

我舅爷爷慨叹道，那我们今后的任务就更加繁重紧迫了。

王培源收回目光，点着头说，对，我们必须立刻行动起来，为中央控制四川，把四川建设成为未来的抗战大后方，奋力工作！

两人的谈话就此结束。但窗外1934年的成都第一场雨雪却愈加繁密起来，风声雨声和雪落之声从四面八方袭来，在紧闭的书屋里杂乱地喧响着。由于没有生火,屋子里寒冷刺骨。完成了任务衔接的王培源和我舅爷爷,都禁不住缩在冰凉的椅子里,打了一个冷战。

窗外肆虐的雨雪益发地敲骨吸髓起来。

1935年春

　　那个从不与我小爷爷黄海晏打招呼的女子，又在学校的银杏大道上出现了。这次，她没有折身往锦江边上的望江亭走去，而是径直走向大道尽头，走向了那座远远矗立的尖顶钟楼。不久，她就来到了钟楼脚下，佯作无意地回头看了看，走到一把木条椅前，两手揽着裙子坐了下来。她将右脚与左脚雅致地交叠着，旁若无人地翻看起来了那本略显残破的《薛涛诗集》。上午的太阳像一张白亮的面饼，高高地戳挂在银杏树枝丫上，斜斜地照着钟楼。女子的身体隐在钟楼的阴影里，双脚则伸到了亮晃晃的阳光下。

　　跟着走来的黄海晏在远处站住了。他早已打消了上前与女子攀谈的念头，略略望她一眼，就转身往城西赶去了。

　　然而，让黄海晏没有想到的是，当他走进浣花溪边那间小屋时，女子已经坐在屋中了，双手交叉着平放在膝头上，身姿端庄，神态安静，似乎她先前根本就没有去过他所在的学校。

　　这时，已是1935年的初春时节，成都的天气开始转暖，溪边的树枝上长出了稀疏的新叶，像娇嫩的蝴蝶翅膀在风中微微颤动。就连爬满小屋的枯藤也悄悄地萌芽了。静谧的浣花溪边充满了春的和煦与草木的浅绿。

可那个上级依旧在小屋里剧烈地咳嗽。他一手捂着胸膛，一手朝着他们摇晃，气喘吁吁地说，你们……你们自己认……认识一下吧。

黄海晏愣住了，有些惊疑地望着上级。

女子一改先前的冷漠，主动站起来，大大方方地向黄海晏伸出手去，笑微微地说，我叫许琳，是华西协合大学的图书管理员。

坐在旁边的上级咳嗽着补了一句：她是我……我女儿。

黄海晏更加惊奇了，瞪大眼睛看了看上级，又去看那女子。

女子含着笑，把手往前伸了伸。

黄海晏这才反应过来，赶紧将自己的手伸出去。他不敢把女子的手整个儿握住，他只握了握她的指尖。就是这么浅浅一握，黄海晏心里也禁不住一阵战栗。他发现，女子的手长得很好看，颀长、精致、白皙，握在手里，就像初纺的棉花似的温软细腻，给人一种特别异样的感觉。他有些心猿意马起来。他不觉想起了过去与她多次碰面的情景……

坐在旁边的上级不满地咳嗽着，说你们又不是初次见面，怎么认识一下还拖泥带水的？

黄海晏脸孔发热，赶忙放开女子的手，走到另一边的椅子上坐下来。他尽量把自己藏在上级的身体侧边，尽量控制着自己不去看那女子。

上级左右环顾着看了看两人，面色凝重地说，这次把你们两个叫来，是有情况要向你们通报。另外还要给你们安排新的工作。

黄海晏转头望着上级的左半边脸，女子转头看着上级的右半边脸。两人都屏声静气地等待着他继续说下去。

上级努力控制着自己不再咳嗽，但喉咙里依然发出嘶嘶的喘息声。他一边伸长脖子张大嘴巴吸气，一边声音嘶哑地对坐在身旁的两个年轻的下级说，去年冬天的时候，我曾告诉过你们，我们的部队在湘江遭受到前所未有的重创，几乎被打得溃不成军。但我们这支顽强的部队仍然坚持战斗，突破国民党军队的层层封锁，进入到贵州地区，并成功占领了黔北重镇遵义城。现在，我们这支英雄的部队又渡过赤水河，突入到了川南的叙永、古蔺地区，即将向川中腹地发起进攻。此外，我们在川北的部队也将发起嘉陵江战役，策应川南的部队向川中突进。不久，我们这两支主力部队就将在川西地区会合了！

上级在通报这个情况的时候，尽量控制着自己的情绪，但嘶哑苍凉的语调里依然充满了按捺不住的喜悦和欣慰。两个年轻的下级被他感染，激动得满脸通红，大声说，好，好啊！我们的部队终于要来四川了！

黄海晏尤其显得兴奋与激动。他两眼闪亮，赤红的脸上泛着粲然的笑意。他仿佛已经看见了那满地红旗招展的热烈景象。

兴许是激动的原因，上级又止不住猛烈地咳嗽起来。他捂着胸膛，咳得青筋暴突，满脸紫涨。他把腰深深地弯下去，一直弯伏到了自己的膝头上。

许琳赶紧站起来给他捶背。黄海晏则走到旁边，给他倒来了一杯白开水。

上级喝了一口水后，方才慢慢缓过气来。他筋疲力尽地仰靠在椅背上，掏出手巾擦拭着乌紫的嘴唇。似乎刚才的咳嗽已把他的声音撕破了，他哑着嗓子说，还……还有一个不好的情况，也得……也得给你们说说。

然后就艰难地倒着气，给黄海晏和许琳讲了一些目前四川的情况。

他告诉两个年轻人：由于在去年指挥六路大军围剿川北红军根据地失败，四川的军阀头子刘湘前往南京，请求国民党中央政府的支持。现在，蒋介石的军事委员会大本营已经派出两百多人的"参谋团"进入四川，帮助刘湘全力对付红军。同时，在江西以反共出名的特务头子康泽，也率特别行动大队的两千多人马跟着入川，配合"参谋团"，对四川军队和军官进行政治训练，大肆散布反共言论，大造反共声势。我们的两支部队要想在川西地区会合，困难重重哪！

黄海晏和许琳蓦地呆住了。他们没有想到，头顶的天空刚刚露出一丝令人欣喜的亮色，紧接着又乌云密布了。

但上级似乎对眼前的局势并不悲观，他低头喝了一口水后，继续用虚弱的声音平静地说道，据我们了解，素有"四川王"之称的刘湘对蒋介石忌惮颇深，极怕中央势力进入四川，削弱他的实力，危及他的地位。他这次一反常态与蒋介石合作，并非出于真心，而是被局势所迫，取权宜之计而已。正因为如此，他在南京谈判时，才坚拒了蒋介石要派十个师入川的建议，只同意国民党中央派"参谋团"和"别动队"入川助阵。

黄海晏和许琳哦了一声，脸上的表情渐渐松弛下来。

上级接着又说，另据我们的内线情报，刘湘早在几年前就秘密搞了一个破译小组，专门破译川内军阀的密电往来。后来四川军阀多次展开混战，刘湘屡屡获胜，就是因为他提前破获了其他军阀的行动秘密。可他始终秘而不宣，只是笑言自己手下的军师能掐会算。军阀们不明就里，还真把那个道士出身的军师奉作了神仙。

黄海晏和许琳都曾耳闻过这个"神仙军师"的一些奇闻异事，没想到真实的情况却是如此。两人不觉笑了起来。溪边小屋里的气氛顿时轻松了不少。

但上级没有笑。他轻轻咳嗽了一声，神色严肃地说，你们别笑，我说的全是真的。另外，我们还得到一个情报，刘湘手下有个"武德学友会"，参加该会的都是他信得过的军官。现在，刘湘又搞了一个"武德励进会"，作为"武德学友会"的核心组织，在川军中吸收忠于他的团长以上的军官参加。在这个"武德励进会"里，刘湘特设了一个情报股，专门负责侦听、破译蒋介石中央与"参谋团""别动队"的密电往来，目的是探知蒋介石对四川的种种企图，以作防备与对抗。

上级说到这里的时候，特意停了下来，目光深沉地望着身边的两个下级。

这时，一股和畅的春风从窗外吹进来，像轻快的音乐似的在小屋里拂荡着。黄海晏心里一亮，禁不住脱口说道，如果我们的人能打入刘湘特设的这个情报股，对蒋介石中央和刘湘的所有"剿匪"行动，就尽在掌握中了。这对我们的部队进攻川西地区是非常有利的。

上级瘦骨嶙峋的脸上露出了满意的笑容。他看了看黄海晏，又看了看另一边的许琳说，这就是我今天把你们两人叫来的目的。

两人都不觉怔住了，瞪大眼睛问道，你要派我们潜入这个情报股？

上级摇了摇头，说我们已经有人进入这个情报股了，但传递情报的通道还没有建立。组织研究决定，让你们两人明天就到省政府秘书科工作，专门负责这条线的情报传递。

两人没有说话，全都满脸惊愕地看着骨瘦如柴的上级。他们知道，省政府秘书科能接触到四川军政两界很多的核心机密，要进入这个部门工作，是件非常困难的事，但上级却说得如此简单，如此轻描淡写，好像吩咐他们去街上走一遭，去打打酱油似的。

上级似乎洞穿了他们的心思，神秘地笑了一下，向他们伸开双臂，样子像要搂抱他们，但肺腔里的咳嗽却在这时抑制不住地喷发出来。他只得缩回手去，捂着胸膛喀喀地咳着。直到撕心裂肺的痛苦咳嗽平息之后，他才慢慢抬起头来，惨然一笑，说相信组织吧。我们已在刘湘身边经营了多年，许多事情都有了基础……然后就把身子仰靠在椅背上，面色苍白地闭目养起神来，再也不说话了。

屋子里一片沉寂。但窗外的世界却喧嚣起来，溪水淙淙流淌，小鸟婉转鸣叫，还有一只彩色的风筝摇曳着飘到了天上，嘹亮的鸽哨在云端里悠远地传荡。

1935年的成都春天已经扑面而来了。

一辆油漆斑驳的绛红色圆头客车喷吐着浓浓的黑烟，像一条不堪重负的老牛，吭哧吭哧地喘息着，驶出了成都西门。前面铺着碎石的土路突然变得狭窄起来，且坑洼不平，圆头客车行驶在上面，仿若脚背上落了炭火的大怪物一样，不停地上下蹦跶着，发出一连串丁零哐啷的破败声响。

这辆打着"蜀西车行"字样的绛红色圆头客车，就这样怪异地跳荡着，驶进了1935年初春的川西平原。这时，原野里的麦苗已经蹿了起来，油菜花像涂了蜜似的灿然开放，空气里充盈着沁人的芳香。散落在田野间的那些农家竹林，总有几株高大的树木突兀出新翠的树冠，鹤立鸡群似的相互凝视，挺立守望。站在西门的城墙脚下远远看去，这辆驶入平原的绛红色圆头客车，就像闯进春天的一只瓢虫，在黄绿交织的地毯上笨拙地爬动。

我爷爷黄河清带着竹下秀夫和我大伯伯黄蜀俊，紧挨着坐在车厢前面一张细长的木凳子上。他们的身子被颠得不停地晃动，眼睛却透过灰蒙蒙的窗玻璃，欣喜地望着外面生机勃勃的原野。翠绿的麦田和金黄的油菜花地，还有那些凝然矗立的农家竹林，都在车窗外慢慢地错位，慢慢地旋转着。

不久，圆头客车行使到了一个缓坡脚下。司机本想给车子加把力气冲上坡去，孰料它却前后猛顿几下，像精疲力竭的老牛屈膝跪地一样，趴在路中间不动了。司机拍打着方向盘，骂了一句脏话，抬腿跨进了车厢。他从座椅背后的角落里提起一个胀鼓鼓的麻布口袋，走下车去。旅客们全都伸长脖子，望着他爬上车头，解开麻布口袋，往一个圆洞里倾倒着木炭。碎如卵石的黑色木炭哗啦啦地倾泻着，源源不断地滚进了那个圆洞。待司机提着空瘪的口袋走上车来时，旅客们发现，他的脸上已经布满了木炭的粉尘，汗水像一条乌黑的蚯蚓在他鼻沟里滚动。

司机把口袋扔在厢角，扯起袖头抹了一把脸上的汗水，气鼓鼓地抱怨道,别看这开车是个新鲜活,可真不是人干的!

旅客们都充满歉意地笑着,仿佛是他们让司机受了苦。司机却瞪起眼来,大声说,你们现在别笑,等会儿车子爬不上坡了,他们都得下去,给我推车!

旅客们赶紧点头,毫无怨言地说,我们推,我们推嘛。

司机这才坐进驾驶室去,拽出一张污脏的粗布帕子擦了擦手上的木炭粉,将车子重新发动起来。圆圆的车头剧烈地抖动着,发出噗噗的声响。一股浓浓的黑烟喷吐出来,带着难闻的煤气味挤进车厢,呛得旅客们全都捂住鼻子不停地咳嗽。

我爷爷一边咳嗽,一边对身旁的竹下秀夫说,对不起,中国的汽油太贵了,载人的客车大多改烧木炭了。

竹下秀夫不以为意地笑了笑,说没关系,我在日本也经常坐这样的车。

我大伯伯惊奇地转过头去问道,在你们日本,载人的客车也烧木炭?

竹下秀夫点点头,说日本是个资源极其贫乏的国家,不像中国这样地大物博,什么都有,什么都不缺,好生让人羡慕啊!说完,就扭转头去,饶有兴趣地注视着窗外的原野。

圆头客车继续往坡上爬行。我大伯伯发现,竹下秀夫细小的双眼里映满了原野的风光。那些翠绿的麦田和金黄的油菜花地在他的瞳眸里缓缓移动,鲜艳的色彩和明媚的春光仿佛都要从他狭小的眼眶里流溢出来了。

车子终于爬到了缓坡顶上。透过前面的挡风玻璃,可以看见灰白的石子路像一条细长的棉布带子,往平原深处无边无际地伸展着，似乎永远都没有尽头。而坡顶两旁的原野，也变得更加阔大起来，春意盎然地恣肆汪洋地铺展着，有种把天空都要胀破的饱满的感觉。这时，贴着车窗痴迷注望的竹下秀夫禁不住收回目光，连声感叹说，在我老家札幌也有一个叫石狩的平原，可跟你们这个天府之国的成都平原比起来，那真是小巫见大巫，完全不值一提了！

我爷爷拍着竹下秀夫的肩头，真诚地说，喜欢四川，那就多待些时候吧。

竹下秀夫摇了摇头，神色怅然地说，你们中国有句老话，狗不嫌家贫，儿不嫌母丑。日本再小再贫乏，但她毕竟是我的母国，我的根在那里。等我完成了在四川的考察后，还是要回到那个狭长的岛国，继续写我的《东亚植物志》。只有在樱花绽放的环境里，我写起书来心中才踏实，心情才愉快。

我爷爷点头说，理解，理解。我当年在日本留学，心情又何尝不是如此。看来，我们东方民族永远都摆脱不了恋乡恋国的心结了。

车子开始往坡下驶去，突然变得像风一样轻快起来。不料，一辆黑色的乌龟壳轿车从后面疾驰而来，飞快地超过圆头客车，一溜烟地朝坡下冲去了。

我大伯伯霍地站起来，指着乌龟壳轿车圆圆的后窗叫喊道，爸，爸！你快看，舅舅在那辆车里，舅舅在那辆车里！

我爷爷赶急转头。但那辆乌龟壳轿车已经跑远了，透过圆圆的狭小的后窗，只能看见两个模糊的背影紧挨着，在轻快疾驰的轿车里左右晃动。

我爷爷回头问我大伯伯，你看清楚了？真是你舅舅？

1935 年春

我大伯伯说，真是他。刚才车子超过去时，我还看见了他的半边脸。

我爷爷再次扭转头去。这时，乌龟壳轿车已经转过一道弯，在绿色的原野里跑得无踪无影了。我爷爷摇着头苦笑，说到底是政府官员呀，坐的车子都比我们跑得快！

直到这天中午太阳当顶的时候，笨拙的烧木炭的圆头客车才一路蹦跶着，到达了平原西端一个叫灌县的老县城。老县城建在岷江出山的峡口处。走出东城门外破旧的客车站，抬头就能看见一列列起伏绵延的苍青的山脉横亘在眼前。甚至在更远的地方，还能看见一溜积雪的山峰耸立在晴空中，通体闪烁着莹白耀眼的亮光。

但我爷爷没有带着竹下秀夫和我大伯伯走进县城。他们在车站旁边的小店里草草吃了一点午饭后，就急匆匆地赶往江边去坐渡船了。他们坐着木船渡过外江后，又在一条乡间土道上步行了二十多里，走了三四个小时，才来到了山峦环拥、形如城郭的青城山下。

这时，正是夕阳西沉的时候，青城山堆碧叠翠的峰峦被晚照涂抹得金煌灿烂，熠熠生辉，而背阳的山林则愈加荫郁，缭绕着一团团白色的如丝如缕的雾气，更将整个山野城郭渲染得幽深静谧，别有洞天。

竹下秀夫仰望着那霞光灼灼仙气飘飘的一环青山，兴奋地赞叹道，神仙洞府，果然名不虚传哪！

昨天午后，独自一人前往瓦屋山进行植物考察的竹下秀夫回到了成都。

瓦屋山是世界公认的中国动植物宝库。从十九世纪中叶到现在的近百年间，有不少中国和西方的植物学家深入到瓦屋山考察，在那里先后发现了大熊猫、金丝猴，还发现了珙桐。珙桐与桫椤齐名，是当今世界孑遗的与恐龙同时代的古老植物，十分稀少珍贵，被称为"植物的活化石"。竹下秀夫从来没有见过珙桐这种古老得天荒地老的珍稀植物，他几乎是怀着朝拜的心情前往瓦屋山寻访的。

他在瓦屋山收获甚丰，不仅见到了珙桐的真容，还带回了一株青枝绿叶的山梅花。他认为这就是我爷爷正在苦心寻找的太平花。但我爷爷看了看那株还带着泥土的灌木植物后，摇着头说，这不是我要找的太平花，它只是一株普通的山梅花。

竹下秀夫迷惑不已，说我看了你给我的资料，太平花其实就是山梅花呀。

我爷爷再次摇头，说从单纯的植物学层面来讲，太平花确实就是山梅花。但从植物文化学的角度来说，又不能将它们相提并论，一概而论。

竹下秀夫还是第一次听说"植物文化学"这个名词，有些好奇地问我爷爷，植物还有文化学上的意义？

我爷爷说，这是当然。比如你们日本的樱花，它就附载了你们大和民族的很多故事，也附载了你们大和民族的很多情感，甚至影响了你们大和民族的审美取向。难道这不是文化学方面的意义吗？

竹下秀夫频频点头，说是这样，是这样的。你这一说，不觉让我想起了几千年前在地中海山区发现的神奇植物罂粟，后来被记载到了《圣经》里，说上帝也使用它，用来安慰躁动不安的人们。罂粟传到古埃及后，祭师们还用它来解除法老和权贵们的精神焦灼与忧郁，被称为"忘忧草"。

我爷爷笑了，我说的大概就是这个意思。

竹下秀夫立刻要求我爷爷给他讲讲"具有文化学意义"的太平花。

这时，挺立在我爷爷书屋前的两株桃树已经开花了，粉红的花朵把闲静的庭院渲染得流光溢彩，春意盎然。很多小蜜蜂闻讯赶来，在粉艳的花朵间颤着翅膀飞翔，低沉细密的嗡嗡声在明媚的春光里梦呓似的流淌。

我爷爷望着窗外桃花灼灼的满院春色笑了笑，把竹下秀夫拉到书桌前坐了下来。之后，我爷爷就用一种独特的方式，给他讲起了"具有文化学意义"的太平花。

我爷爷先在书桌上铺开一张宣纸，提起毛笔在左侧写了三个字：青城山。接着，我爷爷就指着那"青城山"说，大约在唐朝的时候，青城山上的道士发现了一种野生的灌木植物，每年春夏之交的时候，都会开出洁白的花朵，繁密地拥挤在枝头，清香四溢，极为素净、清雅与高贵，很合学道人的心境，于是就把它移植到了宫观里，精心培育。后来安史之乱爆发，唐玄宗带着皇室宗亲逃入四川避乱，他两个学道的妹妹金仙公主和玉真公主来到青城山静修，一见那冰清玉洁的祥瑞花朵，十分喜欢，当即取名"丰瑞花"。成都的官贵们得知后，便纷纷跑到青城山上，向道士求取该花，带回成都，种植在自家园子里。一时，在私家园林里种植"繁而不艳，是异众芳"的丰瑞花，成了成都权贵和有钱人家一种高雅的时尚。后来唐朝灭亡，成都先后建立了两个地方政权——王建的前蜀和孟知祥的后蜀。后蜀主孟昶最宠爱的妃子花蕊夫人，从小在青城山脚下长大，也非常喜欢丰瑞花，在成都遍植鲜艳的芙蓉花的同时，也对清雅高洁的丰瑞花倍加护惜。从此，洁白的丰瑞花就与鲜红的芙蓉花在成都的私家园林和大街小巷，一夏一秋，替时开放。

说到这里，我爷爷便在宣纸的中间位置随手写下了"成都"二字，又画了一条粗黑的墨线，将它与"青城山"连接起来。

看着我爷爷那副郑重其事的样子，竹下秀夫笑了起来，说我发现天下美丽的花草，都有自己动人的故事。

但我爷爷没有笑。他继续用毛笔在宣纸上画着墨线。墨线从"成都"弯翘起来，一路向上升去，在快要到达宣纸顶部的地方停了下来。我爷爷在墨线尽头写了"燕京"二字，然后又在"燕京"下面的墨线旁边写了"汴梁"二字。

竹下秀夫偏着头，凝视着宣纸上那条弯翘的墨线，对我爷爷说，你好像在画一株树。

我爷爷问，什么树？

竹下秀夫说，歪脖子柳树。

我爷爷悬空提着毛笔，低头看着自己画下的墨线，面色凝重地点了点头，说你说得对，这就是一株歪脖子柳树。此后丰瑞花的命运就像这株歪脖子柳树一样，充满了曲折，充满了辛酸，甚至充满了苦难。

之后，我爷爷就告诉竹下秀夫，大约在公元966年的时候，后蜀被新起的宋朝灭掉，孟昶和花蕊夫人被掳往北方，过着寄人篱下的囚徒生活。内心郁闷的花蕊夫人整天思念四川，思念成都，含泪写了很多诗，借芙蓉花的艳丽缅怀昔日富贵绮丽的宫廷生活，借丰瑞花的苍白凄丽衬托自己漂泊异乡的悲凉心境。当时的皇帝赵匡胤看了，顿生恻隐之心，同时也对花蕊夫人诗中的丰瑞花充满了好奇，随手写了一首打油诗：青城山中花，种在别人家。花人叹花好，谁是花中花？到了宋仁宗时代，一个叫程琳的人到成都做官，便叫人将丰瑞花绘图上奏。仁宗见了丰瑞花清新脱俗的图样，十分喜欢，当即赐名为"太平瑞圣花"，并诏命程琳，"选其上佳者，速送京师"。被移植到京师的太平瑞圣花从此天下扬名，成为达官贵人争相追逐的珍奇花卉。但仅仅过了一百年，北方的金兵统帅海陵王率兵攻入汴京城，将皇宫里的珍宝劫掠一空，还将皇家园林里的太平瑞圣花抢运到燕京移植。后来，金朝灭亡，燕京皇城里的太平瑞圣花尽数被毁，只有流植到京郊的少数太平瑞圣花躲过了劫难。到了元、明时期，京郊的太平瑞圣花才重新被移植到皇城的御花园里精心培植。到了清朝，太平瑞圣花又被移到畅春园和圆明园里种植。后来，嘉庆皇帝驾崩，谥号"仁宗睿皇帝"，因"睿"与"瑞"同音，为避讳，继位的道光皇帝下令把太平瑞圣花的"瑞圣"二字去掉，简称"太平花"。然而，太平花坎坷多舛的命运并未就此结束。咸丰十年，也就是1860年，英法联军攻占北京城，火烧"三山五园"，圆明园中的太平花尽数被毁，只有畅春园里的两株太平花幸存下来。几年后，慈禧太后重修颐和园，将幸存的两株太平花移植到排云门前，一边一株。不料1900年，英、法、德、日等八国联军攻进北京城，太平花再遭战火浩劫。从此，偌大的北京城里再无太平花的踪迹可寻了……

　　我爷爷终于讲完了太平花绵长凄怆的故事。犹如一曲荡气回肠的大戏落幕，书屋里一片阒寂。我爷爷垂首站在那张墨笔手绘的

"歪脖子柳树"前，神色黯然，满脸伤悲。

坐在书桌前的竹下秀夫早已听得目瞪口呆，这时不觉长叹道，没想到一个来自青城山中的太平花，竟遭遇了这么多的颠沛流离和战火劫难，它几乎与中国近千年的兴衰历史并肩而行，确实具有文化学上的深厚意义！

我爷爷点头说，你说得对，当初中国人之所以将它取名为太平花，就是祈求天下太平，国家和百姓能在太平盛世里安稳地存在与生活。哪想到，太平花下不太平，战火与劫难永无止境。

竹下秀夫站起身来，躬着腰满脸歉疚地说，我为日本在八国联军中的侵华行为深感愧疚。但愿我们中日两国和平相处，永无战争。

我爷爷心情沉重地说，这就是我迟迟没有完成《四川植物志》的原因。我必须找到真正的太平花，对它进行准确的植物学描述和文化意义上的阐释。在我心里，这本《四川植物志》不仅仅是一部植物学著作，它还承载了我们中国人极力推崇的美好的社会理想：天下太平，所有的人都能在太平盛世里安稳富足地生活。

竹下秀夫凝思片刻，说，那我们就到青城山去找找太平花吧。

我爷爷摇着头说，我已经去过几次了，走遍了山上所有的道观和附近的树林，都没有发现太平花的丝毫踪迹。太平花已在青城山绝迹了。

竹下秀夫惊异不已，怎么会这样？

我爷爷说，大概有两个原因吧。一是玉真公主时代，成都的权贵和有钱人家疯狂跑到青城山上，求取和移植太平花，致其绝迹；二是青城山脚下的和尚为争夺山林与道场，曾跟青城山上的道士多次发生冲突，甚至还发生过捣毁宫观的事件。太平花有可能在漫长的佛道冲突中，遭到了毁灭。

竹下秀夫不觉叹息道，可惜，可惜，真是可惜了。但紧接着他又说，就是这样，我也想到青城山去看看。更何况，那里还有金仙公主和玉真公主修行的踪迹。

我爷爷笑了起来，说你们日本人总是对唐朝充满了向往。就拿杨贵妃来说吧，她明明在马嵬坡兵变中香消玉殒了，可你们硬说她跑到了日本，终老东瀛，还煞有介事给她修了一座气势恢宏的陵墓。

竹下秀夫没笑，他面色郑重地说，我对杨贵妃偷渡日本一事也心持怀疑，但我不觉得这有什么可笑的。它恰恰说明了我们大和民族对繁华似锦的天朝上国的景仰，就像我对中国的憧憬一样，希望河清君能理解。说完，他还朝我爷爷深鞠一躬，说拜托，拜托了。

我爷爷只得点着头说，行，行，明天我们就到青城山去吧。

就在我爷爷他们在青城山下盘桓的时候，我舅爷爷李沧白和南京来的地质学家王培源，在一个叫官兴文的水利专家的带领下，已经登上了灌县城西的玉垒山。

玉垒山自然是堆玉叠翠，满山新绿。他们踏着一条铺着石板的山间小道往上走着。小道上的石板已经被人踩得失去了棱角，有些地方还出现了翘拱和裂缝，在浓重的树荫下，仿佛一层沧桑的岁月和陈旧的时光洒落在寂寞的山野林间。

不久，他们就来到一个翠竹丛生的名叫"凤栖窝"的山洼。这时天色已晚，散落在小道两旁的低矮的民屋里，已经飘出了缕缕炊烟，不时有锅铲炒菜的哗啦声杂乱地传出来，氤氲的暮色中弥漫着呛鼻的油烟味。而在小道旁边的屋檐下，有几个剃着瓦片头的小男孩，正在聚精会神地打着铜钱。他们站在一条草草画出的横线上，竭力前倾着身子，把手中一捧小钱往几步开外的小圆坑里抛去。哗啦啦的响声中，小钱有的落进了坑里，有的则在坑外滚动。之后，他们就站在那条横线上，从衣兜里摸出一枚稍大的铜钱，举在右眼旁边，来回晃动着，瞄准那些散落在土坑外的小钱打去。铜钱砸中小钱，发出清脆悦耳的响声，叮叮当当地在山谷里回荡着。

我舅爷爷他们就是闻着满鼻子炒菜的油烟味，听着满耳铜钱碰击的叮当声，走过凤栖窝，走上玉垒关的。

一出玉垒关，天地便豁然开朗起来，一幅辽阔的山水江天图画蓦地出现在他们眼前：西边落日浩瀚的光芒与耀眼的霞云里，一列列苍青的山脉耸然而立；一条白茫茫的河流冲破屏立的山障，蜿蜒而出，水汽漫漶，烟云笼罩；一道巨蟒似的堤坝迎头而上，将河流劈开，一半河水弯折着流向了右边的外江，一半河水则困如怒兽般地沿着山脚，一路奔腾咆哮湍急冲撞着，流过狭窄的宝瓶口，进入左边的内江。之后，内江五指叉分，迤逦铺展，蜿蜒奔流。一片坦旷的原野随之展开，沟渠阡陌，竹林村舍，漫无边际地将蓬勃的大地与浓厚的春色带往天边。

这便是中国最古老的水利工程都江堰和四川天府之国最出名的川西平原了。

但我舅爷爷和王培源并不是来考察水利的，他们另有探访目的。

官兴文是灌县本地人，曾做过灌县水利知事，后来又做了成都水利知事。都江堰自先秦时期由蜀郡太守李冰修建完成后，那分水的鱼嘴曾在多个朝代被上游突发的山洪冲毁。官兴文就任成都水利知事后，带人实地踏勘了都江堰的河道、水流及山势，经过精确的流体力学计算,把古代分水的鱼嘴堤坝下移了两百米,并用石灰浆砌条石三十三层,就此铸就了永久性的"四六分水"工程,在中国水利界声名远扬。

然而,就是这样一个知晓都江堰工程奥妙的水利专家,也被王培源随后提出的一个奇怪的问题惊住了。

王培源站在玉垒关外一块突出的坪地上,面色凝重地上上下下地察看了一番烟水苍茫的庞大水利工程后,突然扭头问官兴文,如果有飞机投弹轰炸都江堰,会不会给成都平原造成严重的水灾?

官兴文像没听清似的,满脸疑惑地望着他,你说什么?

王培源说,我说如果有飞机来投弹轰炸这个水利工程,会不会像北方的黄河决堤一样,给当地造成严重的水灾?

官兴文骤地紧张起来,瞪大眼睛问,谁要来轰炸都江堰?这可是造福我们川西平原千秋万代的伟大的水利工程!

王培源目光咄咄地瞪视着他,你别管谁要来轰炸都江堰,你只管回答我的问题就行了。

官兴文脸上的疑惑和惊恐一点也没有消除,但他还是仰头想了想,说据我多年对都江堰的水文观察和对上游雨量的统计,就是有人来把整个都江堰炸毁了,或者把玉垒山炸塌,堵塞了宝瓶口,泛滥的水流也不会给成都平原造成严重的水灾。

为什么?王培源问。

官兴文抬起手来,指着下面夕照与烟水纠缠辉映的水利工程说,那鱼嘴虽然只分出了内外两条江,但随着两江的延伸,又在平原里分出了众多的大大小小的河道。从都江堰泛滥出去的水流最多漫溢二十里,就会被这些大大小小的河道收纳,安流顺轨,风平浪静。

王培源凝视着他，你的意思是说，即或都江堰被炸毁了，成都也不会受到影响？

官兴文说，影响肯定是有的，但还不足以造成灾害。

王培源仿佛一块石头落地似的松了口气，这才扭过头去，放眼俯望着山脚下浩荡奔流的水利工程。他的脸上，有一种如释重负的笑意。

不料，旁边的官兴文却突然蹙起眉头，面色忧忡地说，但有一个情况例外。

王培源一怔，落下的心不觉又悬提起来，赶急转头问道，什么情况？

官兴文显得有些犹疑，说这个问题我过去还从未想过，你刚才问到都江堰如果被炸毁了，会发生怎样的灾害，我才猛地想起，但又不知道该不该给你们说。

王培源鼓励他说，没事，你心中有啥想法，尽管说。

官兴文抬起头，将目光远远地托举着，望向西面那些绵延横亘的苍青的山岭。他的目光似乎穿越了层层叠叠的山峦沟壑，深入到了一个遥远的地方。他告诉王培源，前年8月下旬的时候，离灌县两百多里的茂县发生了一场大地震，造成巨量的山体崩塌，壅塞岷江河道，形成大大小小四五个高山堰塞湖泊，被当地人称为海子。后来又连续下暴雨，这些海子里的积水越来越多，水位越来越高。其中的一个叠溪海子，竟南北长三四十里，东西宽四五里，积水最深处达到三百多米，将山脚下著名的蚕陵古镇和附近的村寨全都淹没在了水下。到了10月初，叠溪海子里数以亿计的湖水突然胀破堰塞堤坝，铺天盖地，轰隆而下，冲毁了沿途两岸很多村寨。当天深夜，洪水出山到达灌县时，水头还有四五丈高，把都江堰的鱼嘴、金刚堤、飞沙堰等水利工程，还有宝瓶口旁边的离堆公园全部冲毁，大水涌进县城，淹没了大街小巷，淹死了四五千个居民。甚至还有上游的人畜尸体也冲进城来，在县府门前的回水凼里旋转飘荡。

王培源禁不住后背发麻，倒吸了一口凉气。

官兴文接着说，灌县下游的郫县、温江、双流、新津等县，也在这次叠溪海子溃坝中受了灾，死了人。

王培源急问，那成都呢？也有人淹死吗？

官兴文说，成都倒没淹死人，但府河、南河的水位急涨，冲上了岸边的街道，也有一些人畜尸体在居民家门前飘荡，造成了巨大的恐慌。

王培源不说话了，他将目光沉重地举起来，望向西边那些层层叠叠的绵延起伏的山岭。这时，夕阳落了下去，背衬着经血般流淌的暮光与晚云，屏立的群山愈加显得苍青雄浑，也愈加显得阴郁和凶险了。

王培源的眼里，浓雾般地弥漫着一种深深的忧悒与恐惧。

也就在这天黄昏，我爷爷带着竹下秀夫和我大伯伯，踏着绿树掩蔽的飘荡着丝丝凉气的游山古道，登上了青城山腰的天师洞，拜访了一个叫彭椿仙的道长。

我爷爷他们气喘吁吁地来到这个又名"古常道观"的天师洞时，彭道长穿着一身蓝色的粗布道袍，头顶用木簪绾着道髻，正鬓须飘飘地站在山门外陡峭的石梯上，看着山景。彭道长一见我爷爷，就呵呵呵地笑了起来，右手抱着左拳，拱在胸前说，福生无量天尊。贫道今天早晨起床的时候，看见屋檐下有蜘蛛在吊丝，就知道有故人来访，原来是您黄教授。

我爷爷也笑着拱了拱手，带着竹下秀夫走上前去，向彭道长介绍说，这是我的日本同学，跟我一样，也是搞植物研究的。彭道长又朝竹下秀夫拱手行礼，说幸会，幸会。竹下秀夫则按日本礼节，垂着两手，朝彭道长深鞠一躬，说初次见面，请多多关照。

彭道长惊异地看着竹下秀夫，你会说中国话？竹下秀夫略略弯了弯腰，说一千多年前，我祖上作为日本遣唐使，曾到中国学习过。我们家族保留了学习中国语言与文化的传统。彭道长更加惊讶了，看竹下秀夫的眼神就像在看一个漂洋而来的东瀛奇人。我爷爷也转头诧异地看着他，满脸疑惑地说，我怎么从来没有听你说过这事？竹下秀夫脸上微微一红，说我也是在前年的时候，听我久病的父亲在去世前说的。我爷爷点了点头，说既有如此家学渊源，你对中国的一往情深就完全可以理解了。竹下秀夫赶忙说，就是我祖上没有做过遣唐使，我也很喜欢中国，热爱中国的。

之后，我爷爷又把我大伯伯推上前，说这是我儿子，去年刚上大学，跟着我在学植物。彭道长笑微微地捋着胡须说，看你们这架势，今天又要来青城山找那太平花了？我爷爷摇头说，不全是。竹下君一心要来寻访金仙公主和玉真公主当年在青城山修行的踪迹，所以我们就来了。彭道长哦了一声，把目光转向了竹下秀夫，说贫道明白了。当年竹下君的祖上来中国做遣唐使时，正是玄宗皇帝的开元盛世，说不定你祖上还在长安见过这两位大唐公主呢。竹下秀夫兴奋得两眼放光，忙不迭地点头说，对对对，我就是这样想的。所以才特意前来寻访、朝拜，还请道长多多关照。彭道长看了看外面暮霭笼罩的山野和树林，说天色不早了，你们今天就暂且住在天师洞，明天贫道再带你们去吧。说完就侧身做了个请进的手势，带着我爷爷他们进了山门。

这时，正对山门的三清大殿里，道士们正在做着晚课，悠扬的唱经声伴随着铜磬悦耳的敲打声，流水似的泻了出来。暮色苍茫的古道观里仙音绵绵，弥漫着令人神思飘飘的燃香气息。

但彭道长却带着我爷爷他们走进了旁边一个小花园。花园里栽种着粗壮的铁甲松和造型如屏的紫荆树。铁甲松还未长出新叶，但紫荆树上已经缀满了细小的花朵，紫红氤氲的，给清寂的道观带来了不少暄腾的春意与缥缈的仙气。

我爷爷他们走过园中的石板甬道，来到了一个僻静的客堂。

客堂不大，是一个八角形的古法构造的木头亭屋。屋子里的每一面墙壁上都刻画着由连线的阳爻和断线的阴爻重叠组成的八卦图像，图像下面则摆放着八张木制的椅子，对应着墙上的卦象，在椅背上分别刻写着"乾、巽、坎、艮、坤、震、离、兑"的八卦名称，其摆布顺序与周文王的后天八卦完全吻合。屋子中央的空地上，是一张圆浑阔大的茶几，由两个敦实的树桩修整拼接而成，一半漆成黑色，一半漆成白色，还各凿了一个圆洞做眼睛，像两条首尾相衔的大鱼在几面上旋转游动，巧妙地构成了阴阳双鱼互抱的形状，显得朴然天成而又妙趣横生。

竹下秀夫一走进屋子，就被眼前各种道教符号和图案惊呆了。他用一种崇敬的目光四下里看了看，不由得惊叹道，我早就听说中国的道教崇尚太极八卦，没想到在这里活生生地看见了这些东西。

我爷爷接口说，彭道长十几岁就出家学道，对《道德经》和周易八卦、阴阳五行都颇有研究，是一个学识渊博的道门学者。竹下秀夫赶忙躬身说，我年轻时学习中国的唐诗宋词，也顺便找过几本中国道教的典籍来读，但总也读不懂，还请道长多多指教。彭道长客气地笑了笑，伸手邀请我爷爷和竹下秀夫在兑卦和巽卦的客位上坐下，自己则坐在了两者中间的乾卦主位上。看见我大伯伯在屋门口不知所措地站着，彭道长又说，小伙子，你是晚辈，就不要讲究了，随便找个位置坐下吧。我大伯伯左右看看，便选了大门右侧艮卦的位置坐了下来。

这时，一个小道士端着一方红漆木盘走进屋来，弯腰把几个细白瓷茶碗放在了那张阴阳双鱼的茶几上。彭道长笑着说，今天我们就不谈道了，先品尝一下青城山最出名的天师茶吧。说完，就让小道士给各位冲泡上了茶水。

竹下秀夫前倾着身子揭开自己茶碗上的盖子。茶碗里漂浮着三五片叶子，好像刚从树枝上摘下来一样新鲜碧翠，而浮叶之下的茶水则青绿透黄，在细白瓷碗的衬托下，益发显得清澈鲜亮，令人口生津沫。竹下秀夫端起茶碗闻了闻，点头说，茶叶若生，茶香若沁，真是好茶，好茶！

彭道长笑着说，这茶可是我们的第一代天师张陵在青城山修道时种下的，距今已有一千八百多年了。竹下秀夫一怔，瞪大眼睛说，道长的意思是说，我们现在喝的这茶，来源于一千八百多年前某个遥远的时刻？彭道长点头说，是这样。当年张天师在青城山修道时，不仅种下了一棵茶树，还种下了一株银杏树，一个用来遮挡外面的尘世纷扰，一个用来清心明目，观心悟道。现在，这棵天师茶树的子子孙孙已经遍布青城山上的茶园，而这株天师银杏则长成了参天巨木，要五六个人才能合抱，成了我们天师洞的镇山之宝。竹下秀夫不觉抬起头来，伸颈去看窗外。这时，暮色和雾霭愈加浓厚起来，笼罩了整个道观和山林，天地之间更显幽深静谧。但静谧中，却有一只布谷鸟在山野深处悠长地鸣叫着。在布谷鸟深远的鸣叫中，竹下秀夫止不住叹了口气，神思幽幽地说，中国的历史和宗教，真是太悠久，太博大了。

接下来，就是到饭堂去吃道家的素食晚餐。竹下秀夫刚尝了尝鲜脆爽口的青城老泡菜和清香四溢的白果炖鸡，又禁不住连声夸赞起来，说日本虽然在饮食方面也很讲究，但跟中国相比，还是差得太远了。彭道长见他兴致颇高，就叫小道士拿来一个土陶的酒坛，打开坛口密封的黄泥，给他斟了一碗。那盛在碗里的酒液竟然青碧如玉，像一泓春水似的闪烁着诱人的绿光。彭道长指着酒碗说，这是我们道家用猕猴桃秘酿的洞天乳酒，消渴解乏又养生，你尝尝吧。竹下秀夫端起酒碗浅咂一口，细细地品尝着。随着酒液的流淌和滋润，他的脸上像花朵开放似的笑了起来，说好酒，好酒。有点像我日本清酒的味道，但比我们日本的清酒更醇厚更香甜。之后，他便举起碗来，将里面的酒液一饮而尽。彭道长笑看着他问道，还要喝吗？他抹了抹嘴角，豪气地说，喝，这样的佳酿美酒，怎能不喝？竟接连喝了三大碗，直喝得两颊潮红，双眼都有了潋滟的波光。我爷爷诧异地看着他，说竹下君你今天怎么了？我记得你过去是不喝酒的。竹下秀夫醉眼迷蒙地站起来，手舞脚蹈地说，你们中国不是说，酒逢知己千杯少吗？我今天见到了彭道长，我心中高兴，我……我还要喝！彭道长又要去给他斟酒，但被我爷爷阻止了，说他一个文弱书生，怎经得这样不歇气地猛喝？彭道长只得把举起的酒坛放了下来。

这时,春夜的月亮爬上东窗,往饭堂里倾进一地的清辉,外面的山野也是一片霜染似的皓白洁净。竹下秀夫跟跄着走到窗边,突然举起手中的酒碗,对着窗外的明月高声吟哦起来,青天有月来几时?我今停杯一问之;今人不见古时月,今月曾经照古人。不知当年两位大唐公主来青城山修道时,是否也像我一样,喝过这琼浆美酒?那对月当歌的飘飞神采,颇有一些中国古代诗人的风范了。我爷爷便笑着对彭道长说,怎么样?我说醉了吧是不是?连李白的诗都念出来了。竹下秀夫摇晃着走回来,摆着手对我爷爷说,我……我没醉,没醉!我只是在想……想金仙公主……玉……玉真公主……话还没说完,就浑身一软,竟往下面瘫去。我爷爷赶急一把拉住他,扶他站了起来,可他还在我爷爷耳边咕哝,说我没醉,没醉!中国真是好呀,有明月,有美酒,还有金仙公主、玉真公主,还……还有……贵……贵妃娘娘……说着说着,竟把脑袋耷拉在我爷爷的肩上,呼呼地睡了过去。

我大伯伯赶紧走上前,帮我爷爷扶着竹下秀夫。彭道长在旁边笑道,黄教授,你这个日本同学,可真有意思哟。我爷爷怜惜地看着竹下秀夫,说他就是这样一个人,敏感多愁,还特别热爱中国的诗词,热爱唐朝。彭道长说,那他就不该去研究植物,他应该去做诗人。我爷爷说,他有一颗诗人的心。他总是用诗心去看待世界,善待植物。彭道长点了点头,说这跟我们道家是相通的。在我们眼里,天地万物,哪怕是一草一木、一山一水,都是有生命的,都是值得去爱惜和护佑的。然后就送我爷爷他们去客舍休息了。

直到次日天明,竹下秀夫才从醺然大醉中醒来。

1935 年春

在饭堂里吃了早餐后,彭道长就带着我爷爷他们,走出天师洞后门,走过掷笔槽嵌进岩体的狭窄凹道,往山上攀去。在即将到达陡峭险峻的九倒拐时,彭道长突然左折,往一条游人稀少的山路走去了。我爷爷招呼着竹下秀夫和我大伯伯,紧跟在彭道长身后。

不久,他们就循着这条冷寂的山路,来到了轩辕峰下,来到了祖师殿。

这时,上午的太阳正好迎面照耀着轩辕峰,满山的新翠在阳光下闪烁着生动的亮光。而卧伏于葱茏山脚的祖师殿,则像一位慈祥的老人,神态安静地晒着春日的暖阳。

竹下秀夫抬头仰望着古旧的山门,问彭道长,这里就是当年两位大唐公主修行的地方?

彭道长微笑着点头。

竹下秀夫一下就变得激动起来,迫不及待地往石梯上走去。由于走得太急,他在跨越山门的时候,差点跌了一跤。

山门里面,是一个古老的四合院子,石墙、板壁、青瓦,无不显示着岁月的积淀与沧桑,而院中栽种的几丛翠竹和一些茂盛的花草,又显得生机勃勃,充满了清幽雅致的山林气息。竹下秀夫站在葱郁的庭院里,连声赞叹道,好地方,真是一个修行的好地方。

跟着走进山门的彭道长却向他招招手,带着他往正中的大殿走去。

在大殿的张三峰祖师的塑像前,彭道长站了下来,指着像龛下面一个半人高的铁鼎说,你知道这是什么吗?

竹下秀夫看了看那铁鼎说,是烧香的炉子吧?

彭道长说,你仔细看一下,这鼎上铸着什么?

竹下秀夫弯腰细看，发现铁鼎浑圆的肚子上浇铸着六条栩栩如生的铁龙，还有两条铁龙顺着鼎壁攀缘而上，仰头张嘴，趴在鼎口，一副跃跃飞腾的模样。竹下秀夫不觉惊叹道，这是龙鼎啊！

彭道长说，你说得对，这叫飞龙铁鼎，是当年金仙公主和玉真公主在这里修行时，天天焚香祝祷的遗物。

一听说是两位大唐公主的遗物，竹下秀夫顿时就呆了。他情不自禁地伸出手去，在鼎壁上轻轻抚娑着。他一边抚娑，一边绕着铁鼎转圈。他似乎想通过自己的手指，去触碰他心中那个向往已久的繁华似锦的唐朝。他眼半闭，唇轻启，口中念念有词，状若梦游。突然，他站了下来，眼大睁，手高举，裂帛般地大声吟哦起来："玉真之仙人，时往太华峰。清晨鸣天鼓，飙欻腾双龙。弄电不辍手，行云本无踪。几时入少室，王母应相逢！"

站在旁边的彭道长惊异不已，没想到他一个日本人，竟然如此熟稔唐朝大诗人李白的《玉真仙人词》。

这时，我爷爷也跟着来到了大殿里。彭道长转头对我爷爷说，你昨天说他有一颗诗人的心，贫道还有些不信。今日一见，果然如此。

我爷爷笑了笑，望着还沉浸在怀古思绪里的竹下秀夫说，他就是这么一个人。当年他带我去东京郊外看樱花时，也是这样，又说又笑，又念诗又唱歌的，像疯了一样。

彭道长不由得问，他们日本人都是这样对中国很痴迷吗？

我爷爷凝思片刻，说日本人有个特点，十分崇拜比他们强大的国家和民族，所以他们非常迷恋我们的唐朝。但明治维新以后，日本人就开始崇拜和迷恋西方国家了。像竹下君这样仍旧痴迷于中国的日本人，就少之又少了。

1935年春

彭道长说，这可能跟他祖上做过遣唐使有关吧。

我爷爷说，是的。在日本古代，能做遣唐使，那是极少家族极其崇高的荣耀。

这时，已将怀古之情抒发得淋漓尽致的竹下秀夫走过来，有些不好意思地红着脸说，对不起，我刚才失态了。

彭道长摇头说，没关系。你如此喜欢中国，喜欢青城山，贫道十分高兴。

竹下秀夫顿了顿，像突然想起什么似的说，对了，在河清君给我的资料中，我曾看到一些文字，说在唐宋时期，有人还将太平花叫作"玉真花"，这跟玉真公主有关吗？

彭道长说，有关。当年玉真公主来到青城山，一见太平花就十分喜欢，还亲手移了一株，栽到住屋窗下。太平花皎白似雪，冰清玉洁。而玉真公主出身于帝王之家，很小就入了道门，虔心修行，同样具有超凡脱俗的气质。后来，玉真公主仙逝，文人墨客前来凭吊，只见花影不见丽人，心中十分伤悲，就写诗填词，将花比人，将人比花，抒发他们心中的景仰与缅怀之情。

竹下秀夫点头说，将太平花唤作玉真花，确实很是恰切。只可惜，现在人已作古，花也见不到了，真是让人遗憾。

彭道长叹了口气，说这也是我们青城山道门最大的憾事。前两年黄教授来寻访太平花时，我们便知道了它的珍贵，不久就派人到洛阳、北京去寻找，可怎么也找不着，好像太平花也在这两个地方绝迹了。

竹下秀夫又问，在你们的道门典籍中，有关于太平花的文字记载吗？

彭道长说没有。我们翻遍了所有宫观的库藏，只找到了一张破旧的古画。

什么古画？竹下秀夫问。

彭道长说，就是画太平花的。

竹下秀夫惊喜不已，还有这样的古画？谁画的？

彭道长摇头说，不知道，画上没有落款。我们猜测，它可能是玉真公主当年在这里修行时画的，也有可能是后来的游人，见了太平花后，画了送给宫观的。

竹下秀夫转头问我爷爷，河清君，你见过这张古画吗？

我爷爷说见过。

竹下秀夫异常兴奋，说有了这张古画，那太平花的问题，不就全都解决了吗？

我爷爷却说，事情不是这样的。我把这张古画带回成都鉴定过，是唐末至五代时期的画作。那时，太平花还叫丰瑞花，还没有被"绘图以奏"，送到汴京，由仁宗皇帝赐名为"太平瑞圣花"。另外，据有关文字记载，太平花移植到北方后，由于气候与土质的原因，生长变得相当缓慢，枝干已细弱如指，难以成树了，所开的花朵也渐渐演变成了单片的小白花。所以，此花非彼花，彼花非此花，我们还不能依据这张古画，对它进行准确的植物学描绘和人文意义阐述。

竹下秀夫的神色顿时黯淡下来，不由得长长叹了口气说，看来，我们寻找太平花的路途还很漫长哪！

我爷爷心事重重地说，也许，真正的太平花只是我心中的一个幻象，一个意境吧。

1935 年春

1935年夏

黄昏终于来临，窗外炽烈的阳光开始潮水般退去，但省政府秘书科里的窒闷和炎热却丝毫未减，反倒像一根着火的绳子，紧紧地勒着闷头办公的文秘人员。

坐在屋角的黄海晏掏出手帕擦着脸上的汗水，同时朝桌子对面的许琳望了一眼。许琳仰头轻轻笑了一下。然后，黄海晏就站起身来，一边大声骂着天气，一边晃荡着往屋外走去了。

外面的走廊里空无一人，只有黄海晏的皮鞋踏在水磨石地皮上，发出笃笃的响声。

不久，装作内急的黄海晏就来到走廊尽头的厕所里，打开最里间的一个档格，蹲了下来。

在档格的门板背后，他看见了一条用粉笔画上的白线。短短一撇，好像某个小孩随意涂抹上去的。别人自然不会留意这条涂鸦似的白线，但黄海晏一看，就知道那个潜入情报股的神秘人物，又在向他发出信号，要他去取情报了。

黄海晏赶紧擦去那道白线，站起身来，假装系着裤子，走出了厕所。

在厕所门旁的洗手池边，黄海晏站了下来，将双手伸到水龙头下慢条斯理地冲洗着，同时扭过头去，望向对面。对面笔直地延伸出一条又深又长的走廊，正好与秘书科的走廊形成直角。但不同的是，这条走廊被一道铁栅栏隔着，上面还挂着一块木牌，冷漠地写着两行字：情报重地，闲人免进。

这就是那个神秘人物工作的地方。

黄海晏一到秘书科，就对这个神秘人物充满了好奇。但这人是谁？多大年纪？长得怎样？黄海晏始终一无所知。在初来的那段时间里，黄海晏曾细心地观察过那些从铁栅栏门里走出来上厕所的人，但他很快就发现，进入最里间档格去方便的人，总是来来往往，变化不定，他根本无法做出判断。这就更加激起了他探秘的好奇心，在一个预计对方会发出信号的午后，他假装腹泻，悄无声息地蹲在另一个档格里，等待着那人现身。结果他在臭气熏天的茅坑里蹲了许久，只有两个情报股的人来上厕所。一个小便，匆匆地来，又匆匆地去。另一个人虽然进入档格蹲了下来，但位置不对，还在档格里轻佻地哼着小曲，什么"风吹那个杨柳呀雨打那个萍，到黑夜呀我就想起了漂漂亮亮的那个你"，全是些艳俗的词儿，显然更不是他要找的那个神秘人物了。

这让黄海晏十分气馁。但让他更为惊异的是，这天下班后走出省政府，走在夕照满地的大街上，许琳一直用忧悒的眼神看着他，看得他毛骨悚然的，禁不住扭头问道，你这样看着我做啥？

许琳叹了口气，说我父亲要见你。

黄海晏问，你去不去？

许琳摇头说，我不去，他只见你。

黄海晏愣住了。自从他和许琳由组织安排到省政府秘书科上班后，凡是有情报需要收取和传递，都是他们两人乔装成恋人，一起去完成的。可这次，那个蛰居在浣花溪边的上级为什么要单独召见他呢？难道有什么特别机密的任务要他一个人去完成吗？

于是，在那个明媚的春日黄昏，黄海晏带着几分忐忑和兴奋，很快赶到了城西。当他走进浣花溪边那间爬满青藤的小屋时，那个上级竟然破天荒地没有咳嗽，也没有坐在那张固定不变的椅子上。他背着手站在窗下，蓝布长衫松垮垮地挂在身上，整个人瘦得像一根尖细的竹竿。然而，这根尖细的"竹竿"蓦地转过身来，目光凶凶地瞪着他，劈头盖脸地质问道，你究竟在搞什么搞？！

火气之大，口气之严厉，立时把黄海晏震住了。他懵懂地站在屋中，完全不知道上级所问何事，更不知道如何去答话。

上级怒气冲冲地说，我们搞情报工作，是有严格纪律的，不该说的话绝不说，不该知道的事绝不问！可你倒好，竟跑到厕所里去蹲着，要查明是哪个同志在给我们传递情报！

黄海晏不由得惊呆了，用一种恐悸的眼神望着上级。

他自认为下午在厕所里搞的那个小动作，是根本不会有人知晓的。可现在，连蛰居在浣花溪边的上级都知道了，究竟是谁洞察了他在厕所里的小动作，向上级报告的呢？他首先想到了许琳，但他即刻又否定了。许琳连男厕所都不能进，她怎么可能知道他在厕所里的所作所为呢？如果不是许琳，这个向上级"打小报告"的人，又会是谁呢？

这时，一只俊俏的画眉鸟不知从哪里飞来，停落在小屋的窗台上，伸展着脖子，脆声鸣叫。黄海晏望着那只婉转鸣唱的画眉鸟，脑海里突然灵光一闪：对，这个向上级"打小报告"的人，肯定就是那个潜入情报股的同志！

一想到这个深海般潜伏无迹的神秘人物，黄海晏不禁打了一个冷战。他原以为自己很聪明地躲在暗处，在默默地观察、寻访着对方，殊不知他的一切行为，哪怕是躲在厕所里的那个小动作，全都落入了对方的视野，全都在对方的掌握中！

黄海晏情不自禁地仰起头来。他仿佛看见一双明察秋毫的眼睛，正悬浮在头顶的虚空中，默默地盯视着他。他如芒在脊，羞赧无比。他感到了自己的幼稚可笑，也感到了对方的成熟和机智。他对潜伏在情报股的那个神秘人物，充满了由衷的钦佩与尊敬。

他像一个小学生似的红着脸，全盘接受了上级对他的严厉批评，且郑重地表示，他今后一定严守纪律，做好情报的收取与传递工作，请组织相信他。

上级的神情这才缓和下来，但咳嗽也随之汹涌而起。上级面色紫涨地说：那……那好吧，念你是……是情报战线上的新……新兵，这次就不对你做出处分了。下次再……再犯这样的错误，组织是绝……绝不会姑息的！

黄海晏赶紧走过去，殷勤地给上级捶背。上级一把推开他，说我不要你管，你走吧！

黄海晏只得狼狈地走出了那间爬满青藤的小屋。

这时，许琳已经站在溪边的一株柳树下，在等着他了。

黄海晏满面羞惭地走过去。许琳同情地看他一眼，想说点安慰他的话，但终究没有说出来。她望着那间孤独的小屋，轻轻叹了一口气，说我父亲曾是川军中的一个团长，几年前参加由重庆地委组织发动的泸州起义，肺部受了重伤，才转移到成都搞地下工作的。他身体不好，脾气也不好，你要多多体谅他。

黄海晏惊愕地看着许琳。

作为一名四川籍的中共地下党员，黄海晏自然知道这次惨烈的武装起义，也知道有不少同志牺牲在起义前线，但让他没有想到的是，这位一直将自己闭门幽居在浣花溪边的上级，竟是这次起义的参与者，并因此受伤落下了严重的残疾，但依然拖着病体挣扎着，继续为党工作。

黄海晏的眼眶潮湿了。他蓦地觉得，上级那一声声撕心裂肺的痛苦的咳嗽里，充满了同样让人撕心裂肺的痛苦的力量。他目光尊崇地望着那间苍凉而又孤独的小屋，真诚地对许琳说，你父亲是个坚强的战士，是我们学习的榜样，我完全接受他的批评教育。

此后，回到省政府秘书科上班的黄海晏，尽管对那个潜伏在情报股的神秘人物依旧充满了强烈的好奇心和探知欲，但他再也不敢有任何小心思和小动作了。有时去上厕所出来，他也只能站在洗手池边，匆匆地望一眼对面那条又深又长的走廊，便赶紧离去了。

就是这匆匆一瞥，他也担心会被那个神秘人物窥见，自己又违反组织纪律了。

所以，在这个窒闷而又炎热的盛夏黄昏，黄海晏虽然得到了那个神秘人物传出的收取情报的信号，同样没在洗手池边多作停留，就快步往秘书科走去了。

他站在办公桌前，扯起一张废弃的文稿纸，细心地清理着手上的水渍。坐在对面的许琳抬头向他投来询问的目光。他把文稿纸揉成一团，扔进旁边的竹篓里，大声说，这鬼天气，热得人心里发慌！要是有冰激凌吃，那该多好呀！

许琳明白他的意思，笑着说，成都没有冰激凌，只有卖西瓜的，你请我们吃西瓜吧。

黄海晏豪爽地说，吃西瓜算什么？我请大家去吃重庆冰粉、乐山凉糕，管你们吃够！

许琳便站起身来，朝着屋里的秘书们招手，走，黄先生请我们去吃冰粉、吃凉糕喽！

已被室闷和炎热折磨得心烦气躁的秘书们，仿佛得到了大赦似的，哗啦啦站起，嘻哈打笑着，跟在黄海晏和许琳身后，一窝蜂地往屋外走去。

一行人来到省政府对面的一家小吃店。黄海晏给每个人点了重庆冰粉，又点了泸州凉糕，十分大方地说，大家放开吃，不够的还可以再点。家里有孩子的，也可以带些回去，给孩子们尝尝鲜，消消暑。

大家果然就放开肚子吃起来。家里有孩子的几个男秘书，还毫不客气地吩咐起了店主人，另行打包，要带些冰粉和凉糕回去，给孩子吃。

坐在许琳身边的是一个三十多岁的老秘书，老处女。她知道许琳在跟黄海晏"谈恋爱"，见大家又吃又拿的，心里有些不悦，便悄声对许琳说，这些人成天都想着占别人的便宜。你跟黄先生今后还要结婚生孩子的，可不能由着他这样大手大脚地花钱！

许琳先是一怔，随即就面红耳赤起来。她跟黄海晏"谈恋爱"是父亲的指令，目的是掩人耳目，在收取和传递情报时更为方便。

他们虽然以"恋人"的面目出现在秘书科，但私下里却连手都没有拉过，更不会有其他亲昵的动作了，怎么就说到结婚生孩子方面去了呢？

那个女秘书见许琳满脸通红，还以为她姑娘家面浅，就叹了口气，说女人嘛，迟早都要嫁人的。一旦遇到好男人，就千万不要错过了。不然，成了明日黄花，走在街上都没人看你一眼了。

许琳从女秘书的话里听出了很多的幽怨，也突然明白了自己此时此刻角色的出位。她赶忙把自己拉回到"恋人"的心境里，抬头望着黄海晏，用一种怨艾的口气说，他就是这样一个人，从小大手大脚地花钱惯了。在大学教书时，班上只要有学生遇到困难，他都会慷慨解囊的，有时把自己弄得身无分文，连坐黄包车的钱都要我给他拿。神色语气里，颇有一种年轻小恋人的亲昵味道。

女秘书不无嫉妒地看了看黄海晏，又看了看许琳，神色幽幽地说，所以我说他是个好男人，你要把他盯牢管紧喽。

许琳嫣然一笑，说谢谢张姐，我会把他盯牢管紧的。

暮色渐起，秘书们终于吃饱喝足，纷纷站起身来，向黄海晏拱手道谢，四散而去。只有那个女秘书，孤单地站在小吃店前，目光深长地望着并肩离去的黄海晏和许琳发呆。

已经走远的许琳用肩膀轻轻碰了碰黄海晏，说你知道刚才张姐跟我说了什么吗？

黄海晏问，她说什么？

许琳说，她说你是个好男人，要我把你盯牢管紧。还说……

还说什么？

还说我们今后要结婚生孩子的，不让你在外面大手大脚乱花钱……

黄海晏猛地站住了，惊讶地望着许琳。

许琳满面通红，正用一双水灵灵的大眼睛深切地望着他。

黄海晏心里禁不住一阵惊喜和激动，蓦地转过身来，张开双臂想去搂抱许琳，但略一思忖，他又克制住了自己，继续往前走去。

许琳追上来，拽住他问道，你咋啦？

黄海晏讪讪地说，我怕上级批评，又说我违反组织纪律了。

许琳昂着脖子说，这是我个人的事，他管不着！

黄海晏怔怔地望着许琳，依旧显得有些犹疑。

许琳瞥他一眼，噘起嘴说，你还在法国留过学呢，怎么一点都没有男人的浪漫和主动？说着，就把一只手插进他的臂弯里，紧紧地挽住了他。

黄海晏浑身一颤，情不自禁地抓住了许琳的手。他又一次触碰到了那种初纺棉花般的温软细腻的感觉。他心摇旌动，筋软骨酥，整个人都飘了起来。

这一刻的奇妙和战栗让我的小爷爷黄海晏终生难忘。事后很多年，他在跟朋友谈起他的这段初恋时，还是那么惊喜与激动，红光满面十分陶醉地说，幸福真是来得太突然了，我都有些晕眩了！

结果，被突然降临的爱情搞得头晕目眩的黄海晏，挽着许琳去取情报时，竟然出了差错。

情报的寄放地选在离省政府不远的少城公园。这少城公园原是成都驻防清兵养马放马的一个大园子。由于园里草木葱郁，溪水潺潺，景色优美，生活在成都的满人也经常来此郊游散心。但辛亥反正后，清朝崩溃，新兴的四川军政府便将这个大园子收作公有，开辟成公园，并特意收集川中珍贵的古木、桩头，在公园里建了一个盆景园。后来，刘湘从各路军阀中崛起，执掌四川军民两政，又花重金从川南运回一个东汉时期的罗汉松古桩头，植于园中，成为镇园之宝。这个罗汉松古桩头历经一千多年的岁月风雨，枝干虬曲，皮面如皱，且枯洞密布，极显老迈与沧桑。其中一个枯洞，握拳可入，深达半尺，被情报股的那个神秘人物选作了情报投递的秘密"邮箱"。黄海晏每次在厕所里得到信号后，都会带着许琳前来收取。于是，在1935年的春夏时节，少城公园的盆景园里便时不时地出现一个有趣的情景：两个衣着整洁的年轻男女绕着罗汉松古桩头转来转去，似乎在细心地欣赏着盆景。有时，这两个年轻男女还倚着古桩头亲昵地说笑，样子像在谈恋爱，其实是在收取情报。

然而，成都的夏日天气总是变幻莫测，先还艳阳高照，炎热难耐，但转瞬就会阴云密布，天空中噼里啪啦地出现几道闪电和雷声之后，滂沱大雨旋即倾盆而至，把偌大一个古城笼罩在白茫茫的烟雨中，那恼人的窒闷和暑热顿时消散殆尽，到处都飘散着凉爽的清风和潮润的雨气。

这天傍晚，收获了爱情的黄海晏喜滋滋地挽着许琳前往少城公园收取情报时，就在半途上不期而遇了这样一场遽然降临的瓢泼大雨。

黄海晏只得带着许琳跑到街边的屋檐下去躲雨。

雨越下越大。檐沟水像瀑布似的在他们眼面前哗哗泻落。街道也被汇聚的雨水淹没了，飘满了树枝、菜叶，还有居民家里的烂棉絮、烂布头。一些浑圆的小石子从土墙上剥落下来，随着奔泻的水流，在街道上骨碌碌地滚动。

直到天快黑了，暴雨也未停歇。黄海晏不觉担心起来，望着黑沉沉的天空说，下这么大的雨，那情报该不会出问题吧？许琳摇头说，应该不会的。但接着又自责起来，说真不该让你请大家去吃那冰粉和凉糕，把时间耽误了。

就在这时，一个浑身透湿的年轻人突然闯到屋檐下，把他们吓了一跳。两人赶紧闭上嘴巴不说话了，并往旁边挪了挪。那人瞪他们一眼，抹了抹脸上的雨水，又一头扎进了雨幕中。黄海晏愣愣地看着那人在雨中迅疾地奔跑，说我们也走吧？许琳说，走！别人都不怕淋雨，我们怕个啥？然后就拽着黄海晏的手，冲出了屋檐，往少城公园跑去了。这时，街道两边的人家已经点上了灯，昏黄的灯光从狭小的窗户里透射出来，在密集苍茫的夜雨中微弱而又胆怯地闪烁着。

两人落汤鸡一样赶到了盆景园。那个罗汉松古桩头的枯洞里已经积满了雨水，正在汩汩地往外漫溢，但寄放的情报却不见了踪影。

两人不禁大惊失色。

但那情报是装在一个细小的竹筒里，用蜡封住的，即或遇上大雨，被雨水浸泡了，也不会有问题的。于是，两人就在古桩头脚下心急火燎地搜索起来。幸好这时大雨停了，清朗的夜空中出现了黄朦朦的月亮。两人借着雨雾的月光绕着古桩头找了一圈，却没有寻见那个小小的竹筒。两人又沿着枯洞积水流泻的方向，往外搜索。不远处有一条小溪，正聚集着盆景园里的雨水，哗哗地流淌着。如果寄放在枯洞里的情报被蓄积的雨水漫溢出来，只可能冲到这条小溪里去，顺水漂流。但两人循着小溪一直搜索到公园的围墙脚下，也没有找到那个小小的装着情报的竹筒。

两人呆立在昏蒙蒙的月光里，恐骇地望着那条小溪穿过围墙径自流去，一时不知如何是好。

最后，还是黄海晏长叹一声，神情沮丧地说，走吧，回去挨骂吧！

许琳面色苍白地说，恐怕不是挨骂这么简单了。

果然，当他们浑身透湿地赶到城西浣花溪边那间小屋时，上级一听寄放在枯洞里的情报可能被疾涨的雨水冲走了，惊震之下脸色剧变，瞪着他们怒骂道，情报应该在你们下班前一个小时就传出来了，而大雨是在天黑的时候才下的，中间有两三个小时的空档，这段时间你们都到哪里去，干什么了？

黄海晏和许琳全都闷不作声，脸上火辣辣地难受。

上级接着又气哼哼地说，情报真的被雨水冲走了，倒没什么，要是被人捡到了，发现了其中的秘密，那怎么得了！

黄海晏和许琳一想到因他们的过失可能招致的泄密，也不觉心惊肉跳。

上级站起身吼道，你们还在这里待着干啥？赶紧回去给我找，就是把整个公园找遍，找到天亮，也必须把情报给我找回来！不然，我就报告组织，严厉处分你们！

黄海晏赶紧拉起许琳，往屋外跑去。

上级朝着他们大吼道，就这样去，黑灯瞎火的，能找着什么呀！

许琳急忙转回身来，拿起了一支手电筒。

他们刚一跑出小屋，上级剧烈的咳嗽声就紧跟着传了出来，声音嘶哑、破裂，充满了从未有过的焦灼和痛苦，像一道凌厉的鞭子在后面狠狠地抽打着他们。

他们一路小跑着，赶到了少城公园。他们打开手电筒四处搜索，竟然很快就在小溪旁边一个荷塘的水面上，发现了那个小小的竹筒。这时，他们才明白过来，一定是小溪里的水位急涨，漫进荷塘，把竹筒冲了进来。

他们赶紧捞起竹筒，跑回小屋。

已经急得双眼发红的上级一把抓过竹筒，打开蜡封，抽出藏在里面的纸条。纸条完好如初，没有丝毫损伤。站在旁边的黄海晏和许琳这才放下心来，大大地松了口气。

但上级看完情报内容后，脸上的神情却没有丝毫松动。他抬起头来，依旧目光凶厉地瞪着两人说，你们知道这是一份怎样重要的情报吗？

两人茫然地摇头。

上级面色严肃地说，这份情报要是丢了，或者被人发现了，别说是处分你们，就是枪毙你们都有余了！

许琳吓得缩着脖子，吐了吐舌头。

上级立刻瞪眼说，你别给我做怪相！下次再犯这样的错误，看我怎么处分你们！

许琳噘起嘴说，人家不是把它找回来了吗？

上级吼道，找回来了也是你们犯错在先！情报工作容不得丝毫闪失，哪怕是一个小小的疏漏，也可能给我们的事业造成巨大的损失，难道你们不知道吗？说着，突然捂住胸口，弯下腰去，剧烈地咳嗽起来。

许琳赶忙走上去，扶着她父亲坐下。黄海晏则给他倒来了一杯开水。

上级喝了水后，咳嗽渐渐平息下来。他面色苍白地靠在椅子上，神态显得非常疲惫虚弱。他望着两个年轻的下级，断断续续地说，你们……知道，两三个月前，我们西移的部队……曾经进入川南地区，准备向川中腹地发起……进攻，但以刘湘为首的四川军阀集团调……调集重兵围堵，我们的部队不得不折回……贵州，向云南进击。在四川督察的蒋……蒋介石火速飞临昆明，坐镇指挥……滇黔军及跟踪追击的国民党中央军，以昆明为中心……布下铁桶阵，严防死守，准备把我们的部队消……消灭在云南的险山峻岭中，但我们的部队在昆明附近虚晃一枪，便迅速……往滇西移动，跳出了敌人的……包围圈。现在，我们的部队正……正昼夜北进，准备强渡大渡河，再次进入……四川。这时，以刘湘为首的四川军阀集团……对我军北进持何态度，又做了什么样的军事……部署，我们的川北部队……又该如何策应，往何处进军，便成了……攸关我们部队生死存亡的重大问题。所幸的是，我们的中革军委和川中地下组织……通过各种秘密渠道，向刘湘表明了我军……进入四川的目的，那就是从四川借道，北上抗日，而不是来争……争夺地盘，更不是来建立……根据地的。刘湘心中一颗石头落地，终于做出了……有利于我军北进的……部署。

这时，一直坐在旁边认真听着的黄海晏止不住问道，刘湘是怎么部署的？

上级把那张捏在手心里的纸条展开，递给他。

黄海晏接过纸条，只见上面写着：刘湘已知我军借道北上之意图，密令下属部队：我军若无强行突入成都平原之军事行动，即半推半就，放我军从川西北高原走。

黄海晏惊喜地抬起头来，他们不打我们的部队了？

上级张大嘴巴深吸了一口气,说刘湘这人表面憨厚老实,却是一个很有心机的人。他不是不打,只是双方达成了默契,不会真打大打了。为了掩国民党中央和蒋介石的耳目,他还是会让下面的部队做做样子,跟我们有些小打小闹的。

黄海晏把那张极其珍贵重要的纸条重新折上,交还给上级,欣慰地说,这样好啊,我们的部队就可以借道通过四川,北上抗日了。说完,他又忍不住轻轻叹了口气。

上级问,你叹什么气?

黄海晏怅怅地说,我原来一直盼望着我们西移的部队能来四川,我甚至还想象过那满地红旗招展的火热景象……

上级摇了摇头,说你还年轻,不太懂得政治。政治是需要从长远和全局利益来考虑问题的,而不囿于一时一地的得到与胜利。我相信把这个十分重要的情报传给中央后,我们的部队会很快走出困境,迎来新的胜利的。

这时,雨后的圆月斜挂远空,把一大片皎洁的清辉倾泻进了小屋。黄海晏禁不住望着那片霜雪般亮白的月光出神。他的眼前顿时出现了川西北高原的崇山峻岭,还有在崇山峻岭中移动的浩大的部队……

黄海晏长长地舒了口气。他突然觉得,这个暴雨过后的1935年的成都夏夜,特别清朗,特别宜人。

这天下午,暴雨即将来临的前夕,一辆发自重庆"利川车行"的灰头土脸的大客车,摇摇晃晃地驶入成都东大街,摇摇晃晃地驶进了街边的"大川饭店",如同一头疲累之极的老牛,喘息着在宽大的水磨石门廊里打了一个瞌顿，熄火停了下来。

车上走下来四个人，全都穿着西装，戴着考克帽，样子显得十分时尚新潮。他们站在门廊里，神情倨傲地四处张望着。这时的成都虽然临近黄昏，但暑气并未消散，门廊里连一丝风都没有，他们的额头上很快就渗出了密集的汗水。其中一个年纪稍长的男子，鼻梁上架着金丝边眼镜，镜片被汗水蒸发的雾气糊住了。他摘下眼镜，一边掏出手巾擦拭，一边用蹩脚的四川话抱怨着成都的天气，说重庆日（热）得像个火炉，没想到这个鬼成都，竟闷得像个震（蒸）笼！

不久，一个经理模样的中年男人快步走出来，谦恭地向他们点头哈腰，说欢迎欢迎，欢迎四位入住我们大川饭店。说着，就伸手朝门里做了个请进的手势。

男子把眼镜戴上，昂首挺胸地走进了饭店。另外三个人紧跟在他身后。

他们的身影刚在门廊里消失，一辆打着"重庆通用贸易公司"字号的客车，就疾驰到饭店大门外，急刹着停住了。车上急火火地跑下来两个穿着薄绸短衫的年轻人，他们快步跨过庭院，走到门廊下，推门进入了大川饭店。

他们在前堂的柜台上办理入住手续时，正好看见那四个穿着西装戴着考克帽的客人正在经理的带领下，踩着酱红色的木楼梯，一步一步地往上面的楼层走去。那个戴金丝边眼镜的男人还扭过头来，望了他们一眼。

两人赶紧收回目光，埋头办理手续。

当那四个客人在楼梯拐角处消失时，两人中一个蓄着胡须的青年,用肘拐撞了一下身边的小个子同伴。小个子同伴点点头,转身离开柜台,快步往饭店外面走去。

就在这时,天空中突然出现几道闪电,把饭店的门廊和门廊内的前堂照得一片炽白。紧跟着,轰隆隆的雷声滚滚而至,滂沱大雨倾盆而下。小个子没有犹豫,只抬头望了望天空,就像离弦的箭矢一样,飞快射进了哗啦啦泻落的暴雨中。他浑身上下很快就被雨水淋透了。

当他跑出饭店大门时,街面上已经不见一个人影,只有密集的雨点狂暴地砸击着路面,汇聚的雨水在脚下恣肆地奔流。而远处的街道和两旁的店铺,全都笼罩在了白茫茫的水雾中。他一边往前奔跑,一边抹着脸上的雨水。他的双眼几乎被倾泻而下的暴雨迷住了。

直到跑过几条大街,他才略略放慢了脚步,躲到街边的屋檐下去喘气。屋檐下挤着一对青年男女,正在叽叽咕咕地说着什么,见他走近,就立刻闭上嘴巴不说了,还往旁边挪了挪,似乎担心他湿淋淋的身子把他们濡湿了。他不悦地瞪了两人一眼,又一头冲进了狂泻不止的雨幕中。

这时,天空开始黑下来,有零落的灯火从居民家狭小的窗口亮起。雨夜顿时变得斑驳与苍茫起来。他在雨中奔跑的身影益发显得孤独与急切。

之后不久,设在省政府的情报股和特勤队就相继得到了一个消息:日本驻重庆领事馆的渡边洸三郎、田中武夫、濑户尚、深川经二,已经乔装成南洋商人,乘坐"利川车行"的客车秘密潜入成都,住进了大川饭店。

第二天早上,因情报失而复得而倍显轻松的黄海晏和许琳刚一走进秘书科，就听见同事们在叽叽喳喳地议论，说中央和省政府不是明令禁止日本人在成都恢复领事馆吗？怎么这几个日本人又偷偷跑到成都来了？去年12月，日本的特务机关在华北策划了五省自治，企图脱离南京政府的控制，现在重庆领事馆的日本人又潜到了成都，他们肯定不会干好事的！日本人狼子野心，省政府得管管这事；如果省政府不便直接出面，也应暗地里发动民众，像几年前捣毁日本领事馆一样，把那几个日本人赶走！

就在大家七嘴八舌地说着的时候，省政府秘书长走了进来，面色严厉地瞪着大家说，一上班就听见你们麻雀炸林一样闹嚷嚷的！日本人的事有警察局和特勤队来处理，由得着你们这些握笔头的秘书们来操心吗？赶紧给我工作，干好你们手头的事吧！

秘书科里一下安静下来，秘书们全都埋下头去，干起了各自的事情。

但敏感的黄海晏却从秘书长的话里听出了某种隐秘的信息。他凝思一顷，朝着桌子对面的许琳轻轻地咳嗽。许琳抬头望着他。他挑起眉头，向窗外瞟了一眼。许琳会意，立刻捂住肚子，弯下腰去呻吟起来。黄海晏赶忙走过去问道，你怎么啦？许琳皱着眉头说，我肚子疼，疼得厉害！随后就愈加大声地呻吟。这时，那个老处女张秘书怀抱着一叠文件，正好从隔壁科长的办公室走回来。她伸手探了探许琳的额头，惊叫道，哎哟，你怎么发起烧来了？是昨天淋了雨吗？许琳哭丧着脸点头。张秘书一副悲天悯人的样子，说你昨天吃了那么多凉糕和冰粉，又淋了雨，不生病才怪呢！见黄海晏还在旁边愣着，又禁不住责怪道，你还呆着干啥？赶紧带她去看病呀！黄海晏哦哦地点着头，赶忙扶着许琳站起来，搀着她往外走去。张秘书望着两人依偎着离去的背影，怅怅地叹了口气，说还是有人关心，有人疼好啊！一个男秘书抬起头来，说张姐你别羡慕别人了，也赶紧找个人来疼疼自己吧！张秘书一下变了脸，将怀中的文件猛地砸向那个男秘书，瞪眼道，姑奶奶的事你少管！然后就扭身到自己桌前，一屁股坐了下来。那个男秘书知道自己说错了话，赶急拾起地上的文件给张秘书送回去，讪讪地笑着说，对不起张姐，我不该多嘴。张秘书不理他，气哼哼地扭过头去望着窗外。她的眼角闪出一星泪光。

黄海晏搀扶着许琳走出省政府大门，禁不住扑哧一声笑了起来，说真亏有个张秘书，我们的双簧戏才能演得如此天衣无缝。许琳叹口气，说张姐也是一个可怜人。

之后，两人就招来黄包车，火速往浣花溪边赶去了。

在那间孤独的爬满青藤的小屋里，他们向上级汇报了日本人潜入成都的事，以及省政府秘书长那番训斥中颇含机密的话语。但上级的脸上并无半点惊诧之色。他端起杯子喝了一口水，神色平静地说，我们已从别的渠道得知了这个情况。同时，我们还得知，刘湘已经秘密指示成都警察局和省政府特勤队去处理这事了。

他们打算怎么处理呢？黄海晏好奇地问。

上级笑了笑，说刘湘这人鬼得很，他肯定有办法对付那几个日本人的。

许琳问，那我们该干些什么呢？

上级招呼他们在旁边的椅子上坐下，说你们回来得正好。抗日是全民族的大事，我们理应配合刘湘的省政府采取行动。你们过去都在各自的学校里搞过学运工作，对学校的社团非常熟悉。组织已经研究决定了,让你们两人立刻回去,组织学生前往大川饭店,抗议示威,尽快把那几个日本人赶走。

黄海晏兴奋地说,这样好啊。日本人居心叵测,我们绝不能让他们潜伏在成都干坏事!

上级叮嘱道,但你们也要注意,不能在行动中暴露了自己的身份。

黄海晏郑重地点点头,说我们会注意的。然后就站起身来,拉着许琳,急匆匆地往小屋外面走去了。

上级看着他们十指相扣的双手,蹙起了眉头。但转念一想,他又将眉头舒展开来。他默望着两人携手离去的背影,目光温和,面含笑意,整个人都被一种父爱慈祥的光芒笼罩了。

将近中午的时候,黄海晏和许琳就分别带着两拨学生队伍赶到了大川饭店。这时,大川饭店的庭院里和大门外已经聚集了很多青年男女,正顶着雨后更加毒辣的日头和蒸腾的暑气,朝饭店里不停地高举着手臂,呼喊着口号:打倒日本军国主义!反对日本人在成都恢复领事馆!日本人狼子野心,滚出成都去!

饭店外面的反日气氛已经像酷热的天气一样,非常炽烈了。

黄海晏和许琳立刻带着学生队伍加入到了抗议示威的人群。他们发现,人群中不仅有普通的成都市民,还有其他学校的学生。其中有几个特别活跃的人,还是省政府特勤队的便衣。他们混杂在人群里,上蹿下跳,带头呼喊着口号,还大声吼叫着,要求饭店把日本人交出来。

黄海晏和许琳一下就被人们强烈的爱国激情感染了,他们带领着学生,也朝饭店里高声叫喊着:把日本人交出来!把日本人交出来!

在群情激愤的呐喊声中，那个经理模样的中年男人终于走了出来。他望着庭院里聚集的人群，神色慌张地举起双手说，同……同胞们，你们……你们误会了，我们饭店里根本就没有日本人。

谁知他话音刚落，那个蓄着胡须的青年就从他身后跑了出来，朝着人群大声喊叫道，同胞们，你们不要听他的，他在说谎！昨天上午，就有四个日本人从重庆出发，来了成都。我们一直跟着他们，住在这家饭店里。他们现在还在楼上住着呢！

人群顿时怒不可遏，挥舞着拳头朝那个经理高呼：打倒汉奸！打倒卖国贼！站在最前面的几个青年学生，还气势汹汹地朝那经理冲去。经理见势不妙，赶急缩回门厅里去，溜了。那几个特勤队的便衣趁机在人群中大喊：冲啊！我们冲到楼上去捉拿日本人！

人群蜂拥而上。

黄海晏和许琳交换了一下眼色，也带着他们的学生队伍冲进了饭店。那个蓄胡须的青年引领着他们，哗啦啦地往楼上冲去。

楼上的房间门全都紧闭着。那个蓄胡须的青年径直冲到一个房间门前，抬腿一脚将房门踢开。黄海晏和许琳带着学生们冲到敞开的房门口，果然看见屋里住着四个穿西装的男人，正坐在床沿上，神色惊愕地望着他们。那个蓄胡须的青年指着屋里大喊道：这就是那四个日本人，他们偷偷摸摸跑到我们成都来干坏事了！

黄海晏和许琳立刻带着学生们冲进屋去。

这时，那个戴金丝边眼镜的男子才故作镇静地站起来，摸出一本印有菊花纹章的护照在眼面前晃动着，神态傲慢地说，我们是大日本帝国的外交人员，我们拥有外交豁免权，你们支那人不得对我们粗暴无礼！

1935 年夏

黄海晏不觉恨得咬牙切齿，疾步冲上前去，挥手打掉那男人高高举着的护照，愤怒地斥责道，你们日本军队强占我们的东北地区，杀害我们的无辜民众！现在，你们竟有脸在这里跟我们谈外交豁免权，谈粗暴，谈无礼？真是无耻之极！

那几个特勤队的便衣也跟着冲到了楼上。他们站在屋门口大喊，日本人就是强盗，你还跟他们讲这些道理干啥？打，打他狗日的！

那个蓄胡须的青年也挥着手喊，打！打这些不要脸的日本强盗！

愤怒的学生们顿时一拥而上，对着那男人拳打脚踢。打人虽然不在黄海晏和许琳的预想之中，但此时他们已控制不住自己的情绪。黄海晏在那男人胸前打了一拳，许琳则在他的脖子上抓了一把。那男人很快就被打倒在地，脸上的金丝边眼镜飞出去，在纷乱的人群脚下踩得粉碎。直到这时，另外三个日本人才反应过来，飞快地从床沿上跳起，一边用日语大骂着"巴嘎（浑蛋）"，一边冲上前来救护那个倒地的男人。学生们立刻将他们围住，又是一阵暴风骤雨般的拳打脚踢。那个冲在最前面准备用身体保护倒地者的日本人，即刻被打得趴了下去。紧跟在后面的两个日本人慌忙后退。学生们立刻逼上去，朝着他们挥舞起了拳头。两人只得转身跳上窗户，全然不顾是在二楼，仓皇跳了下去。学生们一下怔住了。那几个特勤队的便衣朝着发愣的学生们叫喊，不能让他们跑了，大家赶紧追，追呀！黄海晏也挥着手喊，追！追！然后就跟许琳一道，带着学生们呼啦啦地冲出房间，往楼下冲去。

就在这时，饭店外面的大街上响起了尖利的警笛声。成都警察局的人开着警车赶来了。但赶来的警察们却没有驱散抗议示威的人群。他们挤进人群，悄声打听着，怎么样？把那几个日本人赶走了吗？人们回答，还在楼上打着呢！警察们兴奋地点头，说打得好，打得好！也让这些日本人知道，我们成都人不是好惹的！这时，黄海晏和许琳带着学生们从楼上冲下来，冲到了门厅外面，他们又挤上去问，咋样？把那几个龟儿子收拾住了吗？黄海晏说，两个被打趴在房间里，另外两个跳窗逃了。警察们一听，急了，跺着脚说，嘿呀，咋能让他们逃了呢？你们赶紧追，赶紧追呀！说着，就回身挥舞着警棍在人群中开道。黄海晏和许琳便带着学生们飞快地冲出了大川饭店。

那两个跳窗逃走的日本人，一个躲进附近的裁缝铺，一个藏在小饭馆里。不久，他们就被学生们搜出来，拖到大街上，又是一阵乱拳齐下。从街上经过的市民围上来，一听是在打日本人，也纷纷冲上前去，动起了拳脚。两人被打得抱头蹲在地上，哇哇大叫。有个莽撞的汉子，觉得这样拳打脚踢不解恨，就跑到街边去寻来棱角分明的砖头，朝着他们的后脑狠狠地砸去。两人扑通一声趴伏下去，竟瘫在地上不动了。

直到这时，成都警察局长才坐着一辆乌龟壳轿车，前来收拾局面。当他听说有两个日本人被打趴在饭店里，另外两个日本人跳窗逃走，被学生们搜出来当街打死了，也不由得怔住了。但转瞬他又笑了起来，挥挥手说，打死就打死了嘛，有啥了不得的？他们日本人祸害我们中国人还少了吗？然后就吩咐向他报告的几个警察，到饭店里去，把那两个被打伤的日本人抬出来，送到医院去。警察们蒙了，问局长，送到医院干啥？局长说，这是刘主席的命令，该打就打，该救的还得救。我们毕竟是一级地方政府，还要履行职责嘛。

这时，情绪已经完全失控的学生们又在特勤队那几个便衣的鼓动下，一窝蜂地往春熙路冲去了。春熙路上有几家日本人开设的公司和商号，专门倾销日货。结果这些公司和商号很快就被蜂拥而来的学生们砸烂、捣毁了。学生们将印有日文字样的货物搬出来，在大街上当众销毁。春熙路上顿时火光冲天，无数货物的碎片和黑色的灰烬漫天飞舞。这时黄昏降临，盛夏的天空红了，燃烧的春熙路也红了。学生们在那片浩大的晚霞与烈焰辉映的红光里，又唱又跳，尽情地欢呼着他们的胜利。

整个事件直到天色黑尽方才彻底结束。黄海晏和许琳赶回浣花溪边那间小屋向上级汇报时，尚还兴奋不已。他们的脸孔像绚烂的晚霞一样通红。他们的双眼里还闪烁着春熙路燃烧的火光。他们满脸欢欣鼓舞地说，痛快，痛快，今天打日本人，烧日本货，真是太痛快了！

上级坐在屋中，面色显得非常平静。凉爽湿润的夜风从窗外吹进来，似乎让他的咳嗽减轻了一些，原来苍白的脸上隐约有了红晕。他淡淡地笑了一下，说我早就料到刘湘会这么干的。说完，他又站起来，走到窗边去，望着外面静谧的夜色，目光悠远地说，从今天这事看来，刘湘虽是一个土包子、大军阀，但他还是有爱国心的。今后我们要抓紧做他的工作，想方设法把他拉到我们的抗日统一战线上来。

黄海晏和许琳不说话了。他们用尊崇的目光望着上级。这时，他们才意识到，与成熟稳重、深谋远虑的上级相比，他们真是太幼稚，太肤浅了。

然而，在1935年这个充满了胜利与欢欣的盛夏夜晚，地处总府街的我爷爷家里，却是另一番景象，另一种气氛。

这天中午，我爷爷走出书屋，准备到饭厅里去跟我奶奶吃饭的时候，我大伯伯黄蜀俊突然从外面跑了回来，气喘吁吁地向我爷爷报告说，他们学校的学生已经赶到大川饭店去抗议示威了！我爷爷不明就里，蹙着眉头说，学生不好好在学校里待着，跑到大川饭店去抗什么议，示什么威？我大伯伯说，听说有四个日本人从重庆潜伏到了成都，想恢复领事馆，搞间谍活动！我爷爷诧异地瞪起眼睛，说还有这样的事？我大伯伯点头说，省政府特勤队的便衣一直跟着这四个日本人，把他们的来龙去脉搞得一清二楚。我爷爷脸上的表情顿时变得凝重起来，说真要是这样，那日本人就太过分了！但转瞬又想起了什么，问我大伯伯，竹下君呢？他还在后院的屋子里吗？我大伯伯说，他一早就出去了，到城北去了。我爷爷问，他到城北干什么？我大伯伯说，他听说城北有一段明代遗留的古城墙，看城墙去了。我爷爷叹了口气，说这个竹下秀夫呀，对中国的什么东西都感兴趣。前不久，他去川北出了那么大的事，差点把命都丢了，还不吸取教训，还到处乱跑！

两三个月前，也就是他们刚从青城山回来没几天，竹下秀夫就对我爷爷说，他准备徒步到川北去考察植物，顺便去看一下名震古今的川北锁钥剑门关。我爷爷劝阻说，川北的共产党红军正在嘉陵江边跟刘湘的川军打仗，你到那里去，会有危险的。可竹下秀夫一点也不在意，说他们打仗，我考察植物，河水不犯井水，有什么好怕的？于是就犟着去了。结果在考察途中误入川军一个防御阵地，被抓到指挥部去审问。他没说自己是日本人，他只说他是一名植物学家，是来考察植物的。审问的军官一听他那满口怪异的北方话，立刻就笑了起来，说我们正在摆战线，你却跑到我们的阵地上来东看西看，还说是在考察植物，你是坟园里撒花椒——麻鬼吧？竹下秀夫涨红着脸争辩，还拿出自己采集的植物标本给军官看。军官根本不看那些花花草草的东西，早已在心中判定他是江对面红军派来的探子，于是脸一沉，喝令卫兵将他押出去，就地枪毙。直到这时，竹下秀夫才后悔没有听我爷爷的劝阻，在被押出指挥部的时候，大叫大嚷着他不是中国人，他是日本人，还报出了我爷爷的大名，说我爷爷跟他是好朋友。恰巧那个军官年轻的时候曾在我爷爷所在的大学里读过书，还听我爷爷讲过植物课，惊异之下就让卫兵将他带了回来，瞪着他问道，你真是黄教授的好朋友？竹下秀夫赶忙说，真是真是。黄教授早年到日本留学时，我们就认识了。我去年来中国考察植物，到四川后就一直住在他家里。军官笑了笑，却没有放松警惕，他目光咄咄地盯着竹下秀夫说，我马上打电话到成都去查证。如果你真是黄教授的好朋友，我立马就放了你，还会派人把你送回成都的。如果你说的是谎言，对不起，我会立即枪毙你！竹下秀夫早已吓得面色苍白，忙不迭地点头说，你赶紧打，赶紧打吧。只要你能找到黄教授，他就一定能证明我不是你们说的什么探子，而是一个实实在在的日本植物学家。

　　结果，军官的电话打到我爷爷所在的学校，学校又把电话转给了我爷爷。我爷爷跟那军官通了话后，才把竹下秀夫解救回了成都。

　　当晚，我爷爷设家宴给竹下秀夫压惊。这时，成都已经进入初夏季节，气温虽然升高了不少，但夜晚还是很凉爽的，一缕缕清风携带着花草的香气从窗外飘进屋子，令人心情愉悦。我爷爷举起酒杯，神色郑重地对竹下秀夫说，现在四川正是兵荒马乱的时候，川南川北都在打仗，你今后就不要一个人出去了。竹下秀夫红着脸说，对不起河清君，我给你添麻烦了。接着，他仿佛要说明或证明什么似的，又说，河清君，你是知道的，我不仅对中国的植物感兴趣，也对中国的历史文化感兴趣。我很热爱中国。我爷爷拍着他的手背说，我理解，理解，但那些在前线打打杀杀的军人，就不一定能理解了。他们都是玩枪杆子的粗人，两句话不对路，就可能把你枪毙的！竹下秀夫不再为自己辩解了，闷头想了想后，说，那好吧，我今后再也不一个人出去了。

然而，对我爷爷做过保证的竹下秀夫还是在这天按捺不住跑了出去，独自一人跑到城北去看古城墙了。我爷爷惊诧之下不觉怔在了书屋前。饭厅里传来我奶奶喊吃饭的声音，我爷爷也像没有听见似的。直到我大伯伯在旁边小心翼翼地问，要不要出去找找他？我爷爷才醒悟过来，赶忙挥着手说，去，去，你赶快去吧。我大伯伯转身就跑。但跑到城北的我大伯伯却没有找到竹下秀夫。这时，正是烈日当空的时候，残破的古城墙上渺无人迹，只有那些沉默了数百年的砖石和城垛，蒸腾出缕缕热气，像漾动的青烟一样在眼面前飘荡。我大伯伯站在那堆滚烫的砖石之上，瞬即汗流如注。我大伯伯一边擦着头上的热汗，一边茫然四顾着，在心里嘀咕：一个破城墙，有什么好看的？

之后，我大伯伯就转身走下城墙，往家里走去了。但走到半途的时候，我大伯伯突然想起了他那些抗议示威的同学，也想起了那几个潜伏到成都的日本人。他立刻改变了路线。

我大伯伯赶到大川饭店的时候，学生们暴打日本人的行动已经

1935年夏
/
079

结束，被午后的烈日暴晒的亮晃晃的东大街上，只有几个警察神情厌烦地收拾着被打死的日本人的尸体。他们刚将两具尸体抬起，路边那家小饭馆的女老板就端出一盆水来，哗地往路中间泼去，且边泼边骂，这龟儿子日本人，你啥子旮旯不能死啊？咋偏要死在我家店门前？那个裁缝铺的老板是个男的，此时也站在铺子前，用一把金黄发亮的竹尺子，不停地拍打着身上的粉饼灰尘，愤愤地骂道，晦气！晦气！今天还没开张，店门口就死了人，真他妈的晦气！

两具尸体像死猪一样被扔进了警车里。我大伯伯看见，一具尸体的脸孔已被打得肿胀变形，完全看不出原来的模样了，另一具尸体的脑袋倒悬在车厢外，还在滴滴答答地流血。我大伯伯吓得目瞪口呆，站在街边不能动弹。烈日当空高照，我大伯伯像一个被烤化的糖人似的，浑身上下都流淌着惊愕与恐惧。及至警车载着那两具尸体开走了，我大伯伯才回过神来，赶紧转身往家里跑去。

我爷爷一直站在书屋的窗户前焦急地等待着竹下秀夫的消息，一听我大伯伯说有两个日本人被打死在了大街上，也不由得惊住了，张着嘴巴说不出话来。过了许久，我爷爷才面色惶恐地喃喃道，抗议就抗议，示威就示威吧，怎么把人家打死了？我大伯伯说，不仅打死人了，就连春熙路的日本公司和日本商号也被捣毁了！我爷爷摇着头，仰天长叹，外患内忧，外患内忧啊！我大伯伯还要说什么，我爷爷却突然火了，冲着他大声吼道，你还站在这里干什么？你再出去找找竹下君呀！你一个人不行，就多带几个同学去呀！我大伯伯怔了怔，只得慌慌张张地又转身跑了出去。

直到太阳偏西，炽烈的阳光斜照进书屋，我大伯伯也没有找回竹下秀夫。我爷爷望着窗外院墙下水一样漫漶的阴影，心情变得忧郁与焦躁起来。他开始像热锅上的蚂蚁一样在屋中踱步。他从屋这头走到屋那头,又从屋那头走到屋这头,似乎偌大一个书屋都装不下他忧悒不安的心了。我奶奶端着一杯凉茶走进来,说你别着急,喝口茶静静心吧。我爷爷恼怒地瞪了我奶奶一眼,说我能不着急吗?竹下秀夫是日本著名的植物学家,也是世界著名的植物学家,他要是在成都出了事,在我家里出了事,我怎么向全世界的植物学界交代?说完,又回头在书屋里焦躁地踱起步来,且把双手的指关节捏得啪啪地响。

在这个被阳光斜照的闷热的下午,作为植物学家的我爷爷就这样一直在书屋里不安地踱步,不安地捏着他的指关节,不安地祈祷似的嘀咕:千万不要出事,千万不要出事呀……

幸好黄昏降临的时候,我大伯伯终于带着竹下秀夫回来了。我爷爷发现,竹下秀夫脸色发青,嘴皮发白,样子显得十分难看,且走路的脚步有些飘忽不定,好像病了一样。我爷爷赶忙走上前去,想搀住他。竹下秀夫推开我爷爷,默默地走到一张椅子上坐下来,双眼直愣愣地望着对面的墙壁发呆。我爷爷怔了怔,把我大伯伯拉到一边,低声问,他怎么啦?我大伯伯摇头说,不知道。我爷爷又问,你是在哪里找到他的?我大伯伯说,在警察局对面的街边上。我爷爷愣住了,回头惊震地望着呆若木鸡的竹下秀夫。我爷爷明白过来,竹下秀夫已经知道了那两个日本人被打死的事。我爷爷变得局促和尴尬起来,他走到竹下秀夫面前,不安地搓着自己的双手,不知道该说什么好。屋里再次响起我爷爷捏弄指关节的啪啪声,像秋天的时候我奶奶在厨房里爆炒豆似的。

这样捏了一会儿指关节后,我爷爷才定住心神,略略弯下腰去，面色凝重地对竹下秀夫说，竹下君，我不管你看见了什么，听见了什么，我都请你设身处地想一想：如果你们日本的大片土地被别国军队强行侵占了，你们大和民族会有怎样的情绪，又会有怎样的作为？中国人民历来都很善良，有时还有些软弱。现在，中国人民同仇敌忾，强烈反日，甚至做出一些过激的事情来，那也是被你们日本军国主义逼的！在你们日本侵略军不断扩张的铁蹄下，我们的人民不得不怒吼，不得不反抗啊！

竹下秀夫看着我爷爷，终于从呆怔中醒过神来，长长地叹了一口气，说我非常理解中国人民的心情。同时，我也坚决反对日本军队侵略中国。我从小心里就有一个想法，造物主把我们两国人民降生在东亚大陆上，一衣带水，隔海相望，并不是为了让我们相互搏杀与战争，而是让我们和平相处，共生共荣，同时成为东方最伟大的民族。

我爷爷惊喜不已，立刻紧紧握住他的手，说竹下君，你能这样想，我心里很高兴。你真不愧是一名在大自然中发现美的优秀的植物学家！竹下秀夫已完全从痛苦的梦魇中摆脱出来了，他神采奕奕地对我爷爷说，我现在终于理解你千辛万苦寻找太平花的苦衷了，也完全明白太平花所蕴含的丰富意义了。可我爷爷的神情突然黯淡下来，神色幽幽地叹了口气，说要找到真正的太平花，谈何容易啊！这下轮到竹下秀夫安慰我爷爷了。他拍着我爷爷的手背说，河清君，你千万不要灰心，千万不要放弃。我会竭尽全力，帮你完成这一夙愿的。我爷爷惊异地看着他，怎么，你有更好的办法了？竹下秀夫笑微微地说，我在四川的考察已经结束了。我准备沿着当年太平花颠沛流离的路线，北上河南、北京等地考察。只要有了太平花的线索，我就立即写信告诉你。当然了，我最希望的，还是能找到北迁太平花最真实的标本，完完整整地给你寄回来！

我爷爷开心地笑了。弥漫在两人心间的所有阴郁与阴霾尽皆飘散。窗外，1935年盛夏的成都夜空显得高远而又辽阔，无数的星星镶嵌在深蓝的天幕上，晶亮地闪烁。

在这个与众不同的星光灿烂的夜晚，竹下秀夫与我爷爷约定：只要找着了太平花，他就立刻回到日本去，安安心心地写他的《东亚植物志》。而我爷爷，则在成都进一步完善他的《四川植物志》。

海内存知己，天涯若比邻。最后，竹下秀夫还吟诵着这句中国古诗，把我爷爷拉到窗前，指着天幕上一东一西两颗相距遥远的星星说，我相信，随着我们这两部植物志的问世，我们会像这两颗星星一样，在世界植物学界明亮地闪耀！

我爷爷哈哈大笑，再次紧紧地握住了竹下秀夫的手，说人生最大快事，莫过于学问有成，著作传世了。让我们共同努力吧！

同是星光灿烂的夜晚，前往川东进行"地质调查"的我舅爷爷李沧白和王培源，在经过整整一天的长途颠簸后，终于坐车来到了重庆城西的佛图关，但却遇上了意想不到的麻烦：刘湘的一支军队正架着枪炮与康泽的特别行动大队在佛图关虎视眈眈地对峙着，双方战火一触即发。我舅爷爷他们的车子被挡在关外，无法进入重庆城。

我舅爷爷将王培源安顿在关下一户农民家里休息，独自一人来到刘湘那支军队里打听情况。带兵的军官姓许，是一个五大三粗的师长，性情显得十分暴躁。我舅爷爷亮出四川地质所主任的身份证件，刚一问他双方对峙的缘由，那个姓许的师长就劈头盖脸地骂开了：狗日的蒋介石欺负人！康泽欺负人！不让我们川军活了！我舅爷爷说，究竟是怎么回事？你说给我听听。可那个姓许的师长又不耐烦了，挥挥手，叫来一个副官，让他跟我舅爷爷说，自己则一屁股坐到了旁边的弹药箱上去，掏出腰间的左轮手枪来，拉得哗啦啦响，怒气冲冲地嚷叫道，惹毛了，老子就带兵冲进城里去，捉了那狗日的康泽，一枪毙了！

直到深夜时分，我舅爷爷才回到那户农民家里，向王培源详细复述了他打听来的情况。

原来年初的时候，蒋介石从江西调派康泽率特别行动大队跟随中央参谋团入川，本意是要安排他到四川省政府任保安处长的，但被四川省主席刘湘断然拒绝。蒋介石无奈，只得改任康泽为参谋团政训室主任。康泽从此对刘湘怀恨在心。之后，康泽就利用政训室主任的权力，将他带来的特别行动大队分成多个小组，大张旗鼓地进驻川军各部，进行所谓的"政治训练"，实际上是奉蒋介石密令，拉拢分化川军，反对刘湘，为今后中央势力进入四川扫除障碍。刘湘得知后，十分恼怒，命令手下各部，严防蒋介石和康泽的拉拢分化，绝不给他们"扰乱四川"的可乘之机。康泽的"政训"没有取得想要的成果，接着又搞了个"五运"计划，准备在四川军官、士兵、土匪、士绅、学生中秘密开展工作，对他们进行分化瓦解和拉拢收买，千方百计搞倒刘湘。康泽对他的这个"五运计划"十分满意，立即用密码电报向蒋介石汇报，呈请执行，不想却被刘湘手下特设在成都的情报股破获。刘湘知悉"五运计划"的全部内容和最终目的后，一气之下竟然胃病复发，当场就咯出血来。从此，刘湘便将康泽视为眼中钉、肉中刺，必欲除之而后快。同时，刘湘也通过"武德励进会"牢牢掌控着四川军队与军官，暗中与蒋介石和康泽较量、抗衡。康泽的"五运计划"实施得极为不顺。特别是在重庆，袍哥码头无处不在，势力非常强大，与军界、政界、警界、商界、学界都有千丝万缕的联系，甚至有很多重要人物，包括不少的师长、旅长、团长、局长、科长，原本就是袍哥大爷或者袍哥人家出身，一直依附于刘湘，自然会对康泽的"五运"行动进行抵制。就是在社会底层，那些奉命四处活动、收买人心的别动队员，也被处处掣肘。他们走在街上，会遭到袍哥码头上那些小兄弟伙的阻拦与嘲笑。他们走进饭馆，加入了袍哥的店老板会冷着脸，迟迟不给他们上菜。就是后来把菜端上了桌子，店老板也会故意多加一撮盐，让他们难以下咽。而到了茶馆，同样加入了袍哥的堂倌则会把最差的甚至是发霉的茶叶，用烧得半开的"哑水"给他们泡上，让他们喝得满嘴都是生水味和霉臭味。如果他们就此跟堂倌理论，堂倌会冷冷地说，我们卖的就是这样的茶，你们要喝就喝，不喝就走！有性子暴躁的别动队员，受不了这个窝囊气，会拔出腰间的手枪来，恶狠狠地抵着堂倌的额头说，信不信老子一枪崩了你？可那堂倌根本不怕，抬手轻轻拨开枪口，望着那别动队员，似笑非笑地慢悠悠地说，下江人，你要搞醒豁噢，这是在我们重庆码头，不是在你们南京哟！如果他们还要逞凶逞能，堂倌就会将两个手指撮在嘴里，打出一声尖利的呼哨。呼哨声中，就会有十来个武短打扮的汉子从茶馆内屋冲出来，呼啦啦地将他们围住，拽出蓝布短衫下面暗藏的枪支，指着他们凶神恶煞地说，要说耍枪耍炮，端血盆拼命，我们袍哥人家，虚火过哪个？崩吧，我们看谁先崩了谁？周围的茶客也紧跟着站起来，里三层外三层地将他们团团围住，其中有不少是袍哥人士，故意将布衫一角撩起，露出插在腰间的"硬火"（短枪），横眉瞪眼地站着，大有一副鱼死网破的架势。别动队员们见状，只得认怂，灰溜溜地收起枪，走出茶馆。茶馆里即刻嘘声四起，哗笑一片。而那个堂倌，还会假装礼貌地将他们送到街沿上，把搭在手臂上的抹桌布在空中挥得啪啪响，调声夭夭地说，各位客官慢走哟，恕不远送了哈！至于在其他方面遭逢的冷遇和难看，那就更是数不胜数了。这就惹恼了暗中指挥的康泽。康泽自来将他的别动队看作蒋介石的近卫军，且自视为"见官大一级"的"钦差大臣"，哪里受得了这样的奚落与蔑视？于是便想找个机会，杀杀四川军人的威风，杀杀重庆袍哥码头的威风。

不久，这个机会就来了。

几天前的一个晚上，康泽政训室下面一个叫柏良的处长，带着一名南京来的官员，到金沙巷的妓院寻欢作乐，看上了一个才挂牌接客的鲜嫩的姑娘，正要上楼的时候，却突然来了三个袍哥码头的兄弟伙。三人也看上了这姑娘，于是就把那个官员拦在了楼梯口。柏良立刻冲上前去，亮出自己的证件，对着三人吼道，干什么？干什么？我是中央参谋团政训室的处长！谁知三人根本不买账。其中一人还啪地打掉他手中的证件，斜吊着眼睛说，参谋团政训室算个啥子东西？在我们重庆码头，连狗屁都不如！说着就一把推开柏良，拽着那姑娘走了。柏良怔住了。那个南京来的官员从楼梯上返身走下来，瞥了柏良一眼，面带讥诮地说，柏处长，没想到你们政训室在重庆混得这么差呀，连几个当地的小瘪三也镇不住！柏良顿时脸色铁青，大叫大嚷着找来妓院的老鸨，追问这三人的来路。

老鸹告诉他，那三人都是李绍舟李大爷手下的兄弟伙。柏良瞪着眼睛问，哪个李绍舟李大爷？老鸹挑起细细的眉毛，一副大惊小怪的样子，说，哎哟，我的柏大处长呀，你到重庆都大半年了，咋个还不知道李大爷呀？他在重庆警备司令部当着上校参谋，还是"叙永乐"茶社的"掌旗大爷"，可是个红黑通吃的响当当的人物哟！柏良哼哼地冷笑，满脸不屑地说道，一个上校参谋，算他妈的哪门子人物呀！然后就回身对那个南京来的官员说，长官您放心，我明天就去找这个李绍舟，一定要他把那三个不知天高地厚的狗东西交出来，任由您处置！当天的争风吃醋就这样暂时平息下来了。

第二天，柏良果然就赶到重庆警备司令部去找李绍舟要人了。李绍舟知道他是康泽的手下，故意要为难他，推托说，我不知道那三人是谁。拒绝交人。柏良不觉恼羞成怒，指着李绍舟恶狠狠地说，李参谋，你记住了，我们可是南京来的别动队！我一定会让你吃不了兜着走的！李绍舟哈哈大笑，说在重庆，我经见的大风大浪多了，你有啥子本事，就尽管使出来吧！结果，丢尽脸面的柏良立刻开车赶回到参谋团驻地，给李绍舟捏造了一个"包庇烟赌和共党"的罪名，郑重其事地上报到了康泽那里。康泽自然不会放过这个报复的机会，便以"整饬军纪、政纪"为由，命令柏良，立即带着别动队去将李绍舟逮捕，进行秘密枪决。

消息一经传出，重庆的警界和军界大为震动。重庆警备司令李固根拍着桌子大骂，说他们政训室凭什么逮捕、枪毙我们的人？他们眼中还有我这个警备司令吗？袍哥出身的师长范绍增等人，更是咽不下这口恶气，便暗中鼓动中下级军官和重庆的袍哥码头，要与别动队较量一番，寻机救人。康泽得到消息后，竟然一点也不慌张，反倒将秘密处决改为公开枪决，命令柏良押着李绍舟游街示众，再赴刑场执行。他就是要看看重庆这帮人，能闹出多大的动静！

行刑这天，重庆街头人山人海，被挤得水泄不通，有不少袍哥人士站在人群中高喊：李大爷冤枉啊！李大爷做了染红别人顶子的冤死鬼！重庆警备司令部和警察局则以"维护治安"为由，派出大批军警和便衣，三步一岗，五步一哨，打算一有动静，便立刻接应。范绍增还策动重庆的袍哥码头，为李绍舟摆"香案"，设"路祭"，一台接着一台，在街边上摆了长长一大串。押解李绍舟的行刑队伍一到，袍哥码头上的人就围上去，为李绍舟鸣冤叫屈。行刑队被围堵得难以迈步。按重庆军警和袍哥们的想法，一路上设置了这么多"障碍"，一定会把别动队逼急，跳出来阻止干涉的。只要别动队一有动作，双方发生冲突，把事情闹大，就好办了。但康泽完全明白他们的企图，早就给柏良下了命令：无论途中遇到什么样的阻拦与谩骂，都不要动粗，以防"激起民变"。因此，押解人员个个忍气吞声，哪怕半天只移动一步，也耐心地奉陪着。双方从早晨一直僵持到午后，又从午后僵持到傍晚，围观闹事的人们渐渐失去了耐心，军警也渐渐松弛下来。最后，李绍舟还是被押到刑场枪决了。

在成都的刘湘得知康泽未经他和重庆警备司令部批准，就擅自逮捕、枪毙四川军官，心中十分恼火，便打电话质问参谋团主任贺国光，这是怎么回事？在你们中央这些人眼里，我还是不是四川省主席了？并要求康泽立即赶到成都，当面向他做出解释。康泽仗着蒋介石的宠信，根本不予理会。刘湘一怒之下，就命令驻扎在重庆西郊的一六一师进逼重庆，威慑康泽。康泽毫不畏惧，竟针锋相对地命令别动队在佛图关加筑工事，携精良武器与一六一师对峙，大有一副要奉陪到底的模样。

在佛图关下那户农民家里，王培源听了我舅爷爷的讲述后，不觉长长地叹了口气，说天下未乱蜀先乱，天下已治蜀后治。看来，今后中央想进入四川，确实是困难重重哪！

我舅爷爷也面色沉重地叹息道，这就是我们四川人的悲哀。从三国时的蜀汉，到五代十国时期的前蜀、后蜀，四川曾搞过几个割据政权，但最后的命运，不是被强大的中央力量碾得粉碎，就是为可悲的历史殉葬。可时至今日，还有人不吸取教训，还想搞自己的独立王国！

可说归说，面对着进入重庆的陆路通道被严峻对峙的军队所阻断，我舅爷爷和王培源还是无可奈何，只得在那户农民家里暂时住了下来。

直到三天之后，事情才有所转圜。

中央参谋团主任贺国光因担心对峙双方发生火并，影响中央的"川政统一"大业，便驱车赶往佛图关调解，命令双方撤除工事。但康泽与那个许师长皆不肯撤除。一时，重庆民间闹得沸沸扬扬，盛传刘湘将有反对蒋系中央的军事行动。其他的四川将领也蠢蠢欲动。为了彻底消除误会，控制局面，贺国光只得将此事电告蒋介石。蒋介石立刻从南京打来电话，呵斥康泽，命令他撤除工事，立即将别动队全部撤入城内，并让贺国光将柏良撤职。接着，蒋介石又给刘湘打电话，说他已斥责康泽越权行事了，同时还责令康泽，今后凡是处理违纪的四川军警人员，必须报请刘主席批准，否则，将以擅越之罪论处。刘湘在电话里许久无语。他知道，蒋介石仍在袒护康泽,仍要把康泽留在重庆,上蹿下跳,进行反对他的各种阴谋活动。蒋介石不搞倒他刘湘,不彻底将四川控制在自己手里,是绝不会罢休的。刘湘不由恨得咬牙切齿。但事已至此,他也不得不给蒋介石一个面子,下令一六一师从佛图关撤兵。

于是这天上午,在重庆西郊的佛图关下,就出现了一个很有意思的画面:我舅爷爷和王培源坐着汽车,往巍然耸峙的佛图关徐徐驶去,而那个许师长则带着他的部队,扛着机枪,推着大炮,沿着关下的东大路,迤逦撤退。

到了关前,我舅爷爷特意让司机独自开车沿着山脚的公路驶入,他则带着王培源,徒步进关,登上了关顶。

这时,夏日火辣辣的太阳已经升到了半空,明亮的阳光照耀下,只见北面的嘉陵江蜿蜒南下,而南面的扬子江则浩荡北上,两江对直接奔流,仿佛两条长伸的巨手紧紧地扼住佛图关。位处其间的关岭与关口的险要地势一目了然,所以自古被称作"重庆锁钥""东川砥柱"。之后,两江又在关山脚下荡漾开去,各自抛出一弯巨大的弧线,在东北角上汇成一条更大的水道,浩浩荡荡地往关山深处奔流而去。这样就合围、夹持出了一个树叶形的扁尖的巨大半岛。半岛之中,地势并不平坦,尚有数个山包星罗棋布,坡坎之间、山包上下,无数灰黑的房屋高高低低地拥挤在一起,密密麻麻地塞满了整个半岛。

站在关顶的王培源举目远眺,环视了一遍半岛之城的山川地貌,禁不住兴奋地点着头说,很好,很好,这重庆两江合抱、三面临水、四山环护,果然是个迁都的好地方!

我舅爷爷想了想,说重庆作为西南军事重镇,如此山势地形,确实有百利而无一害,但今后如果做了中国的战时首都,只有一条狭隘的陆路和关口相通,就不太适应了。

王培源凝思一顷,说这确实是个问题。所以,我们在给中央的建设计划中,必须提出,至少要在嘉陵江和扬子江上各建一座大桥,把这个孤悬的半岛之城与周围地区顺畅地贯通起来。

我舅爷爷接着又说,四川周围高山环立,峻岭密布,道路交通从来都不发达,所以古时候才有"蜀道难难于上青天"的说法。如果今后四川成为中国的抗战大后方,还是这种交通状况的话,人员和物资就无法快捷地调配与运输。因此我建议,不仅要在重庆修桥修路,还要在四川其他地方大量地修桥修路,最好能修到陕西去,修到云南、贵州去,把整个西南地区都通达地联系起来!

王培源说,你这个建议很好。这是把四川建设成为抗战大后方所必备的基础条件。

我舅爷爷感叹道,看来,要把四川建设成为抗战大后方,我们还有很多事要做,还有很长的路要走啊!

王培源神情凝重地说,为了应对极有可能爆发的中日全面战争,为了我们中华民族的长远生存,事情再多再难,我们都必须去做!

说完,王培源再次把目光投向了关下的重庆半岛。他的目光掠过无数灰黑的屋脊和曲折的街道,远远地停留在了半岛最东端两江交汇的地方。他蹙着眉头,指着关下的城市问我舅爷爷,这重庆城里大约有多少人口?

我舅爷爷说,去年四川省政府做过统计,仅这半岛城里,就聚集了足足三十万人。

王培源倒吸了一口凉气,三十万人?不少啊。今后迁都到这里，至少还会有四五十万人口涌入的。到时候，如果日军派飞机沿着长江水道前来轰炸，这七八十万人口如何及时疏散？如何有效防空？这是个很严重的问题啊！

我舅爷爷看了看关下人烟稠密的重庆城，又望了望左右两侧蜿蜒奔流的嘉陵江与扬子江，说要想把这么多人口及时疏散到半岛之外的山里去，那是绝对不可能的。但重庆城里高低不平，有很多山丘和坡坎，我们可以发动老百姓挖防空洞！

王培源思索片刻，说挖防空洞确实是个好主意，但我们不能等到战争爆发，迁都到这里后再干这事。我们必须提前向蒋委员长报告，务必下令四川省政府未雨绸缪，在这方面做些准备。

我舅爷爷叹了口气，说现在刘湘正在跟中央较力，千方百计阻止中央力量进入四川，他会听蒋委员长的吗？

王培源摇了摇头，说刘湘是个彻头彻尾的地方主义者，想让他出钱出力配合中央挖防空洞，确实很难。但我们也不要悲观。上个月，蒋委员长已经命令刘湘把四川省政府搬到成都去了，现在的重庆已基本被中央参谋团控制。我们可以去找贺国光，让他提前考虑和筹划这件大事！

我舅爷爷点了点头，说现在刘湘还跟中央不齐心，在四川建设抗战大后方的事，也只有依靠我们这些中央来的人了。

就在这时，远处传来了几声汽笛悠长的鸣响，如同乡间老牛雄浑低沉的哞叫，在半岛上空久久传荡。那是几艘庞大的货轮，正开足马力沿着长江水道逆流而上，往半岛东端的朝天门码头停靠着。

王培源顿时笑了起来，遥遥地指着那些正在靠岸的货轮说，其实四川也不是铁板一块，只要有敞开的通道，外面的东西迟早都会进来的!

  我舅爷爷也笑了起来，说自从讨袁护国战争后，四川就被地方军阀控制和割据了。现在，日本强占东三省，又欲图谋整个中国，全国人民都在拼力反抗，四川也该幡然悔悟，回到国家和民族的怀抱了……

1937年秋

浣花溪边的芙蓉树上已经结满了圆球状的青碧的苞蕾，但天气依旧闷热难耐，仿佛头上倒扣着一口致密的大铁锅似的，压抑窒闷得让人喘不过气来。就连缓缓流淌的溪水也因久晴无雨、多日暴晒，变得浑浊滞重了，沉淀在沟底的淤泥咕噜咕噜地冒着气泡，散发出一股腐物般糜烂的臭味。而那些像手臂一样粗壮地伸展着的梧桐树桠上，宽大密集的叶子早已在反常的干旱季节里失去了水分，灰蒙蒙蔫耷耷地垂挂着，有的已经开始枯卷了，如同一张张皱巴巴的苦脸呆滞地悬挂在半空中。

1937年的成都秋天就这样到来了。

在这个比盛夏时节还要燠热还要烦闷的初秋的黄昏，蛰居在浣花溪边的上级终于控制不住自己，开始在那间爬满青藤的小屋里焦躁地踱起步来。

屋里除了他焦急走动的脚步声外，就是他喉咙里发出的艰难的喘息声。那喘息声像破了的窗户纸被风吹拂一样，嘶嘶地鸣叫着。

他心情烦躁地等待着一个至关重要的情报。

在此之前，那个潜伏在省政府情报股的神秘人物已经通过我小爷爷黄海晏和许琳传回了许多重要的讯息，让深居简出的上级对外面发生的各种变化与情况了如指掌，洞若观火。其中发生在重庆的一个重大事件，引起了上级的特别关注，也让他忧心忡忡。

大约在一个多月前，蒋介石派心腹要员何应钦赶到重庆，召集刘湘、杨森、邓锡侯等川军将领开会，商讨四川军队的整编问题。何应钦在会上宣布：按蒋委员长亲自核定的整军方案，川军三百多个团缩编为二百个团，各部均以全国陆军统一番号命名；团以上军官统统由中央有关部门直接委派任命；军饷则每月由国民政府军政部派员点名发放；等等。其整军的意图非常明显，就是要将川军完全纳入中央的治权之下，彻底剥夺地方将领独自掌管军队的权力。川军总司令兼二十一军军长刘湘闷着头不说话。二十军军长杨森是个炮筒子，当即就站了起来，朝着何应钦大声嚷叫道，这是在有意削弱、限制我们川军，还让我们这些军长、师长活不活了？何应钦手握整军的尚方宝剑，自然不会让步，板着脸说，这是蒋委员长的命令！蒋委员长说了，四川以一省之力养了六七十万军队，比一些欧洲国家的军队还多！川军必须整顿，必须缩编！这时，素来不善言辞的刘湘发话了，他冷冷一笑，阴沉沉地说，这哪是在整军哟？这是在整我！我知道，他老蒋不把我刘湘整倒，不把我们川军搞垮，他是不会罢休的！说完便站起身来，拂袖而去。其他川军将领也跟着离开了会场。何应钦望着空荡荡的会场，面色阴沉，但又无可奈何，只得宣布暂时休会。

然而，让何应钦和刘湘等人根本没有想到的是，就在这天晚上，在遥远的北中国，突然发生了一桩震惊中外的恶劣事件：屯驻华北的日军借口一名士兵失踪，炮轰宛平城，第二十九军奋起抵抗，但日军还是占领了卢沟桥等地。七七事变爆发，中日全面战争拉开序幕。

在第二天的整军会上，何应钦面色沉重地向参会的川军将领们通报了这个消息。将领们先是一愣，接着就面面相觑。他们脸上的表情瞬息万变。有震惊，有愤怒，还有几分茫然。但紧接着，他们的脸上又出现了一种按捺不住的转机到来的惊喜，仿若黑夜中的一汪活水，在沉寂的会场里暗自流淌。之后，将领们就把目光不约而同地投向了刘湘。寡言少语但心计深沉的刘湘自然明白属下们的心思，他掏出手帕捂住嘴巴，轻轻地咳嗽一声，慢腾腾地站了起来，却又不开口说话。会场里一片静默，所有人的目光都聚集在他身上，都在等待着。但刘湘仍不说话。主持会议的何应钦只得伸伸手，说刘总司令，你有什么话，尽管说吧。刘湘这才将手帕从嘴边挪开，声调不高但却很有分量地说，现在，中日战争爆发了，我刘湘愿率川军各部，出川作战，为国效力。坐在他身边的杨森立刻站了起来，高声说，我杨森愿在刘总司令的统领下，率部开往前线，参加对日作战！邓锡侯也跟着站起来，大声附和道，对，我们川军各部都愿跟着刘总司令出川作战，打击日寇！其他将领也纷纷站起来，争相表达了自己参战的决心。一时，沉闷的整军会议变成了激昂的请战会议。在这些川军将领看来，中日全面战争爆发，只要川军出川参战，蒋介石就不会再拿川军开刀，搞什么整顿缩编了，也不会再剥夺他们治军统军的权力了。再则，这些川军将领在四川打了二十多年内战，狼烟四起，血流遍地，扪心自问，也感罪愆深重，也该有所悔悟，为国家、民族出点力，做点贡献了。不然，庞大的川军队伍还有什么脸面存世立世啊？于是，在众将领的强烈请缨下，何应钦也不便再作强求，与大家草草达成一个整编决议后，就宣布散会了。

当天，何应钦就奉命赶回南京去，协助蒋介石组编军队，准备抵抗进犯北平的日军了。而刘湘则火速赶回成都，召开了军事会议。刘湘认为，整军应以团结抗战、减少摩擦为原则。遂令各军、师长三日内返回原防，开始"整军"：各军原番号不变，内部自行调整。什么时候出川作战，请示中央后再定。

次日，为了表明四川的抗战决心，刘湘还以川康绥靖公署主任和四川省主席的名义，向中央和全国民众发出通电，坚决请缨抗战。

两日后，刘湘再次通电全国，说强寇压境，其危险性之严重……远超于有史以来之外患……战犹有生机，不战亡可立待。并强烈呼吁：全国上下，同心同德，共赴国难！

四川的抗战气氛猛然高涨起来。无数的市民和学生在省政府前举行声势浩大的集会活动，高呼抗战口号，支持刘湘率军出川参战。穿着一袭府绸长衫的刘湘站在省政府二楼的窗户前，望着外面情绪激昂的民众，若有所思地对他身边的参谋人员说，日军全面侵华，对国家来说确实是一场巨大的灾难，但对我们川军来讲，又是一个争取生存的难得机会。所以，我们川军必须抓住这个机会，全力出川作战，坚决打击日寇，争取我们川人川军在历史上的最好篇章。

第二天，《新蜀报》《新民报》等川内报纸浓墨重彩地报道了这次集会情况，并将刘湘"争取我们川人川军在历史上的最好篇章"的原话刊登出来，引起强烈反响，各州县地方政府纷纷致电省政府，全力支持抗战，成都各大中学的学生们更是欢欣鼓舞，敲锣打鼓地上街游行，激动地向市民们宣传：我们四川要争取在历史的最好篇章了！

刘湘得知这些情况后，十分感慨地说，我在四川统兵近二十年，执掌省政府也有十来年时间了，还从来没有像现在这样，得到过四川民众的真心支持。看来，国事家事天下事，还是国事最大，最得民心哟！

不久，刘湘就应邀前往南京参加国防会议，成都共有五千余人前往凤凰山飞机场送行，相继成立的各界抗敌后援会的代表们纷纷向刘湘呈递抗战请愿书。刘湘竭诚接受，并发表了书面谈话：今日之局势，舍抗战外，别无他途。此次进京，当将此意，陈诸当道；我个人愿以身许国，成败利钝早置之度外；各界同人及民众救国抗敌热情，定将转达中枢，决不有负殷望。

之后，四川各界民众就翘首期盼着。就在这时，蛰居在浣花溪边的上级接到了来自高层组织的情报：中共中央已派代表到庐山与蒋介石谈判，达成了国共合作的抗日协议：中共承认蒋介石及国民政府的领导，取消一切推翻国民党政权的暴动政策及运动；取消红军名义及番号，改编为国民革命军，受国民政府军事委员会统辖，并待命出动，担任抗日职责。高层组织指示四川地下党：竭尽全力策动并支持刘湘率军出川抗战，促成四川最广泛的抗日统一战线。

但刘湘究竟在南京的国防会议上做了什么表示，回川后又将怎样整编调配部队，准备在什么时候出兵抗战，潜伏在省政府情报股的那个神秘人物却迟迟没有传出这方面的消息。反倒是几天之后，突然传来了淞沪大战爆发的噩耗。蛰居在浣花边的上级震惊不已，心情愈加急迫与焦躁起来。今天一早，他就面色严肃地向黄海晏和许琳布置了任务：无论如何都要在今天跟那个神秘人物联系上，得到这方面的情报！然而时光飞逝，一个上午过去了，又一个下午过去了，直到令人烦闷的黄昏来临，浣花溪里的沟水蒸发出愈加浓烈的腐臭气味，上级依旧没有得到他想要的情报。

他控制不住地踱起步来。透过窗户望去，他病入膏肓的单薄的身体像一个纸人似的在孤独的小屋里焦躁地游走、飘荡。

暮色四合，黑夜的影子开始在浣花溪边浓重地蔓延。上级站在正被暗夜吞噬的窗户前，凝眉思索片刻后，便抬腿往外走去。他准备以老家的舅舅来省城治病的名义，前往省政府情报股，直接与那个神秘人物见面。这是他们早前的约定：在万不得已的紧急关头，可启用这种方式直接联系。

上级刚走出屋门，就看见远处的夜色里，有两个人影正急匆匆地朝着小屋跑来。上级立刻站了下来，充满期待地望着那两个人影。当黄海晏和许琳气喘吁吁地跑到面前时，上级还是忍不住皱着眉头瞪着他们问道，怎么这时候才回来啊？

黄海晏喘着粗气说，刘……刘湘在省政府刚……刚开完会。

上级苍白的脸上泛出一丝惊喜，刘湘从南京回来了？

许琳点头说，他中午回到成都，下午就召开了军事会议。

黄海晏要接着往下汇报，但被上级阻止了。上级警惕地看了看四周，将他们拉进了屋里。

刚一关上屋门，上级就迫不及待地问道，刘湘究竟在南京的国防会议上说了什么？你们快说啊！

黄海晏嘻嘻而笑。

上级瞪着他，你笑什么？

黄海晏十分感慨地说，前段时间，你说刘湘有爱国心，我还不信，结果他这次到南京去，在国防会议上表现得十分出众，也十分精彩！

上级急得跺脚，嘿呀，有什么话你就直说吧，别跟我卖关子了！

黄海晏这才抹抹额头上的汗水，绘声绘色地讲起了刘湘在南京国防会议上的表现。他说，刘湘到南京的当天晚上，就参加了国防会议，蒋介石首先讲话，然后就是阎锡山发言，紧跟着第三个发言的就是刘湘。他身着笔挺的陆军一级上将军装，破天荒地滔滔不绝地讲了一个多小时。他沉痛地检讨了四川军队多年来的内战、内耗，说于民无益，于国无利，作为川军总司令和四川省主席，他深感内疚和惭愧。最后，刘湘还当着蒋介石和众多高级将领的面，慷慨激昂地表示：四川将竭尽全力支持抗战，所有人力、物力，无不可贡献给国家！还说四川可出兵三十万，供给壮丁五百万，供给粮食若千万石！当场获得热烈的掌声。蒋介石还亲自走上去，跟刘湘握手，说甫澄兄，你能跟中央同心同德，支持中央抗战，我很高兴，很高兴噢！

黄海晏讲得眉飞色舞，神采飞扬，但神情专注的上级却若有所思地皱起了眉头。他面色严肃地望着黄海晏问道，这些情况和细节都真实可靠吗？

黄海晏说，绝对真实可靠，是我们听省政府的秘书长亲口讲的。他跟着刘湘去南京参加了国防会议。他一回来，就到秘书科给我们大讲特讲刘湘在会上的精彩表现，还说，今后秘书科的工作重心，就要全面转向抗战了，要我们做好吃苦耐劳的心理准备。

上级转头看着许琳，是这样吗？

许琳说，确实是这样。还有一个特别重要的会晤，已经在省政府大院里传开了，成了不是秘密的秘密。

上级催促道，什么重要会晤？你赶紧说吧！

许琳说，那个秘书长说，国防会议之后，我们共产党中央的领导同志朱德、周恩来、叶剑英还亲自到刘湘的驻地，就有关抗战的问题与刘湘交换了意见。刘湘表示，抗战不是哪个党派哪方军队的事，是全国民众和全体军队的大事要事。他既然支持国民党抗战，自然也会支持共产党抗战的。朱德、周恩来等人对刘湘的态度十分赞赏，说今后川军出川抗战，如有需求，我们共产党会尽力予以帮助的。

神情严肃的上级终于笑了起来，说这就对了。我已经接到高层党组织的指示，要我们在四川尽快促成最广泛的抗战统一战线，全力帮助刘湘出川抗战。停了停，上级又止不住诙谐地说，这个刘湘哟，你别看他平时寡言少语，一心只想着在四川称王称霸，但到了关键时刻，他还是不糊涂的！拿我们四川话说，就是长得猪相，心中嘹亮！

黄海晏和许琳也跟着笑起来。他们觉得，上级如此形容刘湘，是非常妥帖生动的。

之后，上级就恢复了他惯有的严肃模样，盯着两人问道，在下午的军事会议上，刘湘对出川抗战的事，做了什么安排？

黄海晏说，刘湘在会上宣布了国民政府军事委员会的命令：将川军合编为第二路预备军，下辖两个纵队，刘湘为司令长官，邓锡侯为副司令长官。川康绥靖公署的参谋长宣布了出兵编队：绥署直辖的唐式遵、潘文华、王缵绪三个军各出两个师，编为第二纵队；

四十五军邓锡侯部出两个师，四十一军孙震部出两个师，四十七军李家钰部出一个师，编为第一纵队。同时，移驻贵州的第二十军杨森部两个师、郭汝栋四十三军一个师，也编入川军抗战序列。川军首批出川抗战的部队共有二十万人。9月5日前后，分北路和东路，全部开拔，火速赶赴华北、华东前线，参加对日作战。

好，好！上级兴奋地击掌说，刘湘在四川打了二十多年内战，终于第一次以国家利益为重，要带领川人和川军，在历史上争取最好的篇章了。今后，我们就严格遵照高层组织的指示，发动我党在四川的力量，全力支持他抗战！

许琳说，省政府明天就要发布抗战动员令了，号召全川民众捐款捐物，支持抗战，号召全省青年踊跃参军，为国杀敌。我们可以从这些方面入手，支持刘湘。

上级点点头，说我们的党组织已经在四川活动经营了十多年，在社会各界建立了广泛的联系。我们要充分利用我党在人民群众中的影响力，迅速掀起抗战新高潮！

黄海晏问，那我和许琳今后的主要任务是什么？

上级想了想，说你们的首要任务还是继续待在省政府，密切关注刘湘等四川军政首脑的动向，及时为党组织提供有用的情报。其次，你们还要抽时间回到原来的学校，利用过去建立的各种关系，努力发动青年教师和成年学生，响应省政府的号召，投笔从戎，为国杀敌！

黄海晏和许琳郑重地点着头说，好，明天我们就回去，发动教师和学生们，报名参军！

就在这时，窗外墨黑的天空中突然亮起一道炽白的闪电，把闷热的小屋照得精光雪亮。紧接着，轰隆隆的雷声滚滚而至，滂沱大雨倾盆而下。连续干旱了一个多月的成都地区终于迎来了入秋后的第一场大雨。透过噼里啪啦的密集的雨声，可以听见浣花边的土地和植物在咕噜咕噜地欢畅地吸着雨水，可以听见枯卷的梧桐树叶在雨中吱吱地鸣叫伸展着。就连爬满小屋的青藤也呼吸到了潮湿的水气，开始像蛇一样窸窸窣窣地扭动着身体。偏僻的浣花溪边和孤独的小屋里，立刻充满了凉润清新的气息。

上级深深地吸了一口清凉的雨气，苍白的脸孔上渐渐泛出了一丝血色。他望着窗外的滂沱大雨，若有所思地说，这雨来得还不算迟，还不算迟！

连绵不断的一夜秋雨将夏日浊重的暑气与污秽荡涤殆尽，成都的初秋季节顿时变得洁净清爽起来，但早起的我爷爷黄河清却没有因为天气的变化而显出丝毫的轻松与快愉。他面色沉郁地站在书屋里，双眼直直地望那面高大的墙壁发呆。墙壁中间最醒目的位置上，依旧空洞地标示着"太平花"三个字，既没有增加任何标本，也没有增添任何图谱。

这个醒目的空白点，一直像锥尖似的深深地扎着我爷爷的心。

自从两年前那个反日情绪浓烈的盛夏，竹下秀夫离开成都北上后，我爷爷就日夜盼望着他的书信，盼望着他能在考察途中发现真正的太平花标本，给我爷爷带来巨大的惊喜。但是，秋天过去了，冬天也跟着过去了，竹下秀夫就像放飞出去的风筝断了线似的，始终都没有传来一点讯息。

接着，1936年到来了。我爷爷又从春盼到夏，从夏盼到秋，竹下秀夫依旧像泥牛沉海一样，毫无音信。我爷爷再也坐不住了，心情烦躁地在书屋里来回走动，把他双手的指关节捏得啪啪作响。我爷爷一边捏着指关节，一边忧心忡忡地嘀咕：该不是在考察途中出了什么事吧？在我爷爷看来，竹下秀夫只身前往北方，是存在很大风险的。首先，考察植物需要深入到偏僻的山野林间，被野兽袭击，或者不慎坠崖，都是有可能的。再则，北方也不太平，也是一个兵荒马乱烽火连天的地方，如果他像上次在四川那样，被军队逮着，被当成了探子，又没有人营救，其处境也是非常危险的。但无论是坠崖身亡，还是被当作探子枪毙，都是我爷爷不能接受的。竹下秀夫毕竟是世界著名的植物学家，他要是在中国出了事，那肯定会震动国际社会的。中国的植物学发展本来就很落后，本来就缺乏国际性的人才和国际水平的著作，历来都被兴盛的西方植物学界所歧视，认为中国不过是个"东亚病夫"，连自己国家的主权和统一都不能保障，更不可能搞出什么有水平的植物学研究了！如果竹下秀夫果真在北方的考察途中遭遇不幸，那中国的植物学界就会在国际上更加抬不起头了。

我奶奶见我爷爷如此忧心忡忡、坐卧不安，便端着一杯温热适宜的茶水走进书屋，劝慰我爷爷说，一个远来的日本人，已经走了一年多了，你还担心挂念他干啥？他是生是死，跟你有什么关系呀？我爷爷不禁恼了，瞪着我奶奶说，你一个妇道人家，晓得什么！我奶奶讪笑着说，是，是，我一个妇道人家，啥也不懂，行了吧？然后就走过去递上茶水。我爷爷竟扬手将茶杯打翻在地，怒声呵斥道，我不喝！你给我滚，滚出去！我奶奶怔怔地看着我爷爷，一脸的惊愕和尴尬。我奶奶出生于书香门第，年轻的时候也曾在成都一所德国人开设的教会学校里读过书,是远近闻名的才女佳人,结婚以后一直都被我爷爷当宝贝一样宠着疼着。但在1936年深秋的那个黄昏,我爷爷却为了一个远来的日本人,莫名其妙地向我奶奶发了火。我奶奶深感委屈与受伤,眼眶里含着泪水,转身走出了书屋。

在此后的时间里,我爷爷除了去学校上课外,就是站在书屋那面高大的墙壁前,对着那个醒目的空白点,或默然驻望,或长吁短叹。那叠堆放在案桌上的《四川植物志》的书稿再也没被我爷爷动过,渐渐地积上了灰尘,仿佛窗外墙足下那盆休眠枯萎的水仙花,在默默地等待着春天的到来,等待着春雨的唤醒。

就这样,我爷爷在焦灼的期盼与等待中,神情恍惚地进入了1937年春天。窗外墙足下的那盆水仙花已经被温暖的春风和湿润的春雨唤醒,绽放出了雪白的芳香四溢的美丽花朵,但我爷爷依旧没有得到竹下秀夫的丝毫讯息。我爷爷望着满园蓬勃的花草树木,遥想着日本绚丽的春天,决定给竹下秀夫写信。但信写好了,我爷爷才发现,他没有竹下秀夫的具体地址,只得把信含糊地寄往了东京帝国大学。在我爷爷的想象中,竹下秀夫若是回到了日本,必定会住在他任教的大学里潜心著书的。凭着他在日本的名气,这封信只要到了东京,到了帝国大学,无论如何他都能收到的。于是,在寄出书信的那一天,我爷爷就在心里计算好了竹下秀夫回信的时间。如此过了一个多月,当这个预计的日子到来时,不修边幅的我爷爷竟一反常态,从箱底翻出一套陈旧的西装来,庄重地穿在身上,庄重地出了家门。我奶奶神情落寞地站在院门口,望着盛装出行的我爷爷,心里不由得充满了醋意。我奶奶怎么也搞不明白,那个其貌不扬的矮小的日本人,为什么让我爷爷如此牵怀挂念,如此念念不忘呢?就连去街上的邮局取个信,我爷爷也要打扮得像去约会一样！

然而不久，站在院门口的我奶奶就看见我爷爷垂头丧气地走了回来。我奶奶迎上去，小心翼翼地问，怎么，那个竹下秀夫没有给你回信？我爷爷没好气地瞪了我奶奶一眼，径直走进了院门。

第二天下午，我爷爷依旧满怀希望地盛装出行。但不久之后，站在院门口的我奶奶又看见了他丧气而归的身影。我奶奶走上前，想问问我爷爷究竟是怎么回事，可一见我爷爷那副丧魂落魄的痛苦模样，又忍住了。我奶奶默默地挽起我爷爷的手臂，往家里走去。

接下来，我爷爷又连续去了邮局几回，但结果都是空手而归。我奶奶发现，在这几天的连续奔波与焦急期盼中，我爷爷的面色越来越阴沉，人也越来越憔悴，就连下颌上的胡子也密苍苍地长了出来，犹如黑夜的影子一样挂满了忧郁与哀伤。

我奶奶将我爷爷搀回书屋，给他熬了一碗补气补血的参汤，端到他面前，心疼地说，你看你，岁数也不小了，为了等一封信，竟把自己折腾成了这样，值得吗？

我爷爷长长地叹了口气，像一个可怜的小孩似的望着我奶奶说，你不知道，竹下君是为了帮我寻找太平花才到北方去的，他要是真的出了什么事，我于心有愧呀！

我奶奶说，那太平花真的就这么重要吗？

我爷爷点了点头，说那太平花可不是一个简单的植物，它已经成了我们四川独特的文化符号，甚至成了我们中国社会道德理想的一个丰富载体。没有它，我的《四川植物志》将失去最重要的灵魂，我的人生也将失去很多意义。

我奶奶扑哧一声笑了起来。

我爷爷瞪着我奶奶说，你笑啥？

我奶奶掩着嘴唇说，没想到你研究植物，研究来研究去，最后竟把自己研究成了一个大花痴！

我爷爷苦笑，大花痴就大花痴吧，大花痴有什么不好？古人说，宁在花下死，做鬼也风流。何况我做的是千年绝响的太平花花痴！

我奶奶无可奈何地叹了口气，知道我爷爷已经陷在太平花里不能自拔了，于是就说，你也不能在一棵树上吊死，老往一个地方写信，要是那个竹下秀夫住到其他地方去了呢？

我爷爷怔怔地看着我奶奶，突然站起身来，把我奶奶紧紧地抱住了。我奶奶猝不及防，涨红着脸说，你干啥呀？都老夫老妻了，还疯疯癫癫的。

我爷爷情不自禁地在我奶奶脸上亲了一口，说还是夫人冰雪聪明，一句话提醒了我！随后就跑到书桌前去坐了下来。

我奶奶走过去问，你干啥？

我爷爷兴奋地说，我要再给竹下君写一封信。我记得他曾说过，只要找到真正的太平花标本，他就回到日本去写他的《东亚植物志》。他还说，只有在家乡樱花绽放的环境里写书，他心里才踏实，心情才愉快。这次，我要把信寄到他的老家札幌去，不信他还收不到！

然后，我爷爷就展开纸笔，兴致勃勃地写起信来。

我奶奶依偎在我爷爷身边，饶有兴趣地看着我爷爷写信。见我爷爷在信的开头写了很多牵挂、想念的话，甚至连长夜难眠、食不甘味这样热烈的词语都用上了，不禁笑了起来，说我看你们两人，怎么像是在谈恋爱呀？我爷爷抬头说，在植物世界里，在痴迷于太平花方面，我和竹下君确实是心心相通，情投意合，在隔着太平洋谈恋爱。

我奶奶打趣道，你跟他"谈恋爱"可以，只是不要把我忘了。

我爷爷捧起我奶奶的手摩挲着，说我这一生只爱两枝花，一枝是太平花，一枝是虞美人花。

我奶奶问，谁是虞美人花？

我爷爷把我奶奶揽进怀里，将嘴巴凑到她腮边，轻声地说，远在天边，近在眼前，这虞美人花是谁，你还不知道？

我奶奶的脸一下就红了。

许多年后，已是耄耋老年的我奶奶在给我讲述这段经历时，还像少女一样羞红着脸，掩着嘴巴不好意思地说，这是你爷爷进入中年后，少有的一次温存与浪漫，让我久久不忘。

在1937年暮春这个温情脉脉的下午，我爷爷写完信后就带着我奶奶出了家门，一起到街上的邮局去寄了信。在回家的路上，我爷爷掰着指头跟我奶奶计算着竹下秀夫回信的时间：信从成都发出，经水路到上海，再经海路到日本札幌，大约需要一个月的时间。竹下秀夫回信寄到成都，同样需要一个月的时间。如此算来，最多在6月底，我爷爷就能收到竹下秀夫的回信了。

好吧，到时候我们就一起来取信吧。我奶奶满面欢欣地望着我爷爷说，仿佛帮我爷爷完成了一件了不得的大事。

之后，我爷爷除了到学校上课外，就是坐在家中的书屋里，日复一日地对着墙壁上那个醒目的空白点，默默地等待着竹下秀夫的回信。我爷爷透过窗户望着太阳从东边的屋脊上缓慢升起，又从西边的屋脊上缓慢落下，几乎洞悉了每一寸光阴移动的细微变化，甚至听见了时间老人蹒跚的脚步声，咚……咚……咚……好似一个怪物在屋顶上沉重滞缓地走动。我爷爷再次感受到了被时间煎熬的痛苦。我爷爷觉得，他的整个身体都被近乎凝固的时光锈蚀了。及至6月底到来的时候，我爷爷从书屋里霍然站起，还听见身上哗啦啦地响，仿佛有无数锈蚀的碎片在往下掉落。

终于挣脱了时间禁锢的我爷爷精神焕发，朝着我奶奶大声叫喊，快把我那套西装翻出来！同时，我爷爷还要我奶奶找出最好的衣服，把自己打扮一番。待一切收拾齐整后，我爷爷便拉着我奶奶的手，喜气洋洋地出了家门，浓墨重彩地走向了邮局。

然而，让兴致勃勃的我爷爷没有想到的是，他刚一走近柜台，邮局的人就告诉他，没有他的信。

我爷爷根本不信，同时也对邮局的人深为不满。他瞪着眼睛说，你找都没有找过，怎么就知道没有我的信？邮局的人板着脸说，没有就是没有，难道我还把信给你吃了？噎得我爷爷瞠目结舌，说不出话来。

我奶奶赶紧替我爷爷打圆场，对那个邮局的人说，我们这封信是从日本寄来的，应该跟国内的信不一样，麻烦你再帮我们找一下吧。

邮局的人摇了摇头，弯腰从柜台下面端出一个木匣子来，放在他们面前，说你们那条街的信全都在这里了，你们自己找吧。

我奶奶把双手伸进木匣子，细心地翻找起来。

我爷爷站在旁边，神色紧张地看着。那些形形色色的信件一封又一封地从我奶奶的手里翻过，直至翻到最后一封，我爷爷也没有看见他想象中的竹下秀夫用日文和中文混杂着写来的回信。

我奶奶扭头望着我爷爷。

1937 年秋

我爷爷满脸诧异地呆愣着,眉宇间充满了巨大的失望与痛苦。半晌,他才蹙着眉头嘀咕,这究竟是怎么回事啊?两个月都过去了,竹下秀夫该给我回信了呀。

那个邮局的人走回来,对我爷爷说,你放心,一有你的信,我们会立刻送到你府上的。你们还是回去等着吧,不要再这样瞎跑了。

我爷爷知道邮局的人已经烦了他,便悻悻地拉着我奶奶离开了邮局。这时,正是黄昏快要来临的时刻,街上阳光灿烂、风和日丽,有两个扎着"丁丁猫儿"小辫子的女孩正坐在路边的石凳上,一边互击着巴掌玩耍,一边唱着儿歌:巴巴掌,油煎饼,你卖胭脂我卖粉,卖到成都蚀了本,买个骨头大家啃!引得我奶奶扑哧一声笑了起来。但我爷爷面色阴沉地闷头往前走着,紧绷的脸上没有显出丝毫的笑意。我奶奶赶紧追上去,伸手去挽我爷爷的手臂。我爷爷竟像小孩家使性子一样,把我奶奶的手打掉了。直到快要走近家门的时候,我爷爷才烦躁地脱下身上的西装,扔给了我奶奶,说大热天的,还穿着这西装干啥呀?

此后,我爷爷就不再到学校里去上课了,成天把自己关在书屋里,焦急地等待着邮差骑着自行车,一路按响铃铛前来给他送信。但接连等了几天,那意想中的铃铛声都没有响起,倒是一个卖麻糖的小贩,老是绕着我家屋院,叮叮当当地敲打着,拖长声音吆喝:卖麻糖,卖麻糖喽——

我爷爷心烦气躁地跑出书屋,跑到院门槛上去,对着那小贩说,老乡,你别在这里叫嚷了行不行?我家没有小孩吃麻糖!

那小贩又用手中的钉锤在铁凿刀上敲出一串响亮的叮当声,说没有小孩,大人也可以吃点麻糖嘛,止咳化痰的。

我爷爷哭笑不得，只得回身把院门紧紧地关上了。

再一天太阳偏西的时候，我爷爷再也坐不住了，就打发我奶奶去邮局。我奶奶惊异地看着他，怎么，你不去？我爷爷烦躁地说，我懒得去看他们的脸色。你去就行了。我奶奶笑着整了整衣衫，理了理头发，一边往外走着，一边说，好吧，你就在家里等着吧。我爷爷挥挥手，让我奶奶快去快回。

不久，我奶奶就回家了。我爷爷隔着窗户看见她步履匆匆地走进院门，神色慌张地朝着书屋大喊，不好了，出大事，出大事了！

我爷爷急忙奔出去，满脸惊恐地问道，怎么了？秀夫君出啥大事了？

我奶奶说，不是那个竹下秀夫出大事了，是中国跟日本出大事了！

我爷爷满脸困惑，中国跟日本怎么了？

我奶奶扬起手中一张报纸，说昨天晚上，日本军队跟中国军队在北平打起来了！现在成都的大街小巷都在传着这事，还有很多学生跑到街上，在示威游行，在喊口号，要跟日本军队抗战到底！

我爷爷抓过报纸看了看，脸色变得非常难看。少顷，我爷爷还是忍不住问我奶奶，那竹下秀夫呢？他的回信到了吗？我奶奶摇摇头，说邮局的人说了，中日两国开战了，邮路不通了，不可能再收得到日本的来信了。我爷爷痛苦地闭上了眼睛。那种万念俱灰、满面灰烬的样子，让我奶奶心惊肉跳，惶恐不已。呆立良久，我爷爷才神色涣散地睁开眼睛，以一种从未有过的绝望和沮丧的语调，仰天悲叹道，没想到，我千等万等，没有等来太平花的消息，却等来了日本向中国开战的噩耗！

1937 年秋

说完，我爷爷就拖着沉重的脚步，恍若风雨之中的一个稻草人，摇摇晃晃地走回了书屋。那张刊发着战争爆发的消息的报纸，从我爷爷的手里滑脱，遗落在我家庭院的砖地上，仿佛一方坚硬的铁块，在血一样凝固的夕阳里，发散出灰暗的冷色调。

夕照无语，风也无声。我家阔大的庭院顿时陷入了死一般的沉寂。

直到夜色来临，我大伯伯黄蜀俊手里捏着一面写有"抗战到底"的小旗子，急匆匆地跑进院子时，我家才恢复了少许声息。

这时，我爷爷的书屋里还没有亮灯，浓重的黑暗紧紧地裹卷着我爷爷靠椅而坐的僵直的身影。我大伯伯快步走进书屋，语调兴奋地对黑暗中的我爷爷说，爸，日本向中国开战了！我们学校有很多学生都在给政府写血书，要求投笔从戎，上前线杀敌！

僵坐在黑暗中的我爷爷凝然不动，仿若泥塑。

我大伯伯又把刚才说的话重说了一遍。

黑暗中依旧无声无息，依旧像死亡一样沉默着。

我大伯伯急了，大声喊道，爸，你怎么了？你说话呀！

浓重的黑暗中这才传来了我爷爷沉重的叹息。我爷爷声音嘶哑地问，你写血书了吗？

我大伯伯说，没有。

为什么？

我想跟着您研究太平花。

我爷爷在黑暗中惨然一笑，说战争都爆发了，天下再无太平日子了，我们研究太平花还有用吗？

我大伯伯怔住了，怯怯地问我爷爷，那我该做什么？

我爷爷又是一声长叹，说国家兴亡，匹夫有责。你还是先去打仗吧。等战争结束了，天下太平了，你再回来跟我做研究吧。

然后，我爷爷就回到那沉郁的黑暗中，再也不说话了。

窗外夜色如磐，仿若一道无边无际的沉重的铁幕，死死地笼罩着我家的屋院。

此后很长一段时间，作为植物学教授的我爷爷既不到学校去上课，也不到邮局去询问竹下秀夫的来信了。我爷爷成天把自己关在书屋里，心事重重地望着墙壁中央那个醒目的空白点发呆。我爷爷觉得，正是因为这个让人锥心的空白点的存在，他耗尽毕生心血的研究就要付之东流了。

直到两个多月后，我爷爷才走出书屋，走出了我家屋院。仿佛经历了沧海桑田似的，我爷爷已经完全变了模样，不仅脸色苍白如纸，就连下颌上的胡子也长了一寸多长，硬茬茬乱蓬蓬的，显出一种萎靡颓败的气息，像是一个刚出狱的囚犯。我爷爷就这样像个刚出狱的囚犯似的被我奶奶搀扶着，步履蹒跚地走过无数条大街，又走过无数条小巷，来到了成都的北较场，为出征的我大伯伯送行了。

我爷爷和我奶奶一直把我大伯伯送到了北门外。

这天正好是1937年农历的白露时节，城外平原里的稻谷已经黄熟了，大片大片地缀连着，如同一面巨大的黄色毡毯，茫无边际地往山郭隐约的远方延展着。由于前几天连绵不断的秋雨的浸淫，这面巨大无比的黄色毡毯又显得有些潮湿阴冷，甚至有些苍茫寥落。

我大伯伯他们的队伍扛着军旗，喊着抗日口号，步行着走进了那片浩瀚无边的黄色里。

我奶奶站在城门脚下，眼里含着泪水，不停地朝着渐渐走远的我大伯伯挥手。我大伯伯背着斗笠，打着绑腿，不时从行进的队伍中回过头来，向我奶奶招手微笑。我大伯伯的每一次回眸而笑，都会引起我奶奶充满伤感的凄声悲泣。初秋的阳光与云翳同时映照着苍茫浑黄的原野，我奶奶哭声不绝，泪水如缕，完全把自己变成了一个送子远征的断肠人。而我爷爷则站在我奶奶身旁，泥塑木雕似的呆然不动。他苍白的脸上布满了灰烬的味道。他虚着有些昏花的眼睛，漠漠地望着被雨水浸淫过的苍茫原野以及在原野上行进的部队，始终一言不发……

与成都平原的季候不同，素有中国西南火炉之称的重庆城，在历经白露前后几场雨水的浇淋与冲刷之后，并没有迎来秋风送爽的宜人天气，反倒是艳阳高照，暑气蒸腾，被暴烈的"秋老虎"笼罩了。早晨太阳刚从朝天门方向升起，被两江合抱的半岛之城里便炎热难耐，闲散的人们就开始打着赤臂、摇着蒲扇，苦巴巴地皱着眉头坐在家门口散凉了。夜晚降临，炙热的天气依旧没有多少变化，甚至连江上吹来的晚风都火辣辣地灼人。无可奈何的人们只得搬出草席或篾席来，铺在家门口，席地而卧。然而，地面冒出的热气和江上吹来的晚风，依旧不依不饶，像炭火一样烤人。于是，在那些高低不同的屋檐下和纷乱拥挤的街边上，就全是男人汗津津的胸膛和女人白生生的大腿了。

我舅爷爷李沧白就是在这个时候，由中央政府征调，从清凉宜人的成都来到了炭火般灼烤的重庆城。他是以督察专员的身份，前来协助王培源建设重庆规划防空设施的。

两人都是资深的地质专家，自然对重庆的地质结构并不陌生。

而早在两年前，我舅爷爷就与王培源一起，前去拜访了时任中央参谋团主任的贺国光，未雨绸缪地向贺国光提出了许多修建防空设施的建议。贺国光也是一个具有战略眼光的军政将领，深知一旦中日之间爆发全面战争，位于华东地区且无坚强防护的首都南京必须尽快搬迁。那时，国民政府和军事委员会等各大中央首脑机关都将齐聚重庆城，其防空责任自然不可懈怠。于是，贺国光就调来工兵营，在参谋团驻地附近挖了几个防空洞。之后，贺国光又动员重庆城里的一些资本家和工厂主，利用住家和工厂附近的山崖、坡坎挖了大大小小几十个防空洞。1936年秋天到来的时候，贺国光就在重庆成立了防护团，下设多个避难管制大队，专门负责这些防空洞的管理及避难指导工作。但防护团还未训练成熟，中日全面战争就爆发了，日本调集重兵围攻上海，剑锋直指国民政府首都南京。形势十分危急，迁都被正式提上了议事日程，国民政府十万火急电令贺国光：迅速成立重庆防空司令部，专门负责重庆的防空设施建设与防空事务，为即将搬迁至此的各大中央首脑机关提供有效的防护。这时，国民政府军事委员会重庆行营已正式成立，贺国光以代理主任身份，主持行营工作。此时行营的根基已经非常牢固，不仅控制着整个重庆地区，还掌握了四川相关的一些军政大事的决策权。贺国光明白，他过去挖掘、修建的那几十个极其简陋的防空洞，根本无法满足将来重庆作为战时首都的防空需求，更无法对即将搬迁到此的各大中央首脑机关提供安全的防护。他必须广聚人才、大兴土木，挖掘和修建更多更坚固的防空设施。于是在接到十万火急的电令后，贺国光立即呈请国民政府：速调中央地质所主任王培源和四川地质所主任李沧白急赴重庆，负责规划建设重庆的防空设施。

1937 年秋

我舅爷爷李沧白就是这样离开气候凉爽的成都,一路东来,经佛图关进入重庆的。而王培源则从战备氛围异常浓厚的南京动身,乘坐国防部的军舰昼夜兼程,溯长江而上,在朝天门码头登了岸。两人在同一天到达重庆,黄昏的时候就在贺国光的行营里见了面。我舅爷爷见王培源的第一句话,说得有些苦涩,也有些无奈,说没想到我们两个搞地质研究的人,竟要在重庆挖防空洞了!王培源还是那样老成持重,遇事显得波澜不兴,说挖防空洞有什么不好呢?毕竟还是跟地质打交道,没有超出我们的专业范畴嘛。跟着又说,在重庆挖防空洞,是你当初提出来的建议,你可不能有大材小用的想法哟。我舅爷爷笑了笑,说现在国难当头,民族危亡迫在眉睫,我们这些手无缚鸡之力的读书人,能挖防空洞保护国家和民族,也算是我们的一种抗战吧。王培源拍着我舅爷爷的肩头说,到底是老同学呀,我们心有灵犀,想到一起了!然后就带着我舅爷爷,去见了贺国光。

　　脸颊瘦长的贺国光正敞着衣衫,摇着一把蒲扇,汗涔涔地站在办公室里,仰头望着墙壁上一张重庆城区地图,蹙眉思索。那地图上街道蜿蜒,房屋密布,凡是有山崖、坡坎的地方,都做了三角形标注。另外还有几十个小圆圈,像撒豆一样布满了东南西北各个城区。

　　见我舅爷爷和王培源到来,贺国光没有一句寒暄的客套话,立即把他们叫到地图前,举起手中的蒲扇,在那些小圆圈上面指点着说,这是我们前两年挖的防空洞,总数不足六十个,防空总容量不足两万人。现在,淞沪大战正在紧张进行。如果日军攻占上海,势必对首都南京发起进攻,中央各大首脑机关必然火速撤到重庆。到时,这区区五六十个防空洞,怎么承担得了如此繁重的防护任务呢？所以，在这个即将成为战时首都的重庆，如何又快又好地修建防空设施，我想立即听听你们两位地质专家的高见。

王培源没有说话，扭头看着我舅爷爷。

我舅爷爷也不客气，大步走到墙壁前，侧身高举起右手，在那张地图上画了一个大弧圈，说我接到贺主任的电报后，就对重庆城区及周边的地质地形做了研究。我认为，在重庆修建防空设施，应分作两个方面来考虑。第一，行营要尽快确定哪些地段和建筑将要用作中央首脑机关搬迁来渝的办公场所，我们立即调集军队、征用民工，在这些地段和建筑附近选择有利地形，全力挖掘、修建防空洞，就近为那些首脑机关提供防空保护。除此之外，我们还要考虑更广泛的公共防空问题。我计算过，重庆主城区的面积并不是很大，从城东的朝天门到城西的通远门，直线距离不超过五公里，从城北的临江门到城南的南纪门，距离就更短了，不超过四公里。这一横一纵加起来，也没超出十公里。

贺国光的目光一直跟随着我舅爷爷的手势在地图上移动。他手里摇着蒲扇，脑海里不觉出现了一个宏大的图景。他扭头问我舅爷爷，你的意思是，我们在重庆的地下挖一条十字交叉、纵横南北东西的防空大隧道？

我舅爷爷十分高兴贺国光能如此迅速地做出反应与理解。他再一次举起右手，在那张地图上来回比画着说，对，这就是我对重庆防空设施建设的一个通盘考虑。如果我们有了这条十字交叉的防空主隧道，再从多个方向多个点位挖一些侧隧道与它相连相通，那就可以组成一个覆盖全城的防空体系了。我计算过，这条防空主隧道虽然纵横加起来仅仅只有七八公里，但若加上沿途延展而出的众多侧隧道，其

1937 年秋

总容量还是能达到二三十万人的。如果我们再动员城中的达官显贵和众多市民大量挖掘私人防空洞壕，还可增加三四十万人的容量。如此算来，就能基本满足重庆作为战时首都的防空需求了。

贺国光手中的蒲扇停止了摇动，他回头望着墙壁上的地图，又将目光沿着朝天门、临江门、通远门、南纪门走了一圈。他面色亢奋，但又显出一丝把握不住的犹疑。他回头望着王培源说，王主任，你的意思呢？觉得这个建议可行吗？

王培源笑了笑，还是那副波澜不兴的样子，说我从南京动身之前，李主任就给我打过电话，说了他这个建议。我觉得，就重庆特殊的地理环境和城市布局而言，这是一个非常好的防空建设规划。

贺国光兴奋不已，哗哗地摇着蒲扇说，好，好！既然你们两位高人的意见如此统一，那我就叫防空司令来，让他按照你们这个想法，速派工程师去勘测线路、设计方案。一旦方案制订出来，我就以重庆行营的名义，立即调集军队，征用民工，争取在一到两年的时间内，全面完成这个庞大的地下防空设施建设！

我舅爷爷笑了起来，说贺主任还是跟两年前一样，雷厉风行，说干就干噢！

贺国光手中的蒲扇摇得更快了，仿佛有什么紧迫的事在催促着他。他说，现在淞沪战事进行得十分惨烈，说不定哪一天日本军队就攻占上海，兵临南京城下了，我不雷厉风行一点不行啊！

王培源点头说，我同意贺主任的意见。现在南京方面十分紧张，蒋委员长已经密令各单位在做撤离准备了。甚至有些单位已经开始仓促北上，准备搬到河南洛阳去办公了。

我舅爷爷惊诧不已，说华北地区聚集了很多日本军队，搬到那里去办公，不安全呀。

王培源说，这是万不得已的临时救急。所以，我们必须竭尽全力，以最快的速度建设好重庆的防空设施，为中央各大首脑机关搬迁来渝做好准备！

贺国光撩起衣角擦拭着脸上的汗水，感叹道，黑云压城城欲摧。现在的重庆，已不是偏居一隅的西南孤城了，它将担负起中国战时首都的艰巨责任，我们肩头的担子重得很哪！

王培源和我舅爷爷面色凝重地站着，仿佛那千钧重担已然落到了他们肩上。

1937 年秋

1938年春

虽然时已1938年元月下旬，但位于四川盆地深处的成都依然寒流滚滚，处于一年中最冷的季节。城西偏僻的浣花溪边，光秃秃的梧桐树桠像无数赤裸的手臂暴露在寒风中，战栗着发出凄厉的呼啸，而命悬一线的涓细的沟水则覆盖着脆薄的白冰，在黯淡的天光映照下，散发出清冷的寒光。

放眼望去，萧索苍凉的浣花溪边还没有一点春的颜色和春的讯息。

而外面的世界已经闹得沸沸扬扬起来。

大约在七八天前，蛰居在浣花溪边的上级突然接到了来自高层组织的秘密情报：去年11月赶赴南京指挥川军作战的第七战区司令长官、川康绥靖公署主任、四川省主席刘湘因胃病复发数次昏厥，被蒋介石下令送到汉口的万国医院治疗，不久突然病逝。蒋介石火速做出安排，欲派心腹张群入川主政，全面控制四川。而川内以武德励进会为核心的少壮派军人则认为，蒋介石对刘湘猜忌尤深，颇不信任，曾多次想通过整编来削弱川军，搞垮刘湘，可没想到中日全面战争突然爆发，始终未能如愿。所以，这些少壮派军人怀疑，他们的总司令刘湘是被蒋系中央设计害死的，闻讯后情绪显得异常激烈悲愤，大吵大闹着要去汉口找蒋系中央的人算账，甚至还有几个年壮气盛的师长纠结在一起密谋：要把出川作战的部队调回来，与蒋系中央彻底断绝关系！高层组织发出指示：要尽快搞清刘湘的真实死因，全面掌握川内少壮派军人的动向，并通过我党的影响，竭力维持四川来之不易的抗战统一局面。

　　上级接到这个情报的时候，也显得非常震惊，在那间爬满枯藤的小屋里捂着胸口剧烈地咳嗽，直咳得脸孔发紫，嘴角渗出了血丝。之后，上级就含着那满嘴腥咸的血味，神色忧忡地站在小屋的窗户前，望着外面的荒凉景色紧张地思索起来。他虽然一直蛰居在偏僻的浣花溪边，但早就通过各种渠道和情报，知道自去年秋天，二十万川军出川到达山西、河南、华东等地战场后，即被蒋介石拆散，分别支派到不同的战区和战场参与对日作战，完全脱离了第七战区的建制，不受刘湘的节制指挥了。刘湘就是因为担心川军被蒋介石瓦解，被日军消灭，才带着军事参谋人员紧急赶赴南京，要求蒋介石归还川军建制，由他统一指挥，参与南京保卫战的。上级还知道，刘湘到达南京不久，国民政府即发公告，宣布移驻重庆办公。刘湘闻讯后，立刻致电国民政府，表示"谨率七千万人翘首以迎"。消息传到成都，关心抗战的各界人士奔走相告，许多青年学生还走上街头，敲锣打鼓，高喊口号，对刘湘的这一决定表示热烈拥护。中央与四川的关系达到了前所未有的融洽程度。后来，从遥远的华东战场又陆续传回一些讯息，说刘湘在指挥作战时旧疾复发昏厥，先是随第七战区司令长官部转移到芜湖，带病坚持指挥战斗，但没想到病情陡地加重，连日昏迷

1938 年春

不醒，被蒋介石下令紧急送到后方的汉口万国医院治病。这时，巴蜀大地的抗日热情正全面高涨，许多抗敌后援会纷纷组织民众，捐款捐物，源源不断地送往前方。而设在川西、川南、川北、川东的几个师管区，也开始大量征集兵员，进行紧急训练，以备前方作战所需。在这种川内川外齐心协力、一致抗战的大好形势下，蒋系中央会对送到后方医院治病的刘湘下手吗？难道他们就不怕在这极为敏感而又关键的时刻，引起川人的激烈反对，进而影响整个迁都计划吗？上级站在小屋的窗户前沉思许久，心中始终狐疑不已，于是就指示黄海晏和许琳，立刻想尽办法探悉刘湘的真实死因，为下一步开展工作提供可靠的依据。

这天恰好是星期天，我小爷爷黄海晏带着许琳赶回省政府时，大多数在家休息的秘书科职员都像他们一样，急匆匆地赶了回来，小心翼翼地相互探听着刘湘的死因。秘书科长是刘湘的一个远方亲戚，对刘湘的突然病故反应最为强烈。他焦躁不安地在屋里来回走动着，神色愤恨地大声嚷叫道，刘主席才五十岁，正值壮年时期，哪能因为一点小小的胃病就客死他乡了？我看一定是蒋系中央的人在医院里做了手脚，设计害死了刘主席！

这时，一个男职员从角落里站起来，欲语又止。科长不耐烦地挥手说，有啥话你就直说，别总是一副吞吞吐吐的样子！男职员这才咕噜着说，我听重庆行营那边一个来成都公干的朋友说，刘主席出川后，曾跟山东的韩复榘秘密联系，想联手对付蒋系中央的打击和压制。后来，韩复榘因不听蒋介石固守山东的命令，擅自放弃济南等大片防地，退往鲁西南山区保存实力，被蒋介石在十多天前的郑州军事会议上下令逮捕了，押到汉阳的军事法庭审判。在汉口治病的刘主席害怕事情败露,吓死了。

科长先是一怔,随即便破口大骂起来,放他妈的狗屁!刘主席是这样胆小怕事的人吗?重庆行营全是蒋系中央的人,他们这是在造谣中伤,诬蔑刘主席!

那个男职员退回到角落里去,闷着头不说话了。其他职员想说什么但又不敢多说,只得神色张皇地相互凝望着。秘书科里一下变得沉闷起来,只听见寒风在屋顶上刮过,拉着长长的哨音,发出尖利的呼啸。

就在这时,秘书长急匆匆地走进屋来,大声嚷叫着,张芳,张芳来了吗?

大家回头,这才发现张姐的办公桌后面空空如也,并不见她的人影。

秘书长朝张姐的位置望了一眼,立刻回头指着秘书科长说,你马上开车去张芳家,把她接到省政府来,有一项特殊的任务需要她去执行!

大家瞬即愣住了。张姐只是一个内务秘书,从来不外出执行任务的,秘书长如此心急火燎地找来,究竟要她去执行什么样的"特殊任务"呢?

秘书长见大家满脸困惑,又见秘书科长还站着未动,禁不住火了,厉声呵斥道,你还愣着干啥?赶紧去接张芳,去接她呀!

秘书科长慌忙拔腿往外跑去。

秘书长又回头训斥着屋里的秘书们,你们这些小秘书,平时就像闹山麻雀一样叽叽喳喳的,说话嘴上没个关拦!现在正是非常时期,你们不要这里妄加猜测,胡言乱语!不然,小心我开除你们!

1938 年春
/
123

秘书们全都呆呆地站着，一副肃然谨然的样子。

直到秘书长走出屋子，脚步声在走廊尽头消失了，秘书们才吐吐舌头，挤挤眼睛，还魂似的从那凝重肃杀的氛围中缓过气来。

那个男职员幽灵般地从角落里走出来，摇着头叹着气，神色诡异地说，我看刘主席一定是死得非常蹊跷，不然，秘书长也不会说现在是"非常时期"，还警告我们闭上嘴巴，少说为妙！

其他职员也有同感，便纷纷附和着，七嘴八舌地再次议论起了刘湘的死因。

黄海晏不想参与这种捕风捉影的谈论，朝许琳使个眼色，转身向室外走去了。

不久，他们就来到了大楼外面。他们发现，省政府的庭院里，已经三三两两地伫立着其他科室的职员，正在呼呼吹刮的寒风中，咬着耳朵说话。而在稍远的地方，有几个情报股的人站在一株粗大的楠木树下，裹着风衣，竖着领子，在诡秘地交谈。黄海晏顿时想起了那个潜伏在情报股的神秘人物：对于刘湘的真实死因，他应该有个确切的消息吧。于是，黄海晏就抬腿朝那几个人走去。他想，即使这几个人里没有那个神秘人物，他也可以从他们的谈论中捕捉到一些有用的讯息。可他刚刚迈出腿去，旁边的许琳就一把拉住了他。许琳扬起下巴，往大门方向指了指。黄海晏抬头望去，只见秘书科长已经开着一辆吉普车，载着张姐拐进了院里，径直拐到右侧正楼的门厅前停住了。张姐打开车门，提着一个发黄的大皮箱走了下来。黄海晏和许琳相互望了一眼，即刻心领神会地双双跑上前去，装着一副帮忙的样子，接过张姐手里的大皮箱，将她往大楼接送着。

张姐，你这是要到哪里去呀？看你这样子，三天两头回不来的。许琳边走边关切地问。

张姐回头看了看院里散落的人群，将手掌遮挡在嘴边，悄声说，甫婆要到汉口去给刘主席办丧事，秘书长要我跟她去，为她服务。

黄海晏心里先是一惊，接着又是一喜。张姐嘴里说的"甫婆"，是省政府的人背地里送给刘湘老婆周玉书的外号。张姐陪"甫婆"前去汉口，肯定能了解到刘湘的真实死因。黄海晏心中一块石头落地，笑着说道，那就辛苦张姐了。等你回来，我和许琳给你接风。

张姐叹了口气，怅怅地说，眼看就到腊月底了，还不知道能不能赶回来过年呢。

黄海晏豪爽地说，就是错过了春节，我们也照样请你，请你在锦宴楼好好吃一顿！

张姐目光热热地看着他们，说还是你们好啊，相亲相爱的，过年都在一起。

黄海晏和许琳不敢再说过年的事了，赶紧提着大皮箱，把张姐送进了秘书长办公室。

此后接连几天，黄海晏和许琳都从早到晚待在秘书科里，焦急地盼望着张姐归来。直到四五天后，时间都临近腊月二十八了，张姐才姗姗而归，可她刚一走进秘书科，就把大家惊呆了：她脸色苍白，神情恍惚，两个眼圈都是黑的，显出一副异常憔悴、疲累的样子。

许琳惊愕地迎上去，说张姐你怎么啦？几天不见，咋变成了这样？

张姐摇着头，有气无力地说，甫婆这人太难伺候了。她到了汉口,一见刘主席的棺材,就大哭大闹,说是亲日派害死了她的抗日大英雄。还大叫大嚷着,要去武汉行辕找蒋介石算账。秘书长要我去劝她,她竟踢我,揪我,还用牙齿咬我。我手臂上全是她咬的青疙瘩!

其他职员也纷纷围上来,向张姐打听刘湘的真实死因。张姐耷拉着眼皮,兴味索然地说,现在刘主席人都死了,还搬弄这些是非干啥?然后就推开众人,自顾自走到她的办公桌前,颓然地坐了下去,将头仰靠在椅背上,困倦地闭上了眼睛。

秘书们面面相觑,显得十分扫兴。呆愣片刻,他们回到各自的办公桌前,心不在焉地做起了手头的事情。

张姐则在沉闷的秘书科里,满脸困倦、枯寂地坐了一个下午。

下班后,其他职员都走了,黄海晏和许琳才搀扶着她,来到了省政府隔壁的锦宴楼。他们叫了一桌丰盛的菜肴给她接风。可张姐依旧打不起精神,漠漠地望着那满桌的菜肴说,你们叫这么多好菜干啥?我现在什么也不想吃,什么也吃不下。我只想回去,好好睡上一觉。

许琳赶忙舀了一碗鸡汤,递到她面前,说吃了饭我们就送你回去。

黄海晏也夹了一小块软和的东坡肘子肉放在她碗里,说人是铁饭是钢。你这几天太过劳累了,精神耗损了不少,赶紧补补身子吧。

张姐这才捉起筷子,勉强吃起来。

这样吃着喝着,张姐的精神才略有好转,苍白的脸上才渐渐有了一丝血色。许琳便趁着给她添汤加菜的机会,说张姐,听你下午在秘书科的口气,好像刘主席真是被蒋系中央的人害死的?

张姐停住了吃饭，满脸疑惑地望着他们说，怎么？你们也很关心这事？许琳笑笑，说我们毕竟在省政府工作，过去端着刘主席的饭碗，能不关心这事吗？张姐点点头，苦笑道，你说得也是，现在刘主席死了，我们在省政府的饭碗究竟还端得住端不住，谁说得清呢？然后就愣愣地望着面前的饭碗，愁蹙着眉头不说话。

许琳拉拉她的手，用一种小妹妹的口吻央求道，张姐，你究竟在汉口看见了什么，听见了什么，你赶紧给我们说说吧。不然，我们心里空落落的，连上班的心思都没有了。张姐回过头来，瘦尖的脸上依旧显得郁郁与落寞。她望着许琳，神色淡淡地说，你知道，我是从来不关心政治的，也从来不介入省政府的核心内务。我到了汉口后，确实没有刻意打听过刘主席的死因，我只听万国医院一个姓陶的护士说过，刘主席送到医院时，病情已经很严重了，胃部已经开始糜烂，医生一直在给他吊盐水针，还不让他吃任何坚硬的带油腻的东西，一天三顿只喝一点点稀饭。正因为如此，甫婆才怀疑刘主席是被人故意饿死的，才吵着闹着要去找蒋介石算账，要去向蒋介石要人！

那刘主席究竟是怎么死的，你知道吗？黄海晏不由得在旁边急切地问道。

张姐转过头来，说这个嘛，我倒是听刘主席身边的一个侍卫说过。他说刘主席死那天上午，还在病房里指挥他手下的第二十三集团军，反攻在前段时间丢失的芜湖城，说是不能让中央军笑话我们川军，他个人也要争取在历史上留下自己的篇章。但二十三集团军奉命从皖南山区杀出来，反攻到芜湖城下时，刘主席却突然病逝了，反攻芜湖的战斗也只得半途而废。

1938 年春

黄海晏若有所思地点点头，这么说来，刘主席是在指挥芜湖反击战中衰竭而逝的？

张姐说，这个我可不敢下结论。我只是听说，当时有个二十三集团军的副司令，因为作战不力，被蒋介石撤职，正在汉口陪着刘主席治病。那天傍晚，他拿着前方的战报来向刘主席报告时，刘主席已经躺在病床上，没了呼吸。

黄海晏哦了一声，抬头望向窗外，目光似乎正在穿越千山万水，飞临那个遥远的病房。这样凝思片刻后，他又回头来问张姐，刘主席在死前留下了什么遗言吗？

张姐说，当面交代的遗言没有，但侍卫们在整理刘主席的遗物时，在枕头下面发现了一封他亲笔写给全体川军将士的遗书。

遗书上说了什么？黄海晏赶紧追问道。

张姐的眼圈一下就红了，说我曾看过那封遗书，一个字都不涉及个人私事，全是关于当前抗战的大事，全是激勉川军将士的话，可谓字字珠玑，句句啼血，所以我至今都还记得！

然后，张姐就含着泪，用一种苍凉深沉的语调，念诵起了遗书内容：余此次奉命出川抗日，志在躬赴前敌，为民族争生存，为四川争光荣，以尽军人之天职。不意宿病复发，未竟所愿。今后惟希我国军民，在中央政府领导之下，继续抗战到底。尤望我川中袍泽，一本此志，始终不渝。即敌军一日不退出国境，川军则一日誓不还乡！以争取抗战最后之胜利，以求达我中华民族独立自由之目的！

黄海晏望着张姐，惊愕得说不出话来。吃饭的包间里寂然无声，窗外呼啸的寒风似乎也出现了停顿，在苍茫沉重的宇空中，只有刘湘那些忘我忧国的泣血般的话语，像滚雷一样轰响着。被这些话语震惊且震撼的黄海晏不由得长长地吸了一口气，又长长地喷吐出来，说没想到刘湘这个心中一向只装着四川的"土皇帝"，竟在临终前有了这般豪情，有了这般壮志，真是令人可敬可叹哪！

张姐抹了抹红红的眼圈说，你说得对，刘主席的英年早逝确实震动全国，让人悲叹不已，就连蒋介石都给刘主席送来了挽联，上面写着：板荡识坚贞，心力竭时期瘁尽；鼓鼙思良帅，封疆危日见才难。还在追悼会上，带着很多中央政府的官员前来吊唁，在刘主席的灵前脱帽致哀，三鞠躬。

接风的宴席就这样变成了对刘湘的追忆与缅怀。说起川中纷纭复杂的许多旧事和当前刘湘的遽然离世，三人都不禁神情戚然，唏嘘悲叹。

吃完饭，黄海晏和许琳将身心交瘁的张姐送回家后，又立即赶到浣花溪边那间孤独的小屋，向上级汇报了他们探听来的情况，并特别提到了刘湘那封感人至深的临终遗书。上级神情肃然地叹了口气，说我已从其他渠道知道了这事，而且还得知，刘湘身边的人已将这封遗书，一字不差地用电报发给了在各个战区作战的川军将士。将士们在硝烟中冒着寒风，含泪集体诵读遗书，情绪十分激昂，纷纷表示：坚决听从刘湘的命令，将抗战进行到底，即敌军一日不退出国境，川军则一日誓不还乡！

黄海晏激动地说，前方的川军将士有此表现，确实让人惊喜与宽慰！

上级却蹙着眉头，捂住胸口咳嗽起来。他一边咳嗽一边说，有些事情，我们……还得注意。据……据我所知，川内的少壮派军人，一直怀疑刘湘的死因，并坚决……反对张群入川主政。他们将

1938 年春

在最近一两天，召开……秘密会议，决定川军的动向以及今后的四川大局。四川何去何从，到了最为关键的时刻，我们……我们绝不能掉以轻心！

许琳倒来一杯水，递给她父亲，神色焦急地问道，那我们今后该怎么办呢？

上级接过杯子，喝了一口水，目光坚毅地说，我们必须发动我党力量，全力维护四川来之不易的抗战统一局面。经过多年经营，现在武德励进会的多个阶层里，都有了我们的人。我已秘密指令他们，要多方开展工作，竭力消除不安定因素，绝不能铤而走险，做破坏全国统一抗战的罪人。所以，这两天你们要密切关注你们负责的那个情报渠道，一有什么消息，就迅速接收，立刻向我汇报。

黄海晏和许琳郑重地点头。他们在情报战线磨砺了几年的神经，顿时变得兴奋起来。

次日到省政府上班，黄海晏没有直接进入秘书科，而是径直来到走廊尽头的厕所，在最里间的档格里蹲了下来。他掏出一截粉笔头，在挡板的背面上匆匆画了三个圆圈。这是他们与情报股那个神秘人物曾经约定的联络暗号：三个圆圈代表十万火急，向对方催要情报。

之后，黄海晏才回到秘书科，开始一天的工作。但他心里记挂着情报的事，总是坐不住，时不时跑到厕所里去，察看对方的动静。他接连去了几次，发现最里间档格里的那三个圆圈依然完整地保留着，似乎对方还没有接收到他发出的信号。他顿时变得焦躁起来，将手中的派克钢笔无意识地在桌面上笃笃笃地顿磕着。坐在对面的许琳用眼光示意他安静，但他还是控制不住自己，又一次站起身来，往厕所跑去，以至于他无果而返时，坐在屋角的张姐狐疑地望了望他，走过来，悄声问道，你咋啦？怎么老是往厕所里跑呀？黄海晏一怔，这才知道自己太过形色外露，犯了情报工作的大忌，只得尴尬地笑笑，掩饰道，可能是昨天太贪吃了吧，我肚子不舒服。张姐不无怜惜地看着他，笑着说，你在给我接风，你吃那么多干啥？要不要我跟许琳去街上给你买点药回来？黄海晏赶急摇着头，说不必了，我已经好多了。

就这样熬到了中午，黄海晏跟着许琳一起到省政府的食堂去吃饭。但在饭桌上，黄海晏依旧显得心神不定，老是伸长颈子，越过密密麻麻的人头，往情报股那桌的人望着。旁边的许琳轻轻敲了一下筷子，说安心吃饭吧，别东张西望的。然后又附耳过来，压低声音说，我听秘书科长说，下午那些头头脑脑都要到省政府来开会，很快就会有消息的。黄海晏无声地点了点头，这才安心吃起饭来。

两人吃罢饭，走出食堂来到外面的大院时，果然看见一辆又一辆黑色的乌龟壳轿车源源不断地开进省政府，拐到正楼前面的门厅下停住。车上下来的不是穿着中山装的省政府要员，就是穿着军装扎着皮带挎着手枪的军队将领。他们个个都神色凝重，步履匆匆。特别是那些着装严谨的少壮派将领，见了面连招呼都不打，就阴沉着脸鱼贯走进了有卫兵把守的黑色大门。

古木森森、寒风呼啸的省政府大院里，气氛骤地变得紧张、沉重起来。

黄海晏与许琳对望着一眼，赶紧穿过大院，回到了秘书科。

此后的时间里，黄海晏便坐在办公桌前，密切地关注着外面大院里的动静。他希望正楼里的军政会议能够尽快结束，那个潜伏在情报股的神秘人物能够尽快传出情报来。但他强按着急迫的心情，在办公桌前坐了整整一个下午，把腰都坐痛了，脖子都望酸了，直到冬季的天色早早地暗下来，下班时间快要到了，他才透过窗玻璃，看见那些军政两界的头头脑脑，接二连三地从正楼里走出来，相互之间轻松地谈笑着，往轿车停放的地方走去。

黄海晏激动不已，立刻像一只弹簧似的倏地站起，箭一样地往厕所里跑去。

涂画在最里间档格里的那三个圆圈已经被人抹去了，代之而起的是三笔短短的白线。这是那个神秘人物在通知他们，有十万火急的情报，需要他们立即到少城公园收取！

黄海晏快速抹去那三笔白线，飞快跑出了厕所。

许琳已经站在秘书科的屋门口等着他了，并向他投来询问的目光。

黄海晏匆匆地点点头，疾步往外面走去。

许琳会意地紧跟在他身后。

两人来到院子里时，那些军政两界的头头脑脑已经站在了各自的轿车前。一个少壮派的军队将领一边拉着车门，一边朝着前面大声喊道，王会长，我们现在去哪里呀？

站在车队最前头的王会长没有穿军装，一身布衣布鞋显得很随和，但却很有气度地挥了挥手，朗声说，眼看就要过年了，现在四川又万事大吉，我们就一起到大慈寺去烧烧香吧！

其他的头头脑脑们全都附和叫好，纷纷钻进了自己的车子里。

车队启动，首尾相衔着，缓缓驶出了省政府。

黄海晏和许琳跟在车队后面，也快步走出了省政府。

他们赶到少城公园收取情报后，又雇来一辆黄包车，飞速赶往城西的浣花溪边。

这时天已完全黑了下来，偏僻的浣花溪边寂无人迹，只有那些光秃秃的梧桐树桠伸展在寒风中，发出凄厉的呼啸。黄海晏和许琳远远看见，那间被寒夜笼罩的小屋里已经点上了灯，瘦削的上级像单薄的剪影一样，在黄蒙蒙的灯光里焦躁地走动。他们刚推门进屋，上级就竖起眉头，凌厉地瞪着他们问道，怎么这时候才回来？

许琳解释说，省政府的军政联席会议开了很久，天快黑了才结束。

黄海晏补充道，会一开完，那些头头脑脑就嘻哈大笑着，去大慈寺烧香了。

面色严肃的上级不由得一怔，凹陷的双眼在黄蒙蒙的灯光里惊异地闪亮，这么说来，是有好消息了？

黄海晏赶紧掏出装着情报的蜡封竹筒，递给上级。

上级拿出情报，凑到灯下一看，即刻眉开眼笑起来，连声说，好，好呀，四川的警报解除了，这对全国的统一抗战局面十分有利。我要把这个好消息立刻报告给高层组织！

黄海晏望着上级手中的情报，好奇地问道，情报里都说了什么？

上级难得有这样轻松愉快的好心情，他满脸喜悦地弹着手中的情报纸说，看来我们在武德励进会里的同志确实发挥了作用。今天下午的四川军政联席会议，已经推举王陵基为武德励进会代会长了，并集体做出决议：没有武德励进会的命令，所有川军部队一律不准随意调动，必须坚持在前线对日作战。此外，他们还联名向国民政府军事委员会和行政院发出吁请电，坚决反对张群入川主政。

1938 年春

军事委员会和行政院已经给他们回电答复了：在新任四川省主席未到任以前，川中军政职权仍由川人代理。

黄海晏不觉喜形于色，说怪不得那些头头脑脑要到大慈寺去烧香，原来是蒋介石向他们做出了让步！

上级点着头说，这也是我党在四川推动民族抗战统一战线的胜利。我们是无神论者，自然不会到庙里去烧香贺喜，但我们也要庆祝一下。

许琳望了望窗外，说怎么庆祝呀？天都黑了，又不能到外面去吃饭。

上级环顾了一下小屋子，面色尴尬地说，我这里确实没有什么好吃好喝的。这样吧，我亲自到灶房去，给你们一人做一碗阳春面如何？

许琳噘着嘴说，您一辈子只会做阳春面，我都吃腻了。

黄海晏却表现出浓厚的兴趣，欢喜地叫道，我还没有吃过伯父做的阳春面，我想吃！

上级回过头来，以一种怪异的目光看着他，说你们谈恋爱都两三年了，眼看就要结婚了，你怎么还叫我伯父？

黄海晏愣住了，怔怔地问，那该叫啥？

上级摇了摇头，指着他的鼻子批评道，你呀，有时候很聪明，有时候又很呆笨！

说完，就自顾自转身往灶房里走去了。

许琳走过来，扯着他的衣袖说，你赶紧叫爸，叫爸呀！

黄海晏这才反应过来，朝着灶房里深鞠一躬，大声叫道，爸！

灶房里响起上级呵呵呵的笑声，还有喀喀的咳嗽声。上级一边咳嗽着，一边快活地笑道，那些凡俗的尊卑礼节我们就不要讲了，你还是赶快进来给我打下手吧！

黄海晏响亮地答应一声，快步走进了灶房里去。

不久，灶房里就传出了锅碗瓢盆的碰撞声和翁婿间亲密的谈笑声。许琳捂住嘴巴，轻手轻脚地走到窗户边，在一张填塞着棉被的圈椅里坐下来。棉被厚实软和，散发出父亲迷人的气息，她禁不住埋下头去，深深地吸了一口。1938年那个春寒料峭的浣花溪边的夜晚，就这样在许琳心中变得温暖、温馨起来。

许多年以后，功成名就的我小爷爷黄海晏在写回忆录时，还曾详细地描叙了这一幕。他用朴实的文字深情地记述道，1938年春节即将到来的这个夜晚让他终生难忘，他不仅得到了对人对事十分严苛的上级的认同，同时也看见了他作为长辈的温情脉脉的一面。他既是一个生命不息战斗不止的好领导，也是一位儿女情长的好父亲。

直到惊蛰过后，1938年的成都春天才在日渐温暖的阳光里姗姗来临。地处总府街的我家庭院里的桃花终于开了，像一片蓬勃的红云照亮了陈旧的院落，引来许多小蜜蜂绕着娇艳的花朵嗡嗡地飞舞。紧接着，放置在书屋外面窗户脚下的水仙花也跟着开了，洁白的花瓣托举着嫩黄的花心舒然绽放，像一张张清鲜的婴儿面孔，在早晨初临的阳光里欢快地微笑。但作为植物学教授的我爷爷没有感受到春天的到来，依然把自己关在书屋里，拥着棉被靠坐在床头上，双眼直直地望着墙壁中央那个醒目的空白点发呆。我爷爷眼神呆滞，面容枯槁，像个患了大病的人，长久地沉陷在自己的痛苦里。

这天上午，我奶奶搬出一把楠木椅子，放在庭院中央，从书屋里搀出我爷爷，把他按坐在椅子上，拍着他的肩头说，你一个冬天都没有出过屋了，还是出来晒晒太阳吧。

我爷爷无精打采地靠在椅背上，神色凄哀地说，晒太阳有什么用？战争爆发了，阳光再也照不到我心里了。我奶奶叹息着说，可天还在，地还在，日子还得过呀。然后就转身走进屋里去，拿来了一个小藤箱。小藤箱里装着围布、剪子、剃刀等理发用具。

我奶奶将藤箱里的阴丹蓝围布拿出来，抖了抖，缠在我爷爷的脖子上，开始给他剪头发、刮胡子。

我爷爷像个听话的小孩似的埋着头，任由我奶奶摆弄着。不久，我爷爷就在满院的春色和温暖的阳光里睡着了。

我奶奶抚摸着我爷爷凌乱的头发和密苍苍的胡子，止不住摇头叹气。

就在这时，一阵铃铛声隐约传来，由远及近，由弱到强，最后叮当一声脆响，在我家院门口停住了。一个年轻的邮差叉腿骑在绿色的自行车上，朝着院门里喊，喂，有你们家的信！

正在瞌睡的我爷爷蓦地惊醒，腾地站了起来。我奶奶猝不及防，剃刀在我爷爷的腮上划了一道细长的口子。我爷爷毫不觉得疼，扭头大声问那邮差，是从日本来的吗？

邮差说，不是从日本来的，是从山东来的。

我爷爷立刻像害了软骨病似的，跌回到了椅子里。

我奶奶走到院门口，接过信，拆开来看了看，激动得双手都颤抖起来。她扭过头，满脸惊喜地对我爷爷说，是俊儿来的信！俊儿来信了！

我爷爷闭着眼睛靠在椅背上，没有说话。

太平花 /

我奶奶快步走回来,迫不及待地念起了信中的内容。我爷爷依旧闭着眼睛,默不作声。庭院里的阳光益发灿烂明亮,花香益发浓郁袭人。一丝血线从我爷爷腮上的刀口里渗出来,顺着他的脖子静静地流淌。

　　在这个花香中浸溺着腥甜血气的上午,已经出征近半年的我大伯伯黄蜀俊,通过书信向我爷爷和我奶奶详细报告了他出川抗战的经历。他在信中说,他们部队去年9月从成都开拔后,就遇上了连绵不断的秋雨。越往北走,雨下得越大,道路愈加泥泞不堪。他们几乎是在雨里泥里,磕爬筋斗地摔跌着前进的。当他们徒步翻越陡峭的秦岭,在宝鸡坐上火车时,全都成了泥猴子,很多人都因为泥水的长久浸泡,身上长满红红的瘙痒难耐的疹子,有的人甚至还把大腿内侧都磨烂了,血水和泥水结成了硬壳,紧紧地贴在皮肉上,撕都撕不下来。但他们部队开到西安后,却没有得到蒋委员长事先承诺的装备补充,反倒接到命令,原车径直东开,到了潼关。不久,他们就在潼关渡过黄河,开到了山西战场。可身为山西省主席、第二战区司令长官的阎锡山依旧没给他们补充装备,就命令他们立即东进,前去阻击装备精良的日军了。结果他们在晋东被日军打得大败,部队伤亡很大,只得逃进山里去,东游西窜,惶惶如丧家之犬。后来,他们又接到命令,从山里拉出来,参加太原保卫战,但阎锡山还是不给他们一枪一弹一粮一草的补充。无奈之下,他们只得以"借用"的名义,抢了晋军的一座军火库,不料却惹恼了阎锡山,大骂川军是土匪,还给南京的军委会打电话,坚决要求把川军调出山西。军委会给河南第一战区的司令长官程潜打电话,希望他能收留川军,程潜却说,四川这样的烂丘八部队,连阎老西都不要，我要他们干啥？不要！不要！军委会只得又给江苏第五战区的司令长官李宗仁打电话。李长官跟他们部队的邓长官有些交情，就说来吧来吧，第五战区正在组织徐州保卫战，需要大量部队。诸葛亮火烧赤壁时曾经草船借箭，川军再烂再差劲，总比稻草人强吧！于是，他们部队就穿着薄薄的单衣和破烂的草鞋，顶着北方铺天盖地的风雪，长途跋涉，往徐州开去了……

我奶奶念到这里，眼泪禁不住扑簌簌地流了下来。我奶奶一边扯起袖头擦着脸上的泪水，一边摇头叹息，说我们川军娃娃遭孽噢！几千里出去打仗，风里雪里的，竟没人管，没人要……

我爷爷没有说话。我爷爷拉伸着脖子，将下巴高高地仰起，似乎在竭力阻止着什么从紧闭的眼睛里夺眶而出。刀口里流出的血迹已经凝固了，像一条僵死的虫子，赫然挂在我爷爷青筋毕露的瘦长的脖子上。

我奶奶继续往下念信。

我大伯伯在信中说，经过十多天的长途奔波，他们部队终于开到了徐州。李长官派人到城外，把他们接到城里驻下来，还用汽车给他们送来了大量的棉衣、棉裤和棉鞋。冻得瑟瑟发抖的士兵们，捧着那些棉衣、棉裤，全都哭了，说还是李长官对川军好呀，我们今后一定好好打仗，报答李长官的收留之恩。在徐州城里休整几天后，他们就奉李长官的命令，开赴到山东的临城、邹县、滕县等地驻防了，负责守卫徐州的北大门。腊月三十那天，日军的一个中队突进到一个叫两下店的小镇驻扎下来，像一枚钉子一样楔入川军的防守阵线。正月初三晚上，司令部命令他们团组织八百人的敢死队，每人各备四颗手榴弹，背着步枪，提着大刀，反穿着棉衣，趁着茫茫风雪，向两下店发起了突袭。敢死队从四面八方攻进日军驻地，朝着日军熟睡的屋子里狂扔手榴弹，大多数日军都被炸死了，只有少数日军惊慌地跑出屋来，也被他们用大刀砍死了。战斗不到半个时辰就结束了。他们冲进屋子打扫战场时，发现一个十八九岁的年轻日本兵，已被炸断了左腿，正血淋淋地倚靠在墙壁上，准备剖腹自杀。我大伯伯冲上前，用半生不熟的日语喝止了他，并叫来卫生兵，给他包扎了伤口。第二天，川军大批部队进驻两下店，开始抢修工事，准备迎击日军后续部队的反攻。我大伯伯记挂着那个被俘的日本兵，就趁着抢修工事的间隙，到卫生队去看他。这个日本兵身上的证件已被全部搜查出来，放在他躺着的炕边的桌子上。我大伯伯随手拿起来看了看，竟发现他的老家在日本札幌，他的名字叫竹下勇夫！

信念到这里的时候，闭目而坐的我爷爷突然一震，陡地睁开了眼睛，瞪着我奶奶问，你刚才说什么？说什么？我奶奶说，俊儿在信中说，他们俘虏了一个年轻的日本兵，老家在札幌，名字叫竹下勇夫。我爷爷怔住了，神情恍惚地喃喃道，札幌？竹下勇夫？难道这个被俘的日本兵是竹下秀夫的儿子？我奶奶看了看信，说俊儿曾经问过这个日本兵，他父亲是不是叫竹下秀夫，是不是日本著名的植物学家？但这个日本兵很顽固，始终缄口不语，拒绝回答任何问题。

那后来呢？我爷爷又眼巴巴地问。

我奶奶再次看了看信，说后来俊儿又去找过他，但没见着人。

为什么？

俊儿说，他被转到后方医院去了。

我爷爷拍着椅子扶手，跺脚道，这个俊儿呀，怎么这样糊涂？

1938 年春

明明知道我在苦苦地寻找竹下君的下落，他为啥就不好好问问那个日本兵？

说完，我爷爷就腾地站了起来，径直往书屋里走去。我奶奶在后面追着我爷爷问，你干啥去干啥去？胡子还没刮完哪！

我爷爷依然噌噌噌地往书屋里走着，头也不回地说，我要给俊儿写信，告诉他一定要找到那个日本兵，问清楚他是不是竹下君的儿子。如果是，那他父亲究竟是在中国，还是回了日本？如果回了日本，他父亲又住在哪里？我要立刻跟他父亲联系！

我奶奶在书屋门口站了下来，把双手抱在小腹前，咕哝着说，中日早就开战了，两国都打成了仇人，你还记挂着那个竹下秀夫干啥？

我爷爷回过头来，没好气地瞪了我奶奶一眼，厉声说，战争是战争，竹下君是竹下君，他跟这场战争没有一点关系！

然后，我爷爷就走进书屋里去，在案桌前边坐下来，开始提笔给我大伯伯写信。

这时，太阳已经当空高照，外面满地的阳光反射进屋内，将原本阴郁的书屋辉映得一片明亮。我爷爷就坐在那片阳春二月反衬的亮光里，奋笔疾书着。站在屋门口的我奶奶看着精神抖擞的我爷爷，禁不住摇了摇头，心情复杂地感叹道，真是心病还得心药医哪！

但在1938年中日战事风起云涌的这个春天里，身处四川大后方的我爷爷并没有等来他盼望已久的"心药"，反而等来了让他心如刀绞、痛苦终生的噩耗。那是农历三月底一个暮春的上午，我家庭院里的桃花早已凋谢了，伸展的枝丫上挂满了新鲜细长的绿叶，我爷爷提着一把水壶，正在书屋外面的窗户脚下，给水仙花浇水。自从在十多天前给我大伯伯寄去了那封追问竹下秀夫下落的信后，我爷爷就突然变了个人，再也不待在书屋里，木愣愣地望着墙壁中央那个醒目的空白点发呆了。他每天都早早地起了床，先是给自己洗脸净面，把下巴上的胡子刮得精光，然后就给窗户脚下的水仙花浇水。水仙花的花期比桃花长得多，这让我爷爷十分欣喜，觉得这个春天特别温馨迷人，特别有盼头。之后，我爷爷就回到书屋里去，开始一天的工作。我爷爷已将那叠厚厚的尘封许久的《四川植物志》手稿搬了出来，摆在案头上，重新梳理与校勘起来。我爷爷相信，我大伯伯一定能找到那个日本兵，一定能打听到竹下秀夫的下落的。只要他跟竹下秀夫联系上，得到了竹下君在北方采集到的关于太平花的第一手资料，他这部凝聚了毕生心血的植物学著作就有救了，他书屋墙壁上那个醒目的空白点就可以消除，就可以填补上颠沛流离的太平花的真实标本与确切图谱了。

然而，在这个薄阴的阳光稀落的暮春上午，我爷爷刚给水仙花浇完水，正要走进书屋里去工作时，邮差的自行车铃铛声又由远及近地响了起来。我爷爷赶忙转身朝着院门口走去。邮差骑着自行车过来了，但没有像上次那样响亮地打一声铃，叉腿站住，而是翻腿下来，握着车把，用一种忧郁的目光望着我爷爷。我爷爷问邮差，有我家的信吗？邮差默默地点点头，从车杠下面绿色的邮袋里掏出一封信，默默地交给了我爷爷，然后又抬腿骑上车去，默默地走了。

邮差这副奇怪的模样，让我爷爷惊异不已，但让我爷爷更为惊愕的还是他手中的那封信：并不是从山东前线寄来的，信封上的字体也不是我大伯伯的笔迹。这是一个用牛皮纸装封的公文模样的信件，发寄者竟是川康绥靖公署，那个仅与我家隔了两条大街的川军最高首脑机关！

我爷爷不知道发生了什么事。我爷爷满面狐疑地拆开了信封。一张苍白的薄薄的纸单出现在我爷爷面前,满篇只有寥寥几行铅印的黑色字体,竟是我大伯伯黄蜀俊的阵亡通知书:他在山东前线的滕县保卫战中殉国了!

我爷爷如遭雷击似的跌倒在院门口。我奶奶闻声跑出来,一见那份阵亡通知书,顿时瞠目结舌,恐骇地瞪大了眼睛。半响,一声撕心裂肺的嚎叫才从我奶奶的胸腔里爆发出来。我奶奶像被抽去筋骨剜掉心肝一样,瘫倒下去。我爷爷抱住我奶奶,放声痛哭。

天空中的云翳聚集起来,遮蔽了暮春时节灿烂的阳光。我家偌大的庭院里像泼洒了黑夜之水似的,一片愁惨暗晦。

几天后,一个包裹也从山东前线寄到了我家。是我大伯伯生前的遗物,除了两件破旧的单衣和一副几近朽烂的麻布绑腿外,还有一封洇满了血迹的信,字体显得很潦草,似乎是在匆忙中急就的。信是这样写的:

父母亲大人:

我们部队在突袭两下店成功后的第三天,就遭到了日军的大规模反攻,我们八百人的敢死队,有五百多人战死,只有两百多人撤出来,奉命退回到滕县城里,被编入师部的警卫营,与另一个团的弟兄们和当地的保安部队,共同防守城池。不久,日军就蜂拥而来,从北、东、南三面包围了滕县城,不停地出动飞机轰炸县城,还用大炮连续不断地轰击城墙。滕县城里一片火海。我们孤立无援,三个方向相继失守,大量的日军坦克和步兵冲进城来,气势汹汹地向我们进攻。我们部队只得退缩到西城,搬出盐局的盐袋筑起街垒,拼死阻击敌人。现在,我就躲在这些盐袋后面,给二老写信。前面,已有几批弟兄身上捆着手榴弹,冲上去,与敌人的坦克同归于尽了,马上就要轮到我们了。我们是整个滕县城里最后一批守城的川军将士,我们将在师长的带领下,用我们的血肉之躯,去阻挡日军坦克的进攻。师长已经在旁边捆手榴弹了,我不能再写下去了。千言万语只能化作这最后的纸片,向二老磕首,遥祝二老身体康健了。

民国二十七年三月十六日深夜两点,不孝子蜀俊草就于山东滕县战场

信是我奶奶读给我爷爷听的。我奶奶读得痛彻心扉,眼泪长淌,哽咽着不停地仰天悲叹,捆着手榴弹去炸日军的坦克,连个全尸都没留下,俊儿的魂魄今后咋个回四川,咋个回家哟?

我爷爷泥塑木雕似的靠坐在书屋的椅子里,双眼紧闭,牙巴紧咬,凹陷的脸颊上刻满了刀砍斧劈的痛苦。我爷爷的眼前出现了我大伯伯身上捆着手榴弹,嚎叫着冲向日军坦克的情景。在想象的爆炸的火光中,我爷爷深陷的眼眶里滚出两颗硕大的泪珠,像老树伤口里渗出的脂球,浑黄而又浊重。同时,我爷爷还知道,早在他写信的前两天,我大伯伯就在遥远的山东战场上,与日军的坦克同归于尽了。他再也没有办法打听到竹下秀夫的下落了。他手边那部本来可以起死回生的《四川植物志》巨著,或将永远沉落到死亡中去了。

我爷爷被战争带来的多重痛苦彻底击垮了。在1938年这个春夏之交万物繁生的时刻,我爷爷再次把自己关进了阴暗的书屋里,就像躺在活棺材中一样,任凭自己的头发和胡子野草般疯长,任凭自己的生命凋谢寥落,寂然成灰……

1938 年春

同是春夏之交，地处川东的西南重镇重庆，却是另一番与众不同的景象。站在城西的佛图关上往东望去，只见炽烈明亮的阳光铺满了整个半岛，左右夹拥的嘉陵江和扬子江蒸腾出迷蒙的水汽，弥散在半空，氤氲成浩大透明的蜃雾，将城中葱郁的树木、弯曲的街道、密集的民屋笼罩其中，影影绰绰地晃动。远处朝天门码头的江面上，波光粼粼闪烁，大小船只往来穿梭，长短不一高低不同的汽笛声此起彼伏，如同一声声老黄牛雄浑的哞叫，在江天之间悠远地飘荡。站在佛图关上倾耳谛听，还能在连绵不断的汽笛声中，听见一片叮叮当当的锤声。

锤声密集，来源于关山脚下半岛城中葱郁的树林、陡峭的崖畔以及其他看不见的地方。无数开山砸石的锤声，在灿烂的阳光和氤氲的蜃汽中，汇聚成一片浩瀚激越的金属声浪，密集地撞击震荡着即将成为战时首都的重庆城。

去年9月，我舅爷爷李沧白和王培源建议在重庆地下开凿十字防空大隧道的计划一经提出，就由重庆行营和重庆防空司令部联合上报给了南京国民政府，很快得到了批准。但由于淞沪地区的对日作战正在紧张进行，经费迟迟没有到位。我舅爷爷急得像热锅上的蚂蚁，几次三番地跑到行营去找贺国光，说贺主任呀，时间不等人了，工程再不动工，就要误大事了！贺国光正为此事发愁，狭长的脸上，眉毛胡子都皱在一起了，颇为无奈地说，我们手里没有钱，拿啥去动工啊？我舅爷爷瞪着贺国光，说你偌大一个重庆行营主任，就不能自己想点办法？贺国光摊着手说，我能想啥办法？重庆行营的开支都是由南京政府按月拨付的，可中日战事一开，这点开支也暂停了，我们已有两个月没有支饷了。我舅爷爷想了想，说那四川方面呢？就不能让他们先行垫付一点工程款？贺国光摇着头说，四川方面你就不要说了。他们过去在川内争地盘、打内战，四川那点田租赋税早就被他们耗光了。他们这次出川抗战，也全靠民众捐赠和他们自筹款项。听说有些军长、师长，把老家的田地和城里的公馆都卖了。我舅爷爷心里十分沮丧，郁闷地说，那怎么办？难道这人命关天的防空大隧道就不修了？贺国光说，不是不修，是要想别的办法。我舅爷爷问，什么办法？贺国光说，开凿纵横全城的十字防空大隧道需要庞大的资金，而现在中央正忙于淞沪战事，今后还可能要组织南京战事，财政上确有困难，我们不能等着靠着，在一棵树上吊死。我的想法是，既然防空大隧道暂时动不了工，那我们就动员重庆城里的老百姓，以家庭为单位，先行修筑简易的防空洞壕。我舅爷爷双眼一亮，拍着自己的脑袋说，你看我，你看我，成天只想着修那大隧道，竟把这事给忘了。以家庭为单位修筑简易的防空洞壕，根本不需要花费多大的人力、物力，老百姓是完全能够承受的，他们也会响应政府的号召，积极行动的！贺国光显然比我舅爷爷想得更细致深远，说具体该怎么修？一个家庭有多少人，需要挖多深多大的防空洞壕，需要什么材料来加固和盖顶？你和王主任还得从专业的角度，拿出一个详细的方案来。最好能做出几种样板，让老百姓去参观一下，然后再回去按照家里的人口情况，照着样板修造。我舅爷爷连连点头，说你这个想法非常好。我立刻回去，跟王主任商量一下，设计几个方案，交给工程处，让他们尽快把样板搞出来！

结果没出十天，我舅爷爷他们就在大梁子的中央公园里搞出了

1938 年春

一系列的样板，主要有四个种类：以三人为限的，以五人为限的，以八人为限的。最大的样板，则是以十五人为限，专门针对人口较多的家庭设计的。这些样板洞壕，都是从地面往下挖坑，深度为一米三，人钻进去后不能站立，只有蹲着。洞壕顶上铺着木板或条石，上面堆以六十公分厚的三合泥进行加固，外面覆盖着草皮和树叶作为伪装。形如战场上的散兵坑道或小型碉堡。

之后，重庆市政府就组织居民前去参观。居民从来没有见过防空洞壕，把它当作稀奇事来看待，嘻嘻哈哈地来了不少。可他们绕着那些样板洞壕看了一圈后，却摇着头说，这东西不吉利，不吉利呀。有在场的市政府官员就问他们，为啥不吉利？他们便指着那些隆起的洞壕说，看着像坟堰堆堆一样，人钻进去，不就成了死人吗？政府官员耐下性子给他们解释，说别看这些防空洞壕样子不好看，但敌机前来轰炸的时候，是可以救命的。可他们依然不为所动，摇着头说，总之我们家里是不修这坟堰堆堆，不招这晦气的。气得政府官员大骂他们迷信、愚昧。他们却嬉笑着，对着政府官员说，你不迷信，你不愚昧，那你就回家去修个坟堰堆堆吧！说完就一哄而散，扬长而去了。政府官员呆立在那些样板洞壕前面，许久无语。最后只得回去，向市长如实做了汇报。市长是个文人出身，除了骂他治下的市民迷信、愚昧外，也想不出别的办法。恰在这时，防空司令来访，要跟市长商量如何尽快推动防空建设的问题，一听老百姓竟是如此反应，顿时火冒三丈，瞪着两眼说，老百姓消极愚昧，我们可不能跟着消极愚昧！市长便请教他有何良法？防空司令劈着手说，战时的事情就按战时处理！我们两家联合出个命令，我看这重庆城里，有哪个敢不听从？市长无奈地笑，说你们军人办事，总是这样简单粗暴。防空司令冷笑，说我们的老百姓，有时就服这服药。只要能把事情办好，你管它是简单还是粗暴呢！市长点头，说行，就照你说的办吧。之后，两家就出了一个命令，贴满大街小巷，不仅强调了挖掘防空洞壕在战时的重要救护作用，还以十分严厉的口吻宣布：所有居民必须以家庭为单位，按照政府和军队的要求，立刻着手挖掘防空洞壕。如有不遵令执行者，将以违反政令和军法论处！

看了命令的重庆居民顿时诚惶诚恐，开始在自家院里或屋后挖起了防空洞壕，但由于是强迫执行，积极性始终不高，看见有政府或军队的官员前来检查时，他们才扬起锄头刨挖几下泥土，抡起铁锤、钢钎敲砸几下石头。官员们一走，他们就扔了工具，跑去干别的事了。有的人甚至还坐到院门口去，闲极无聊吧嗒着叶子烟，眯眼望着远处鳞次栉比的屋脊和浩大浑茫的江水发呆。直到次年二月中旬的一个上午，几架日军飞机突然出现在重庆上空，绕飞一圈后，在广阳坝投下十几颗炸弹，炸死炸伤了几十个人，政府组织他们前去参观，他们看见满地躺着的身首离异、残肢断腿的死人尸体，心里才害怕起来，紧张起来。他们惊呼着我曰你妈呀，飞机投炸弹这么凶呀！还要不要人活了？然后就一窝蜂地跑回了家去。此后，无需政府和军队的官员前来监督、催促，家家户户都紧张忙碌地挖起了防空洞壕。两江夹拥的半岛城里，顿时响起繁密的挖地声和铿锵急促的砸石声。全家老小齐上阵，日夜不息地开山破崖，刨土挖洞，便成了1938年春季，重庆城里随处可见的最繁忙、最火热的景象。

这天上午，作为重庆防空建设督察员的我舅爷爷和王培源走出深灰色的行营大楼，来到附近的老城区。

老城区靠近朝天门码头，层层叠叠，沿山而建，但山上与山下的建筑却迥然不同。山上傲然矗立着一些中西合璧的砖石大楼，里面开设着银行、宾馆、饭庄等高级场所，宽阔的青石板街道上，行人摩肩接踵，衣饰光鲜亮丽，热闹非凡，是重庆最为繁华的商业区，被外埠人称为"小香港"。而山下全是低矮破旧的木头房屋，杂乱地拥挤在一起，狭窄的街道两边，密布着裁衣铺、酱盐铺、纸货铺、打铁铺，甚至还有掏耳朵的，修脚的，卖锅盔的，打麻将的，耍猴戏的，五花八门，形形色色，拥杂其间，喧嚣而又忙乱，热腾而又贫贱，被外埠人称为"平民区"。在山上的"小香港"与山下的"平民区"之间，有几条或舒缓或陡峭的石梯相连，其中最有名的就是"十八梯"，全由赭红色的砂石阶梯铺成，石梯虽然破旧不堪，早已被人踩踏得失去了棱角，有的地方还出现了裂缝和翘拱，但由于梯步较为宽阔平缓，仍是上下两个半城的居民互通往来的繁忙步道。

这一带老城区的防空洞壕挖掘出现了一个问题：因人口太过密集，各种房屋紧紧地挨靠拥挤在一起，大多数居民家庭的房前屋后，根本没有空地可以用来刨洞挖壕。已被日军飞机轰炸的惨况吓得惶惶不安的老城居民手脚无措，心急火燎，纷纷跑到市政府和防空司令部去，请求政府和军队帮他们想想办法。

我舅爷爷和王培源就是奉命前来实地踏勘情况，帮着解决这一问题的。

他们的身影刚一出现在老城区，那些无处挖洞的居民就蜂拥着跑了出来，如同牵索不断的老鼠一样，紧紧地跟在他们身后。所有人都眼巴巴地看着我舅爷爷和王培源，每到一处，他们都要紧张地问，怎么样？有办法挖洞吗？我舅爷爷和王培源望着周围密集的房屋和狭窄的街道，面色越来越严峻，神情越来越凝重。居民们见两人如此神色，且自始至终沉默不语，不由得急了，全都哭丧着脸说，没有办法挖洞，到时候日本飞机来轰炸，我们咋办呀？

正这样说着，建在山顶的空袭警报台上，突然挂出了两个灯笼似的大红球，同时有竹梆声和铁桶声紧促而又杂乱地敲响起来。可一切都迟了，人们还没有完全反应过来，两架左右伴飞的日本军机就出现在了头顶上。人们惊呼着轰炸来了！轰炸来了！一哄而散，四处奔逃。

庆幸的这是两架日军侦察机，并没有往下投放炸弹，只在狭长的重庆半岛上空盘旋几圈后，便循着来路飞走了。

我舅爷爷擦着脸上汩汩滚流的汗水，望着天空惊悸而又疑惑地说，怎么日本飞机说来就来了？连个预告警报都没有？

素来沉稳冷静的王培源也不由得扯起袖头去揩擦额头上密布的汗水，说我听国防部的人说，打了三四个月的徐州会战已经出现了败象。日军攻占徐州后，必将集中兵力溯长江西进，围攻武汉，威逼重庆。这两架日军飞机可能是来打前站，侦察重庆动向的。

我舅爷爷连连跺脚，说糟了，糟了，我们再这样零零散散地挖掘修建防空洞壕，今后重庆要遭难，要遭难啊！说罢转身就走。

王培源拉住他问，你哪儿去？

我舅爷爷焦急地说，还能哪儿去？当然是回行营去，找贺国光还有防空司令，商量修建防空大隧道的事呀！

王培源紧蹙着眉头，说此事确实不能再等了。如果日军西进攻

1938 年春

占了武汉，国民政府和军事委员会的各大首脑机关就别无存身之地了，只能全都搬迁来渝。到时候，日军若是集中空中力量，对重庆实施大规模的无差别袭炸，我们仅靠这些简陋的民间防空设施，是无法保证重庆安全的，我们必须千方百计构筑更完善更坚固的防空体系，才能保证我们的抗战首都不被狼子野心的日军摧毁！

我舅爷爷催促说，这些道理你我懂，贺国光和防空司令也懂。我们还是赶紧回去跟他们商量吧！

王培源点了点头，已经恢复了素有的稳健持重。他轻轻地笑了笑，指着我舅爷爷的鼻尖说，你还是像年轻时一样，遇事总是心急火燎的。

我舅爷爷苦笑道，现在抗战已经到了这个份上，重庆已经岌岌可危了，几十万人的生命全都掌握在我们手中，不急不行哟！

说罢，就不由分说地拉起王培源的手，急匆匆地往山下走去了。

当天下午，贺国光就应我舅爷爷的请求，在行营召集防空司令和重庆市长举行了一个军政联席会议。会上，我舅爷爷以十分严峻的态度，提出了三点建议：一、由老城区那些无法在房前屋后分散挖掘防空洞壕的居民共同集资，在他们居住的地下，统一开凿修建一个防空隧道，分别在山上的演武厅、山腰的石灰市、山下的十八梯附近开凿口子，共同往山体深处掘进，然后相互交会贯通，形成一个完备的防空体系。如果经费不足，政府要想法给予补贴。二、必须全力向中央政府陈情，竭力争取经费尽快下拨，在8月前务必要动工开凿纵横全城的十字防空大隧道。三、目前的防空预警系统仅仅局限于重庆市区，那是远远不够的，必须向重庆周边地区扩展，最好能扩展到三峡之外的宜昌地区去，今后日机再来袭炸，才能及早发现，及早发出警报，重庆的各大首脑机关和大量的市民，才有足够的时间提前进入防空设施，躲避空袭，保障安全。

贺国光听了我舅爷爷的建议后，神情显得非常严肃，狭长的脸颊上像插了两把尖刀似的充满了忧忡与痛苦。他说，徐州会战马上就要结束了。徐州一旦失守，日军必将大举西进，把所有的注意力都放在重庆方面。所以，我十分赞成李主任提出的三点建议，必须竭尽全力加快重庆防空设施和防空警报系统的建设。但这只是消极防空，还不能全面保证重庆成为战时首都的各种安全，我们还得考虑积极防空的问题。上午，我已经以行营的名义，向国民政府军事委员会发了急电，请求调派一个空军大队布置在广阳坝机场，请求调派三至五个高炮营驻扎在重庆市区和周边山区，对日军的空袭进行有效的拦截与打击！

防空司令霍地站了起来，满面喜悦地说，这积极防空的主意好啊！我们有了驻防的空军，又有防守的高炮部队，就不会被动挨炸了，就可以跟日本人对着干了！不然，他们的飞机在头上飞来飞去的，如入无人之境一样，也他妈太张狂了！

重庆市长也站了起来，郑重地说，只要是跟抗战有关的，我们市政府都将给予大力支持！

紧挨着坐在一起的我舅爷爷和王培源相视着笑了起来。

这时，午后的阳光透过宽大的窗户斜射进来，把原本阴暗的会议室照得精光明亮，无数细小的尘灰在阳光里轻盈地飞舞着，充满了略显浊闷的腥湿与燥热。

1938年的夏天就这样来到了即将成为战时首都的重庆半岛。

1938 年春

1941年夏

沉重的闷雷在天上惊心动魄地炸响着，但始终没有一滴雨水降落下来。天空愈加低沉、黑暗，犹如一块巨大无比的沉重的黑铁，悬浮在人烟致密的成都上空，随时都可能崩塌砸落似的。城西偏僻的浣花溪边，空气尤显黏湿浊重，仿佛掺进了无数粉尘一样，令人喉头阻塞，胸闷窒息。那些潜藏在泥土深处的蚂蚁、蚯蚓和土狗子等大小爬虫，似乎察觉到了什么不祥之兆，纷纷拱出地面，惊慌而又恐悚地四处窜走、蠕动。沉闷滞重的空气里，霎时充满了来自于地底的阴暗腐烂的腥臭气息。

蛰居在浣花溪边的病入膏肓的上级，禁不住在这种浓郁刺鼻的腥臭味中捂着胸脯咳嗽起来。他一边声嘶力竭地咳嗽，一边神色焦急地望着窗外。外面的天空中，雷电更加猛烈地轰响炸裂，各种狂风暴雨的征象已经密集地凝聚起来，形成一张磅礴凶险的大网，正漫天张举着，好像要把天地万物一网打尽似的。上级苍白的额头上不觉滚出了几颗豆大的汗珠。他望着窗外的忧郁的眼神里，出现了从未有过的紧张与焦灼。

今天一早，他就向黄海晏和许琳发出了紧急指令：必须立即停止在省政府秘书科的工作，火速赶回小屋，接受新的任务。然而整整一个上午过去了，眼看酷烈的狂风暴雨就要到来了，却迟迟没有看见他们的身影。

他们怎么啦？难道出了什么意外吗？

在这狂风暴雨即将袭临的危急时刻，他们千万不能出事啊！

上级在剧烈的咳嗽中一边艰难地倒着气，一边在心里默默地念叨着。自从许琳和黄海晏确定了恋爱关系后，他坚硬冷漠的内心就多出了一分格外的牵挂。这分牵挂让他心里充满了温暖和慰藉，同时又让他惶恐不安，烦躁不已。作为一个出生入死的老资格的地下党人，他清楚地知道，像他们这样潜伏在敌人血淋淋的刺刀下面为党从事秘密工作，时刻都会面临生命的危险，时刻都要接受死亡的考验，除了单纯的工作关系外，不应该再有其他关系。多年颠沛流离危机重重的革命生涯告诉他，结成革命夫妻，或者跟革命者做夫妻，那是要经受许多意想不到的磨难，甚至还要为此做出巨大牺牲的。这也是他丧妻之后，多年不娶的原因。但眼看着女儿许琳跟黄海晏越走越近，两人互望的眼神里春水般地荡漾着那么多的心心相印和柔情蜜意，他又不忍心动用上级的权力，严厉地警告他们，他更不愿以父亲的身份，强行拆散他们。他无形中成了他们恋爱、婚姻的纵容者和撮合人。他想用这种宽容与柔情来为自己赎罪。他至今都还清晰地记得，在二十多年前一个初春的上午，他离开川南老家到上海去求学，年轻的妻子抱着刚出生的女儿泪水涟涟地送别他的情景。那时，女儿还未满月，妻子正在坐着月子，按老家的规矩和风俗，是不能出外冒风的，但妻子固执地在额头上裹了一张绣有梅花的白手帕，抱着女儿将他送到了山垭口。老家多山，多丘陵，妻子就那样抱着女儿迎着风，久久地站在绵延起伏的新绿里，默默地目送着他远去。妻子的泪光一直在初春明亮的阳光里无声地闪烁，打湿了他远走的脚步。此后，他再也没有回过家，长年在外到处奔波干着革命，妻子竟在老家因思念他而郁郁病死了。他得到消息后连更晓夜赶了回去，但妻子已经入殓了，静静地躺在棺木中，额头上裹缠着十多年前送别他时的那张白手帕。这是妻子在临终前特意嘱咐家人裹上的。妻子躺在病床上，气息奄奄地说，等他回来，一看见这张白手帕，就知道我对他的爱，对他的思念了。他禁不住弯下腰去，摩挲着妻子蜡质一样苍白的面孔和秀气的鼻梁，失声痛哭。他从妻子的额头上解下那张白手帕，深深地揣进了怀中。从此，这张绣着鲜红似血的梅花的白手帕，就成了他对妻子唯一的念想，也成了他对家庭伤害与歉疚的证物。他不愿这张白手帕上再添一朵血梅花，所以他纵容并撮合了女儿许琳与黄海晏的婚恋。他不知道这样做，究竟是成全了他们，还是会害了他们。但他心中始终有一个明确的念头，磐石般坚定地屹立着：一旦遭遇无法化解的危险，他会毫不犹豫地用自己来日无多的残破生命，全力保护他们的！

现在，这个危急的时刻眼看就要到来了，如同乌云深处一把寒光四射的利剑，已经露出了端倪，已经冷酷地指向了他们。

上级伸长颈子憋着气，努力止住了咳嗽，再次将忧急的目光投向窗外。外面的天空黑暗如磐，电闪雷鸣，他心中则清澈澄明，云烟翻滚。

自从四川最大的实力派人物刘湘死后，川内的局势发生了剧烈的变化。武德励进会的那些实权人物虽然成功阻止了张群入主四川，但却未能抵御蒋介石亲任四川省主席的政治攻势。四川被迁都重庆的国民党中央政府强力控制。这时,日军已经攻占武汉,暂停了对中国军队的大规模进攻,坚持敌后抗战的共产党的力量得到了迅猛发展,让历来视共产党为心腹大患的蒋介石心惊肉跳、寝食难安。他神色严肃地告诫身边的部属,日本人不过是从中国夺取一点土地、粮食和矿产资源,而共产党要的却远远不止这些,他们还要我们手中的政权,甚至是我们的性命!从古至今,中国的政权之争都是你死我活、毫不容情的!正因为如此,中国历史上才有那么多的草莽起事,才有那么多流血事变!我们决不能坐容共产党的势力一天天壮大,最后把我们搞倒,把我们杀掉!所以,我们要想攘外,必先安内!这是我们的纲领,也是我们的国策,决不能更改!于是,在蒋介石的指使下,他身边那些坚定的反共分子立即制定了《限制异党活动办法》《共党问题处理办法》等纲领性文件,确立了"防共""限共""溶共""反共"的极端政策,秘密传发各地遵照执行,在全国掀起了又一轮反共浪潮。在四川,蒋介石则指令康泽和戴笠的特务组织,对川内多位与共产党"有染"的地方实力派人物进行了调查、清理,同时对川中各地的共产党组织进行了无情打击。四川一时血雨腥风,充满了白色恐怖,来之不易的抗战统一局面被粗暴地破坏。1941年1月,皖南事变遽然爆发,国民党七个师约八万人,在皖南泾县的茂林地区,对奉命北移的新四军军部展开突然袭击,致使军部直属部队九千多人,除两千余人分散突围外,其余大部壮烈牺牲,军长叶挺被俘,副军长项英、参谋长周子昆突围后遇难,政治部主任袁国平牺牲。至此,蒋介石国民党中央的反共行动完全公开化,同时也达到了抗战时期的最高潮。消息传到四川,传到成都,蛰居在浣花溪边的上级痛心疾首、愤怒万分,他捂着胸口剧烈地咳嗽,直咳得嘴唇发乌、脸色发白,大口大口地咯血。他咀嚼着嘴里苦咸的血腥味,透过狭小的窗户望着外面阴云密布寒流滚滚的天空,不禁想起了曹植在一千多年前在血淋淋的刀剑逼迫下,悲愤而又绝望地含泪吟出的《七步诗》:"煮豆燃豆萁,豆在釜中泣。本是同根生,相煎何太急?"

那个寒风萧萧的隆冬下午,被皖南事变极度震惊的上级一边咯血,一边在小屋里悲怆地念叨着曹植的《七步诗》,心如刀绞,痛苦至极。

之后不久,一个更加令人震惊的消息又通过省政府情报科那个神秘人物传到了浣花溪边:蒋介石指示接替他做了四川省主席的张群,务必要趁着当前"绝好的反共形势",彻底清查处理四川残余的共党组织,该抓的抓,该关的关,该杀的杀,绝不容许共党组织在抗战大后方"有丝毫的喘息机会",更不容忍共党组织在中央的眼皮底下"兴风作浪"!对蒋介石言听计从的张群立即成立了"四川防范异党活动委员会",并亲任主任,准备调集四川的军警宪特,火速展开行动,全面搜查和缉拿川内的共产党人。

这个绝密情报被四川多个地下组织同时获悉,同时上报。蛰居在浣花溪边的上级很快就接到了来自于高层组织的明确指示:鉴于四川目前血雨腥风的严峻形势,凡是潜伏在敌人内部的地下组织,立即暂停一切活动;已经暴露的组织和人员,必须尽快转移。

那天深夜,上级又咯血了。他躲在灯光昏暗的小屋里一边咯血,一边通过秘密电台,向成都周边地区的地下组织传达高层指示。发报机滴滴答答地响着,他咯出的血滴滴答答地流着。电报发完了,发报机也被他咯出的星星点点的血滴染红了。

给黄海晏和许琳的指示,则是在次日一早,由他亲口传达的。

但黄海晏凝思半响后,却对立即停止他和许琳在省政府秘书科的工作提出了异议。他说,张群的"防范异党活动委员会"将在今天下午举行会议,最终确定被搜查和缉拿的共产党组织与领导人名单。这对我们川内地下组织的生存和隐蔽至关重要,我们今天必须去省政府,想方设法搞到这份名单!

上级同意了黄海晏的请求,但又再三嘱咐他们,一定要谨慎行事,万不可在这最后的时刻,暴露了自己的真实身份。

黄海晏笑了笑,说你放心吧,我和许琳已在省政府潜伏了这么多年,不会有人怀疑的。

说完,又笑着问许琳,我说得对吧?

许琳点了点头,说是这样,从各方面看,直到现在,我们在省政府的潜伏还是安全的。

上级对两人轻敌的态度非常不满,瞪着他们严厉地说,现在的四川省政府跟刘湘时代完全不一样了,已经被坚决反共的蒋介石和张群控制了,你们两个万不可疏忽大意,拿到名单后必须立即停止所有工作,必须立刻赶回来,接受新的任务!

黄海晏搂着上级的肩头,亲热地叫了一声"爸",嬉笑着说,您老放心吧,我们还想跟着您继续干革命,等着迎接胜利。到时候,我们还要给您养老送终呢!

上级抖了抖肩头,甩开了黄海晏的手,面色严肃地说,你别跟我嬉皮笑脸的。我现在不是你爸,我是你的上级。你必须服从命令!

黄海晏只得收起满脸的嬉笑,站直了身子,郑重地说,是,我们坚决执行您的命令。然后就搂着许琳的肩膀,往外走去了。但走到屋门口的时候，他又回过头来，朝着上级做了一个鬼脸。

上级站在晦暗的小屋里摇了摇头，在心里叹息，到底还是年轻呀，没有经历过血雨腥风的岁月，不知道敌人有多么的凶险残暴！

接下来，上级就陷入了焦急的等待中。直到现在，他还不能确定，他手下的地下组织和情报线，究竟有多少已经被敌人侦悉暴露了，处于迫在眉睫的危险中，又有多少还没有暴露，还是安全的。从上级的角度讲，他迫切期望黄海晏和许琳搞到张群"防范异党活动委员会"的那份名单，以便对组织的隐蔽和撤离做出更妥善的调整与安排。但从父亲的角度讲，他又十分担心两人此去的安全。他知道，如果与情报科那个神秘人物建立的情报线暴露了，黄海晏和许琳此去省政府，必是自投罗网，凶多吉少！

就在这时，天气突然发生了变化，无数浓厚的乌云从四面八方翻涌而起，在成都上空疾速地聚集，连续不断的电闪和雷鸣跟踵而来，在天地间惊心动魄地炸响着。他不知道这是不是上天给予他的警告，他焦急等待的内心产生了前所未有的惊悸与惶恐。

他在窗户前捂着胸脯剧烈地咳嗽。他想起了因思念他而郁郁病死的妻子，想起了妻子死后让家人裹缠在她额头上的那方鲜艳似血的白手帕。他感到有一个十分坚硬锐利的东西从他的肺部深处遏止不住地冲撞出来，刀子一样划割着他狭窄的气道和脆弱的喉管。他全身的器官都被剧烈的咳嗽反复地撕扯蹂躏。一种刻骨铭心的尖锐的痛楚弥漫了他的整个身体。

他捂住胸脯，深深地弯下腰去。

就在他挣扎着直起腰来的时候，随着一声巨雷的炸响，那凝聚了多时的凶猛的暴雨终于大崩地裂般砸落下来。爬满青藤的小屋顶上即时响起一片杂乱澎湃的落雨声,像有无数的飞石袭来,打得小屋惊慌乱颤,窗摇纸飘。暴雨激起的水雾漫天而起,遮蔽了小溪、树木和远处的天空。随后,夜色汹汹地加入,荒寂的浣花溪边顿即像被黑魔的巨螯掩裹似的一片阴森晦暗。

直到黑夜完全笼罩了溪边小屋,上级心惊胆战地点上灯的时候,黄海晏和许琳才冒着倾盆暴雨赶了回来。他们落汤鸡似的刚一跑进屋门,早已等得心焦泼烦的上级就劈头盖脸地问他们,怎么这时候才回来?我等了你们整整一天了!

黄海晏一边抹着脸上密布的雨水,一边气喘吁吁地说,张群的会一直开到天黑才结束。

上级急问,拿到名单了吗?

黄海晏点头,说我在厕所的档隔里接连发了三道催要情报的信号,但直到天黑之后,情报科的那位同志才把情报搞到手,交给了我。

上级惊愕不已,你们直接交换的情报?

黄海晏说,是的,他没有到少城公园去,他跑到厕所里来,直接把情报给了我。

上级跺脚,你们怎么能这样做呀?这是违反组织纪律的!

黄海晏说,当时我也很诧异他为什么这样做。但他说,时间来不及了,明天一早张群他们就要开始行动了,要我立刻把情报带回来,交给组织!

上级愕然地瞪大了眼睛。他深深凹陷的眼眶蓦地鼓突起来,像水花四溅的小溪一样,盛满了震惊与忧急。

黄海晏赶紧从身上摸出情报,交给他。

上级接过情报打开一看,竟是一张空空如也的白纸。

许琳立刻跑进内屋里去,拿来了一瓶显影水和一支小毛笔。

上级用小毛笔蘸着显影水,飞快地涂抹在白纸上。被显影水浸润的白纸上迅速显现出了字迹。字迹越来越多,越来越密,竟然长长一串,排列了整张白纸,全是川内地下组织及领导人的名字。

上级的名字也赫然在列。

上级看着那长长一串名单,止不住倒吸了一口凉气。这时,外面的暴雨益发地密集滂沱,仿若决堤的河水似的奔泻而下,一道形如长蛇的闪电在树梢顶上刺啦亮起,照彻了上级苍白瘦削的脸孔。他的额头和腮颊上已经冷汗如注。他抬头望着外面电闪雷鸣的天空,这才明白过来,那个潜伏在省政府情报科的同志为什么要违反组织纪律,直接跟黄海晏接头了。他是在为暴露的组织和领导人争取更多更充裕的撤离时间!

站在旁边的黄海晏和许琳也被那份确切无误的名单惊呆了。他们望着上级苍白的汗如雨下的脸孔,忐忑不安地问道,我们怎么办?

上级迅速镇定下来,从窗外收回目光,面色严肃地说,撤离,你们必须按照高层组织的指示,立即撤离!

那您呢?您撤不撤?黄海晏有些担心地问。

上级蹙着眉头思索片刻,神情坚毅果断地说,我不撤。我必须坚守阵地,尽快通知更多的组织和领导人火速撤离。还有省政府情报科的那位同志,我也必须亲自去跟他接头,安排他撤走。这些出生入死搞地下工作的同志,全都久经考验、能力出众,是我们党难得的人才和干部,我绝不能在这关键时刻,丢下他们不管!

许琳拉住他的手,说您不撤,我们也不撤。

黄海晏接口说，对，我们也不撤。我们要跟着您，战斗到底！

上级板着脸，目光凶凶地瞪着他们说，不行！你们的任务已经完成了，你们必须服从命令，立刻撤离！

许琳把他的手拉得更紧了，满面忧忡地说，我们走了您咋办呀？您的身体这么差。

上级仰头笑了笑，苍白惨淡的脸孔上泛起一种晨熹般明亮的颜色。他在这片亮色的笼罩下，神态自若而又高亢地说，我已病入膏肓，没有多少时间可活了。能在生命的最后时刻为党牺牲奉献，那是我最大的荣幸！

黄海晏和许琳还想说什么，但被他迅疾地摆手阻止了，说你们现在就走，立即赶到城北的悦来客栈去，那里有我们的联络点。我已经安排好了，那里的同志会带你们安全撤离的。

我们要撤到哪里去？黄海晏紧张地问。

上级抬头望向狂风暴雨的窗外，目光深沉而又悠远，仿佛刺破了眼前的黑暗看见了漫天朝霞似的。他脸上的那片亮色愈加地浓烈明艳起来。他在愉悦的想象中，用一种颇为抒情的语调，笑微微地说，你们将去一个我始终想去但又没去的远方。那里草木清新，阳光灿烂，充满了革命的激情和光明的未来……

事后很多年，我小爷爷黄海晏和我小奶奶许琳在回忆他们的革命生涯时，还对这个电闪雷鸣狂风暴雨的成都夜晚记忆犹新，特别是对我曾外祖爷爷那充满了坚定的微笑，印象深刻。他们清楚地记得，当他们冒着滂沱大雨离开浣花溪边那间孤独的小屋时，我曾外祖爷爷一直镇定地站在窗户边，满眼含笑地目送着他们。他们走了很远，还能回头透过密集的雨幕和凶猛的闪电，看见我曾外祖爷爷

1941年夏

骨瘦如柴的身影在昏黄的灯光映射下,剪纸般凝然站立着。

他们说,那一夜,我曾外祖爷爷的目光比天空中的闪电还明亮。

他们还说,从此以后,那个狂风暴雨的浣花溪边的夜晚,以及在小屋窗户边单薄但却钢铁般屹立着的我曾外祖爷爷的身影,就成了他们心中永恒的记忆。

但他们不知道的是,就在他们匆匆撤离的那个夜晚,张群的"防范异党活动委员会"完成了对军警宪特的调集与部署,于次日凌晨在成都展开了全面搜查和缉拿共产党人的行动。由于我曾外祖爷爷的及时奔走和巧妙安排,他们所到之处,全都人去屋空,毫无收获。但当我曾外祖爷爷趁着黎明前的黑暗潜往省政府家属区,准备跟情报科那位同志接头时,却被他们蹲伏的一个搜查小组发现了。为了通知那位同志尽快逃走,我曾外祖爷爷毫不犹豫地向敌人开了枪,并朝着相反的方向飞快跑去。最后,我曾外祖爷爷被敌人围困在省政府对面的一条小巷里,插翅难飞,只得弯腰扶住路边的灯杆,喘息着剧烈地咳嗽。我曾外祖爷爷紧促的喘息声和痛苦的咳嗽声訇然响起,空谷传音一样震荡着清寂的小巷和辽远的夜空。当敌人端着枪逼上来时,我曾外祖爷爷在昏黄的灯光下仰头止住了咳嗽,慢慢地直起腰来,嘴角两边已经咳出了殷红的血丝。我曾外祖爷爷咀嚼着满嘴腥咸的血味,平静地站立在小巷深处,朝着围上来的敌人骄傲而又轻蔑地笑了笑,然后举起手中的枪,泰然自若地对准了自己的头部。

那时,我小爷爷黄海晏和我小奶奶许琳早已出了成都北门,正迎着雨后凉爽的风,大踏步地行进在奔赴远方的路上。他们没有听见枪声,他们只听见平原上的斑鸠在浓厚的夜色里深沉而又旷远地鸣叫：咕嘟咕——咕嘟咕——

几天之后，远在川东的战时首都重庆，则遭遇了另一场更加恐怖的灾难的袭击。

这是1941年6月5日的黄昏，接连下了三天三夜的暴雨终于停歇了，被两江蜿蜒合抱的重庆半岛上空云开日出，布满了绚烂的晚霞，从江上涌来的风携带着雨后凉润的气息，在狭窄的街巷里和拥挤的民屋间轻快地吹拂着。被长久堵闷在屋中的重庆市民像获得了解放一样，纷纷搬出竹椅板凳，坐在了自家的屋檐下，男人端起吊着坠子的烟杆，抽烟谈笑，女人在油黑的头发间逛着闪亮的针头，簌簌地勒着鞋底，而那些剃着瓦片头的小男孩和扎着"丁丁猫"双辫的小女孩，更是一刻也不愿消停，趁机冲到街上，在陡峭的石梯坎上和狭窄的民屋墙缝里，玩起了"藏猫猫"的游戏。有些做好饭菜的人家还把小桌子和矮凳子摆到了街边上，男女老少围坐在四周，一边端着碗在清凉的晚风中吃饭，一边悠然地看着街景。那些疯闹疯玩的小孩子不时跑来，缩身躲在他们背后。一旦被玩耍的伙伴发现，小孩们撒腿就跑，在街边吃饭的人群丛中胡乱穿行，搅起一片喧嚣和混乱。于是就有慌不择路的小孩跌进了人家的饭局，将桌子上的钵盆饭菜尽数扑翻，汤水四溅。一桌子吃饭的人便忽啦站起，一边急急地抖落着身上的汤水，一边"小崽儿小崽儿"地怒声叱骂。有些心疼饭食的主人还会捉住犯事的小孩，按捺在腿板上，朝着屁股上啪啪地扇巴掌。住在隔壁的小孩的父母见了，却不护短，反站在自家屋檐下一叠连声地喝彩，说打得好，打得好！成天疯疯癫癫的没个人样，该打！然后，就笑微微地将自家做好的饭菜一并端出来，摆在了那家人的桌子上。那个被打的小孩站在旁边，还在抹着眼泪怄气，大人们也懒得管他，相互招呼着坐在了桌子四周，自顾自谈笑风生地吃喝起来。

1941年6月5日那个雨后初晴的明亮的黄昏，作为战时首都的拥挤杂乱的重庆城，几乎都被这种充满了人间烟火味的市井气氛笼罩着。

然而，这种祥和安恬的氛围很快就被破坏了，就像一群在暮色中归林的鸟儿突然受到惊吓似的，扑啦啦飞去，瞬间消失得无影无踪。

惊吓首先来源于东城山顶设置的警报台，一个灯笼似的的大红球突然顺着木杆高高地升了起来。由于红球是在无声中升起的，山上山下忙着回家或者忙着吃饭的人们都没有注意到。但当响亮的竹梆声和铁桶声在山顶紧促而又杂乱地敲响时，人们遽然有了反应：急匆匆回家的人蓦地停住脚步，怔在了路上；在街边埋头吃饭的人陡地停止了咀嚼，抬起头来，惊愕地望着山顶。但这种惊怔与停滞只持续了短短的两三秒钟，随之而来的便是恍然大悟后的惊慌与逃遁：愣在路上的人慌忙拔腿往附近的防空洞跑去；围着桌子坐在街边的人赶紧扔下饭碗，扶老携幼，朝着离家最近的防空洞仓皇奔逃。有跑得太急的人家，还将桌子凳子带翻起来，在街边上滚着跟斗，碗碟钵盆摔在地上，发出一片惊心动魄的碎裂声，比先前小孩闯祸扑翻饭桌还要张皇还要狼藉。

之后，设立在西城、南城和北城的各个警报台也紧跟着挂出了空袭预告的大红球，也有竹梆声和铁桶声紧锣密鼓地敲响起来。即时，蛰伏在城中的人们就像被惊雷震醒的虫子一样，乱纷纷地从各种各样的房屋里奔涌出来，在狭窄的街巷里和陡峭的石梯上密如蚁群似的窜走，惊慌杂乱的脚步声和尖锐凄厉的呼喊声，充斥了雨后黄昏的天空。

整个重庆城顿时陷入了千家万户跑警报的紧张与混乱中。

这时,我舅爷爷李沧白和王培源正在重庆防空司令部的长官饭堂里吃饭。自从1938年8月动工以后,我舅爷爷力主建设的纵横全城的防空大隧道以及连接大隧道的其他附属防空体系,经过两年多艰苦的开凿与修筑,终于基本完成,在日军空袭期间面向市民开放。但我舅爷爷和王培源很快就发现了问题:由于政府经费短缺,没有在大隧道和附属防空体系里开凿通风井,只简单利用重庆高低不一的地势,将大隧道和附属防空体系的两端设计得一头高一头低,希望通过热胀冷缩的原理,在大隧道和附属防空体系里形成空气对流,达到自然通风的效果,可因大隧道太长,附属防空体系又大多弯曲蛇行,使这一设施原理完全失效,一旦日军的轰炸超过三小时,大隧道和附属防空体系里的氧气将被消耗殆尽,危及躲避空袭的市民的生命安全。于是,从今年2月起,我舅爷爷和王培源就再三督促防空司令部向行政院打报告申请经费,至少要在大隧道和附属防空体系里安装三十具电动通风设备,以防不测。但直到今年5月下旬,行政院才核准拨付四十万元,让防空司令部购买了二十具电动通风机,选择最紧要的大隧道地段与附属防空体系进行安装。

这天午后,我舅爷爷和王培源就是以督察专员的身份,前往老城区十八梯附属防空隧道,准备对安装好的通风机进行启用验收的。但让我舅爷爷和王培源没有想到的是,通风机厂的工程师和防空司令部工程处的负责人却没有到场,安装好的电动通风机未能通过验收,无法启用。

正因为如此,当空袭警报突然传来,防空司令招呼起我舅爷爷

1941 年夏
/
165

和王培源往饭堂后面的防空洞急匆匆地跑去时,我舅爷爷才在中途蓦地刹住脚步,略作思虑后,便转身往大门外奔去。防空司令一把拉住他,说李督察员,你要干啥?

我舅爷爷说,我想到十八梯隧道看看。那里的通风机下午没有通过验收,不能启用,我担心那里会出事!

防空司令不由分说地把他拽进了洞里,拽到了地下指挥部,按捺在紧靠洞壁的一条水泥凳上坐下,说日军的飞机马上就要来轰炸了,你出去会有危险的!

我舅爷爷望着防空司令,神色忐忑地说,十八梯附近的人口异常密集,至少有一两万居民,如果他们都钻进那仅能容纳五六千的人防空洞里去,后果不堪设想呀!

王培源抚摩着下巴,蹙眉想了想,说如果日机的轰炸不超过三个小时,应该不会出事的。

我舅爷爷只得仰身靠在冷硬的洞壁上,双手合十举在胸前说,但愿如此,但愿如此吧。

不久,外面的天空中就传来了飞机的轰鸣声,由远及近,由弱到强,嗡嗡嗡地连成一片,有如沉重的闷雷从天边汹汹地涌起,一路轰响着滚来,正在狭长的重庆半岛上空聚集。接着,就有炸弹从高空坠落时刺破空气的尖啸声响起。然后,就是连续不断的剧烈的爆炸声从四面八方传来。地动山摇间,指挥部里的电灯开始猛烈地抖颤与摇晃,洞顶的岩灰和渣块开始扑簌簌地掉落。

我舅爷爷在颤晃的灯光和掉落的灰渣里闭上了眼睛。他合十的双手依旧举在胸前,他的嘴唇不停地翕动着,在心里默默地祈祷。

大约半个小时后,日机密集的投弹和轰炸终于停止了,天地归于沉寂。靠坐在洞壁下的我舅爷爷长松一口气,睁开眼睛站了起来。他拍着身上的灰渣往洞外走去,却被伫立在洞口望风的卫兵拦下了。卫兵说,对不起长官,警报还没有解除,你还不能出去。我舅爷爷伸头往洞外山顶的警报台望去,那个象征着空袭警报的大红球果然没有卸下。我舅爷爷不明白是怎么回事,转身跑进洞中,想问问防空司令。但防空司令正站在铺着军用毛毯的桌子前接着电话。我舅爷爷发现,他把话筒贴在脸边,一言不发地听着,脸色变得非常难看,双眼里有火光在迸溅。电话刚一接完,防空司令就一拳砸在了桌子上,同时怒声叱骂道,这狗娘养的日本人!

我舅爷爷急步上前,问道,出啥事了?

防空司令恨恨地说,我们设立在宜昌的侦查哨传来消息,又有一批日军轰炸机从松滋起飞了,不久将到达重庆上空,进行第二轮轰炸!

我舅爷爷惊愕不已,怔怔地问,那我们该怎么办?

防空司令将腮肌咬得一棱一棱地鼓动,凝思一顷,果断地说,只有再挂上一个红球,通知市民千万不要出洞了!

我舅爷爷摇了摇头,神情严肃地警告说,其他隧道里的电动通风机已经通过验收,可以正常启用了,只是那十八梯隧道,人在里面躲得久了,恐怕会出事的!

防空司令摊着两手无奈地说,日机的第二轮轰炸马上就要开始了,我有什么办法?只能让他们在洞里待着了!

我舅爷爷还想说什么,但觉得除此之外又没有更好的办法,只得闭上嘴巴,退回到洞壁下的水泥凳上坐着了。他仰身靠在坚硬硌人的洞壁上,两眼空洞苍茫,神色显得极其悲哀无助,仿佛一个囚犯正在等待着不知结果的判决。

向来沉稳冷静的王培源也不由得在洞中焦躁地踱起步来。

洞顶的灯光虽然不再颤晃了,但却昏黄滞重得让人窒息。

几十分钟后,日军的飞机果然就飞临到重庆上空,开始了第二轮轰炸。

又是一阵密集的投弹和剧烈的爆炸。又是一番让人心惊胆战的地动山摇。

当第二轮轰炸结束,外面的世界再次归于沉寂时,我舅爷爷抬手看了看腕上的表,在心里默算了一下:从六点二十分空袭预警发出,市民躲进防空洞到现在,恰好三个小时。他不能再等了,他必须马上出去看看!然而,当他从水泥凳上站起,准备快步奔向洞外时,那部放置在草绿色军用毛毯上的红色电话突然又丁零零地响了起来。指挥部里的人全都怔住了,全都望着那部催命般急响的电话发呆。素来勇武刚愎的防空司令也有些胆怯了,战战兢兢地伸手抓起电话,可还没听上几句,他的脸色顿即变得铁青,整个人像被冻着似的簌簌发抖。

王培源走上前,紧张地问他,又是什么情况?

防空司令撂下电话,悲愤地朝着洞外大声叫骂:我操他日本人的十八代祖宗!他们又有轰炸机从松滋起飞了,要来重庆进行第三轮轰炸!

王培源禁不住倒吸了一口凉气,也跟着防空司令怒声叫骂起来,这狗日的日本人,太野蛮,太凶残了!

我舅爷爷则像被抽去筋骨一样,软身跌坐在水泥凳子上,一叠连声地哀叹,糟了,糟了,那些躲进防空洞里的人,怎经得住这长时间的轰炸啊!

王培源也意识到了问题的严重,催促着防空司令,你立即打电话通知空袭救护委员会,还有重庆的卫戍部队,赶快做好准备,空袭一旦结束,立刻展开救护,尽量减少市民的伤亡!

防空司令抓起电话,满头大汗地下达命令,请求支援。

不久,第三轮轰炸便开始了,时间仿佛被凝滞似的显得极其漫长。剧烈的爆炸引起强烈的震颤与摇晃,悬挂在洞顶的电灯突然莫名其妙地爆裂了,把指挥部里的人全都吓了一跳。卫兵摸索着点亮蜡烛,洞里弥漫起微弱惨淡的烛光。防空司令揩擦着脸上的汗水,满面疑惑地咕噜着骂道,我操他妈,这电灯好好的,怎么会炸啊?王培源怔怔地望着溅落到脚下的灯泡碎片,面色阴沉,郁然不语。瘫坐在洞壁下的我舅爷爷则一脸苍白,目光惊恐地念叨着说,这是一个不好的兆头,不好的兆头呀!

半个小时的轰炸,漫长得赛过了半月、半年。

外面的爆炸声终于停息下来,那部红色电话沉默着不再响起时,防空司令立刻箭一般地窜了出去。我舅爷爷和王培源紧跟在他身后。他们跳上一辆军用吉普车,急如星火似的往大街上冲去。

这时已是午夜,离空袭预警发出,已经过去了整整五个多小时,被连续空袭轰炸的重庆城里究竟会是一番什么景象,究竟会出现什么严重的情况,他们不得而知。他们只能在心里一遍又一遍地祈愿:千万不要出现重大事故,千万不要出现重大伤亡!

然而,当吉普车冲出防空司令部时,他们还是被眼前的景象惊呆了:街道两边的民房几乎全被炸塌炸毁了,满目疮痍的废墟上,黑烟滚滚而起,火光熊熊燃烧,把天空都烧红了。一些居民家里来不及带走的小猫、小狗被炸死在路边,不是开膛破肚,就是残肢断腿,身首异处,其状非常惨烈。

坐在吉普车上的防空司令止不住又是一阵怒骂。

我舅爷爷望着那些惨死在路边的小猫、小狗,不觉心惊肉跳,恐骇万端,连忙催促司机快走,赶快开到十八梯隧道去!

吉普车七弯八拐地绕过几条被炸得一塌糊涂的街道,终于来到了十八梯洞口。我舅爷爷抬眼一望,只见洞口的石梯上和外面的空地里匍匐着几十个人,有男有女,有老有少,全都面色乌紫,奄奄一息,正伸着双手在虚弱地呼救。其中一个三四十岁的大男人,身上的衣衫已被撕破,脚下的鞋子已经丢失,正蓬头垢面地塌坐在洞外的空地上号啕大哭。

我舅爷爷迅疾跳下车,冲过去问那男人,出啥事啦?

那男人满脸恐悸地抬起头来,眼泪汪汪地说,洞子里闷死人了!

我舅爷爷扭头望去,洞子里黑压压的什么也看不见,也没有任何声息传出来。

我舅爷爷回头焦急地问那男人,洞子里到底有多少人啊?

那男人哭丧脸着说,我也不晓得。总之是人挤人,挤满了洞子,挤得大家都转不过身来!

我舅爷爷说,那你们怎么不趁着空袭的间隙跑出来透透气呀?

那男人仰头绝望悲愤地说,防护团的人把栅栏门一锁就跑了,我们咋跑得出来呀?洞子里的人闷得都发疯了,撕衣服,抓胸口,大哭大喊,可始终没有人来放我们出去!有的人实在闷得受不了,就拿头去撞洞子,撞得满头满脸血糊淋汤的,跟鬼一样!我们这几十个人,也是在最后时刻,拼命砸开门,才跑了出来,拣了一条命的!

我舅爷爷不由得眼前一黑，差点跌倒下去。

这时，防空司令和王培源也跑了过来，急切地问，洞里出啥事啦？

我舅爷爷仰天长叹一声，闭着眼睛说，赶快救人吧！

不久，救护团和重庆卫戍部队的军人们就赶了过来，打着手电筒或者提着马灯，冲进洞去救人。我舅爷爷和王培源也加入到了救人的行列。可他们刚一进入洞子，就被眼前惨烈恐怖的景象惊呆了：洞里密密麻麻地塞满了死难者的尸体，有手持足压堆积在一起的，有站立着抓扯成一团的，有横七竖八躺在洞壁下的。那些被叠压在最下面的人，有双手前伸匍匐在地的，有暴突着两眼仰面朝上的，但全都无一例外地七窍流血，有的甚至还被踩踏得鼻裂嘴歪，面目全非，完全没了人样。那些团挤在一起的人，则相互紧紧地抓扯着，脸上、颈子上、胸脯上密布着抓痕累累的伤痕，全都面色乌紫，目崩眦裂，就像铁水浇铸的群雕似的，拉也拉不开，拖也拖不动。而那些躺倒在洞壁下的，大多是妇幼和老人，他们显然是被推拥到无路可退的洞壁下，活活挤死的。其中有个年轻的妇人，怀中抱着一个吃奶的婴儿，后背紧紧地抵在洞壁上，整个身姿都在向外使力，似乎想竭力推开什么，但母子俩最终还是被层层排压过来的人群给挤死了，压死了。

我舅爷爷望着那些面目狰狞、神情恐怖的死难者们，禁不住脸色死白，浑身颤抖，整个人都要崩溃了。他噙着满眼的泪水，拖着发软的双腿，踩着尸身的缝隙，走上去抱起那个惨死在母亲怀里的婴儿，摊举在胸前，默默地向洞外走去。

仿若被死神扼住了喉咙似的，幽暗深长的十八梯隧道里鸦雀无声,所有赶来营救的人都满面忧伤悲愤地忙碌着。

直到第二天早晨,堆积在洞子里的死难者们才被全部搬运出来。这时,已改任重庆宪兵司令的贺国光驱车赶来了解情况,一见那些死难者被成垛成垛地码压堆放在洞口和路边,顿即拉长脸发火了,说这些人大多是因为缺氧窒息的,说不定还有救哪,怎么能这样处理啊?于是就命令手下人调来十多部大卡车,火速将这些死难者载运到朝天门外的河坝上去"缓气"。

被炸得房倒屋塌烟火弥漫的老城区里又是一番紧张的忙碌。临近中午的时候,野草丛生、乱石密布的朝天门外的河坝上,就密密麻麻地排满了形色各异的惨死者的遗体。贺国光带着防空司令和我舅爷爷、王培源,神色焦急地在尸海中来回走动着,希望能看到奇迹发生。但是,直到黄昏到来,两江合流的宽阔江面上涌来阵阵浓雾,也没有一个人有幸从鬼门关里缓气舒醒过来,被暮雾笼罩的河坝反倒成了一个遗尸累累的大坟场,更显愁惨、阴郁和悲怆。

从未见过如此惨象的我舅爷爷再也撑不住了,不由得扑通一声跪倒在了那片浩瀚的尸海中,痛心疾首,仰天悲号。

贺国光等人也默然肃立,面色沉重、哀伤。

暮色愈浓。合流的江水呜咽着打着漩涡,暗沉沉地往东北角的河道流去。

惨淡的夕阳映照下,那满江的水都是黑的、红的。

重庆被炸的第二天上午,四川省政府就接到了国民政府军事委员会和行政院的紧急电令:必须尽快疏散成都民众,以防日军的疯狂暴行!

成都具有两千多年的建城历史，像一张巨大的面饼摊在四川盆地西部的冲积平原上，既无山峦丘陵可作掩蔽，又因地下泥沙积层深厚，地下水位很高，无法像重庆一样挖掘大规模的公共防空体系，只能动员市民和政府机关在房前屋后挖一些浅表性的防空坑壕，或者干脆把城墙脚下的古砖拆去一部分，掏出一些猫儿洞似的凹坑，供人藏身，但却无法解决全城七八十万人的防空安全问题。于是，在1938年11月遭到日军的第一次空袭后，四川省政府就动用工兵，在东、南、西、北四个方向，各挖开一段城墙，增开四个城门，便于市民疏散和"跑警报"。但由于城内集聚了大量的人口，每当空袭来临，原先的四个城门和新开的四个城墙缺口，便人流如潮，拥挤不堪，有时还会发生严重的踩踏事故。最为悲惨的是1939年6月11日傍晚，二十多架日军轰炸机长途奔袭成都，正在忙着关闭店铺和在家里做晚饭的市民，惊慌之间仓促逃往城外，竟在东西城门和城墙缺口处拥塞成一团，许多老人、妇女和儿童被挤卡在城门洞里动弹不得，有的还被挤倒在地上，踩在脚下，发出一片惊恐凄厉的惨叫。然而就在这时，天上的日机发现了这两个密如蚁阵的人群，竟然俯冲下来，朝着人堆里投弹，当场炸死了好几百人。正因为有此惨痛的教训，四川省政府在接到紧急疏散的命令后，便立即调集工兵部队，将东西两个方向的城门及城墙全部撤除，把偌大一个成都城完全洞开，同时还请航委会派出飞机，在空中散发了几万份防空传单，动员市民昼夜疏散出城，到周围的乡间去躲避。城里的几十所小学、中学、大学也接到了政府的命令：必须立即疏散出城，在乡间寻找适合场所，隐蔽办学。一时，位于西南腹地的四川省会成都，即刻陷入了紧张忙乱的大疏散中，无论是白天还是黑夜，几乎都有人家背包打伞、拖儿带女地往城外撤离，一家老小的脸上，全都灰蒙蒙地布满了逃难般的无奈与忧伤。有时，街上还会出现学生队伍，他们肩上挎着书包，手里抬着课桌、板凳，像大水即将淹没巢穴的老鼠出洞一样，首尾相衔着，迤逦成长长的一线队列，朝着城外疏散。他们身后跟着从乡下雇来的人力独轮车，载着林林总总的各样教具，在石板街道上骨碌碌地滚动，木头车轴与车承摩擦发出的咿咿呀呀的鸣叫，在仓皇奔逃的成都城里，显得格外凄清刺耳，格外哀伤忧戚。

不到十天时间，偌大的人口密集的成都城，就几乎成了一座空城。

但是，传言中的日机轰炸却迟迟没有到来。躲在乡间的市民，站在蓊郁的树林里，或者农家的屋檐下，抬头看见天空还是蓝的，太阳还像过去一样温和明亮，远处的成都城郭清晰可见，仿若图画般怡然静立，并没有什么可怕的迹象发生，于是就有人挠着后脑勺思索一番后，便"麻着胆子"，在暮色的掩护下，踏着初挂在草尖上的晶亮的露水，偷偷跑回城中的家里去睡觉了。

这时的成都城里一片祥和安宁，各种虫声悠扬地鸣唱，草木散发出沁人的清香，就连穿城而过的锦江水浪也汩汩涌流着，有如静夜里悠长的梦呓。

自然是一夜平安无事。

再一夜，依旧平安无事。

于是，这些违反政府命令跑回家里睡觉的市民，就像发现了什么重大秘密似的，纷纷跑出城去，叫回了自己的老婆、孩子，在自家灰黑的屋脊上升起了袅袅的炊烟。

负责疏散工作的政府人员发现后，先还急赤白脸地去驱赶这些擅自回城的人家，但久而久之，回城的人家愈来愈多，再加上传言中的日本轰炸机并没有到来，也没有任何即将到来的痕迹，于是也就倦怠了，懒惰了，任凭疏散到城外的市民，牵索不断地大量地往城里回迁。

这样到了6月底的时候，原本空寂的成都城就恢复了往日的喧嚣与热闹。甚至一些学校也开始纷纷回迁，街面上再次出现了挎着书包、抬着课桌的长长的学生队伍。但与前次不同的是，这些队伍中的男女学生的脸上，无一例外地挂着欢快的笑容，好像他们在郊外过了一个开心的暑假，现在要回到学校去上课了。那些跟在他们身后载着林林总总各样教具的人力独轮车，依然在石板街道上骨碌碌地滚动，但车轴与车承摩擦发出的咿呀声，却像洒落在乡间村路上的歌谣一样，清脆而又悠扬。

这时候，提醒人们将有空袭到来的黄色旗子仍旧插满了大街小巷，但已没人注意了，更没人在意了。黄昏来临之际，甚至还有一些顽皮的小孩拔了路边的旗子，大叫大喊地挥舞着，在街边玩起了官军捉土匪的游戏。游戏结束，那些黄色的预警旗子，不是被小孩们扔到了路边，就是被小孩们带回家去，让母亲裁剪成花哨的短裤，穿在了身上，那一个个用红油漆印制的"警"字，便在他们瘦筋筋的小屁股上滑稽地扭曲着，满街晃动。

1941年这个注定将成为灾难的七月流火的夏季，就这样被幽默诙谐的成都市民给完全忽视了。

灾难是在7月27日接近中午的时刻突然降临的。

这是农历大暑过后成都平原又一个晴朗的日子，红彤彤的太阳很早就从东边城墙上升了起来,金光灼灼地照耀着鳞次栉比的屋脊和石板铺砌的街道,还有隐藏在街道后面的无数居民人家的院落。这些院落里大多种着高大的梧桐树,浓密的枝叶间停歇着过夜的雄蝉,阳光刚一照临,就汪汪汪地嘶声鸣叫起来,似乎在述说着酷暑的苦闷与艰辛。而在梧桐树与房檐之间,大多拉起了绳索,上面搭满了主人家红红绿绿的棉被,正在接受着阳光的照晒,消除着去年的霉味。在房檐下的阶沿边和墙角的花坛上,则大多摆着四面卷翘的筲箕和平坦圆大的簸箩,里面摊晒着从坛子里捞出来的陈年腌菜,略带咸味的清香飘满了葱郁的小院。

  整整一个上午,炽烈的阳光都没有闪忽过,天空中都没有一丝云翳出现,如同安谧宁静的高山湖泊一样,深蓝得让人心尖尖发颤。

  事后多年,成都市民在回忆这一天的情景时,耳朵里还充满了那绵绵不绝的嘹亮的蝉唱,鼻端前还飘满了那家居气息浓厚的芳香四溢的腌菜味。他们说,这是一个好日子啊!天气好,阳光好,一切都好啊!哪个能想到日本人的飞机会来轰炸呢?还把我们成都炸得那样惨!

  将近中午的时候,一个在东门城墙上放风筝的小男孩儿首先发现了异常。其实这天成都的上空根本就没有风,不知这个小男孩儿怎么就把那只描画着五彩花卉的风筝放到了天上。当他喜滋滋地仰头望着在蓝天上悠然飘荡的风筝时,无意间发现了一片黑压压的东西从遥远的平原尽头缓缓地升了起来。他起初以为是天边涌起的乌云,并没在意,依旧拉扯着手中的麻线,希望能把风筝放到更高更远。但是,当那片"乌云"越来越近,越来越大,快要靠近那只彩色的风筝时,他才发现不对头,那些"乌云"竟然全都长着翅膀,嗡嗡嗡地轰鸣着，直朝他身后的城市扑来！小男孩终于明白是怎么回事了，赶急丢下手里的风筝，撒腿就往城墙下跑，且边跑边惊慌地大喊大叫，日本人的飞机来了！日本人的飞机来了！

可惜这时候，城墙下的居民大多躲在家里歇凉，或者正围坐在饭桌四周专心地吃饭，根本就没有人听见小男孩的叫喊。小男孩惊恐的叫喊声瞬间便被氤氲弥漫的暑气吸食殆尽，毫无声息了。及至全城拉响一长两短的紧急警报时，居民们还有些懵懂，还不相信真有飞机来轰炸了。于是，在浩如烟海的屋脊下面，在大大小小的街巷里，即时跑出了许多市民，把手搭在额头上，朝着天上张望，满脸疑惑地问道，哪里有飞机？哪里有飞机呀？有些粗疏的男人，还大大咧咧地在手里捧着饭碗，一边张望，一边往嘴里扒着饭菜。

于是，成都抗战史上最为惨烈的"7·27"大轰炸灾难，就这样不可避免地发生了。

这天，早已随大溜搬回城里居住的我爷爷黄河清，正在华西坝的学校里给学生们上着植物课。过去，我爷爷最爱在课堂上给学生们讲的植物，就是太平花。他反复地讲，不厌其烦地讲，总是从唐朝讲到宋朝，从宋朝讲到金国，再讲到后来的元明清三朝，把太平花上千年迁徙流离的曲折历史讲得回肠荡气，动人心魄。具体到植物学层面，我爷爷又从枝干讲到枝叶，再讲到花型、花色、花瓣，甚至连花蕊里大约有多少根细小的须茎，他都要讲到，仿佛那太平花已经活生生地根植在了他的心里，根植在了他的血脉中。但自从中日战争爆发后，我爷爷就再也不给学生们讲太平花了，他面色沉重地对学生们说，在这个烽火肆虐、遍地血腥的战争年代，我还给你们讲太平花，那不是滑天下之大稽吗？及至我大伯伯在山东战场上与日军的坦克同归于尽、魂魄无归后，他更是满面忧伤悲愤地在课堂上宣布，太平花死了，死在了遥远的历史中，也死在了眼前的战火中！然后，我爷爷就当着众多学生，将那一大叠厚厚的太平花讲义撕得粉碎，扬手抛到了窗外。随着那些纷飞的纸片像雪花一样寂然飘落，学生们惊愕地发现，默然肃立的我爷爷已经满面成灰，仿佛一棵树被远方的战火烤死了，烤成了灰蒙蒙的桴炭。直到几个月后，哀莫大于心死的我爷爷才挣扎着来到学校，给学生们上课。这时，我爷爷已经消瘦得不成人样，满脸胡子拉碴的完全不修边幅了。我爷爷站在讲台上，神情淡漠，意绪消沉，机械呆板地讲着植物与人类生活的关系，比如七千年前中国长江流域的先民们如何在野外获取水稻种子，进行种植与繁育，因此结束了艰苦的渔猎生活，解决了足够果腹的粮食问题，出现了大量的闲暇时间和相应积累的财富，用来从事歌舞、陶艺、建筑、祭祀等活动。他在课堂上只字不提太平花，甚至连那些象征着美好与诗意的其他花卉，我爷爷也不再提及了。他只讲一些寻常植物，以及这些寻常植物背后的寻常故事。

1941年7月27日这天上午，我爷爷则在课堂上给学生们讲着玉米。这时，离战争爆发和我大伯伯战死疆场，已经过去了三四年时间，我爷爷的精神已有好转，已开始修面刮胡子，并在上课的时候，穿上整洁的衣服了。这天，我爷爷穿着一件崭新的白布衬衣，满面光洁地给学生们讲了四百多年前，中国人如何从南美洲引进玉米，在平原和山区大面积地种植，两百多年后，玉米又如何传到了印度，极大地丰富了两个文明古国的粮食谱系和源远流长的农耕种植文化。讲到这里的时候，我爷爷还破天荒地笑了笑，以玩笑的口吻说，从此以后，隔着喜马拉雅山毗邻而居的两个文明古国的老百姓的饭碗里，就有了一种金灿灿的食物，拉出的屎巴巴，也比过去要灿烂多了。引得听课的男学生们哄堂大笑，女学生们则红着脸，把下巴抵在了胸脯上。

然而就在这时，一长两短的紧急警报突然拉响起来，在阳光普照的成都上空撕心裂肺地鸣叫。满堂哄笑的教室里立刻安静下来，就像一河欢快的水流被蓦地截断了似的，只留下无数嶙峋呆立的石头，和石头上残存的水渍与缠绕的乱草。我爷爷和学生们全都被骤然响起的警报吓着了，个个神色惊惶，噤若寒蝉。但片刻之后，这种因惊震而引起的短暂的沉寂，很快就被各种逃遁的声响打破了。学生们哗地站起身来，惊叫着夺路而逃。有从前后门逃走的，也有翻窗逃走的。教室内外一片桌凳的倒塌声和惊慌凌乱的脚步声。但学校里没有防空洞，逃出教室的学生们不知该往哪里跑，便在外面的空地上无头苍蝇似的乱撞。有几个女生把脚上的鞋子都跑掉了，光着脚丫到处乱窜。有一个高度近视的女生甚至还跑掉了眼镜，正蹲在地上哭泣着伸出双手胡乱地摸索。我爷爷急忙跑出教室，朝着惊慌乱窜的学生们大声叫喊，到操场后面的树林去！到操场后面的树林去！

四散奔逃的人流便哗地转向，一起朝着操场后面的树林狂奔。

结果，我爷爷和学生们刚刚跑进树林，就听见有剧烈的爆炸声从东城远远地传了过来。随后，轰炸声便连续不断地响起，轰隆隆地连成一片，铺天盖地般地往城中蔓延着。不久，抱着脑袋蹲躲在树林里的我爷爷和学生们，就侧仰着脸，透过树叶的缝隙发现了日

1941 年夏
/
179

军密集的机群，黑压压的像一群老鸹似的在天上盘旋、投弹。

地处抗战大后方的四川省会成都完全被淹没在剧烈的爆炸中，晴朗的天空被滚滚的浓烟遮蔽，天昏地暗，仿若地狱。

直到午后一点过，日机猛烈的轰炸才告结束，那些长着翅膀的"乌云"才从天空中飘散，得意地抖着双翼，往平原东头的天边扬长而去。

所幸的是，我爷爷他们的学校没有被炸，他和学生们躲避的树林没有被炸。可还是有些胆小的女生被吓坏了，抱着头蹲在树脚下，呜呜地哭泣。也有个别男生，吓得面色苍白，双腿簌簌地打着抖颤。

阳光穿透漫天翻滚的黑色云烟，照进了树林。我爷爷看着蹲在他面前的心惊胆战的学生们，摇了摇头，说我儿子上战场的时候，也就你们这么大点，他都敢捆着手榴弹去炸日军的坦克，你们在后方躲个空袭，怎么就吓成了这样啊？

学生们依旧张皇着脸，一副心有余悸的样子。我爷爷便挥挥手，说大家都站起来吧，赶紧回家去吧。学生们这才如梦方醒，纷纷站起身来，撒腿往树林外跑去，往学校外面跑去。

学生们全都跑光后，我爷爷才独自一人慢腾腾地走出树林，回到了先前授课的教室。他把翻倒的课桌和板凳一一扶起，一一归正。最后，我爷爷还拿起刷子，左右划拉着擦着黑板上的板书。当他擦到"玉米"两字的时候，不觉想起了他随口说出的那个关于"屎巴巴"的笑话，自己都笑了起来。自从1938年11月日军开始对成都实施无差别轰炸以来，我爷爷已经在城里或乡间经历了多次空袭，虽然看见了许多惨烈的生死场面，但一直没有把眼前这场轰炸放在心上。

直到我爷爷走出学校，看见满街燃烧、倒塌的房屋，看见有很多人被炸死在家门口，甚至还有人被抛到了屋顶，炸裂的内脏挂在房檐口上，滴滴答答地流血，看见街边上躺满了大人小孩的尸体，有的手里还抓着未吃尽的饭碗时，这才意识到了问题的严重。我爷爷倒吸了一口凉气，赶紧穿过烟火弥漫、遗尸累累的街道，往家里赶去。

我爷爷记得，他早上离家的时候，我奶奶正蹲在院中一个木盆前，在白花花的肥皂泡沫中拆洗着一件旧毛衣，说是要趁着天气好，把毛线晒干了，再买回几两新毛线来，掺杂着给我爷爷织一件厚毛衣。这时，明亮的阳光洒在我奶奶汗津津的额头上，她整个人都像盆子里的泡沫一样，闪烁着亮晶晶的光芒。我爷爷走过去，怜爱地看了我奶奶一眼，说辛苦你了，然后就着朝院外走去。但走到院门口的时候，我爷爷又止住脚步，回头嘱咐着我奶奶，说如果听到空袭警报，你可要赶快往城外跑。实在跑不及了，你就躲到后院的洞壕里去，千万不要大意哟！我奶奶抬起手来揩擦着脸上的汗水，又仰头看了看晴朗无云的天空，露出一嘴闪亮的白牙，笑着说，这么多天了，日本人的飞机都没有来，哪能在今天说来就来呀？你放心地去上课吧，我会照顾好自己的。

我奶奶虽然上过教会学校，但一向娇弱，很少有自己独立的主张，前几次都是跟着我爷爷跑警报、躲空袭的，手里挽着个小小的包袱，也跑不出一条街去，就要跑岔气，就要痛苦地弯腰扶住路边的树干，气喘吁吁地说，我跑不动了，实在是跑不动了。每当这个时候，我爷爷就要长声哀叹，说你啥都好，就是这大户人家的娇小姐脾气，总也改不了！然后，我爷爷就蹲下身去，让我奶奶趴到他身后，背着她跑。我奶奶很享受地趴伏在我爷爷的背上，把嘴巴伸到他耳边，吹气似的说，你当初不是看着我娇媚才娶了我吗？咋，你现在烦了？我爷爷又好气又好笑，但终是拿我奶奶没办法，只得把她往上搂了搂，厉着声说，你趴好！现在都什么时候了，还说这些！你就不怕日本人的飞机来了，把我们炸死呀？我奶奶把脸孔热热地贴在我爷爷的后脖子上，紧紧地抱着他说，只要是跟你在一起，就是炸死了，我也心甘情愿！我爷爷心里不由得一热，但依旧虎着脸说，你少说这些丧气话！我们还不老，我们还要活几十年呢！

然而，在这次突然来临的空袭中，我奶奶独自一人待在家里，她能照顾好自己吗？街上有那么多人家都被炸了，要是我家也被炸了，娇弱的我奶奶能躲得过这场劫难吗？我爷爷急慌慌地走在遍地烟火与血腥的街道上，心里越想越害怕，心都提到了嗓子眼上。

尽管已在路上做了一些心理准备，但我爷爷回到总府街我家屋院时，还是被眼前恐怖的景象惊呆了：我爷爷的书屋被炸弹击中，椽子、屋梁和砖瓦倒塌一地，浓烟滚滚火焰腾腾地燃烧着；晾晒在竹竿上的旧毛线已被火光燎成了灰烬，只有少许黑色的残迹存留着；在满地狼藉的院子中央，还倒栽着一颗足有水桶粗的炸弹，将坚硬的石板地洞穿出一个又圆又大的深坑；而我那娇弱的奶奶，竟满面尘灰地痴立在那颗炸弹前，神情惊悚地浑身打着抖颤。我奶奶显然被这颗落在她面前没有爆炸的炸弹吓傻了。

我爷爷一见那情景，顿时吓得魂飞魄散，赶紧跑过去，从那炸弹旁一把抱起我奶奶，转身就往街上跑。直到这时，我奶奶才从惊恐中回过神来，哇的一声哭了出来。我爷爷紧紧地抱着我奶奶，一

太平花
/
182

边抚摸她的后背，一边不无心疼地责怪道，我不是让你躲到后院的洞壕里去吗？你怎么不躲呀？

我奶奶眼泪汪汪地说，我本要躲的，可刚刚跑到后院，又想起了你那部书稿……

我爷爷气得跺脚，说日本人的飞机都来轰炸了，你还管它干啥呀？

我奶奶望着我爷爷，嚅嚅地说，你不是把它看得比命还重要吗？

我爷爷一怔，默然了。

我爷爷抬头看看被炸毁的书屋，又扭头看了看满街还在熊熊燃烧的断壁残垣，长叹一声，神情沮丧地说，战争爆发了，人人都在死亡线上徘徊挣扎，它还重要个啥呀？

这时，整整一个上午都没有闪忽过的炽烈的太阳终于弱淡下去，浓厚的云影铺满了大街小巷，犹如暗夜之水似的沉重地流淌。被炸得百孔千疮的城市益发显得愁惨与凄怆起来。

我爷爷仰头望着阴郁的天空，满面悲伤地闭上了双眼。他知道，他那部耗费了毕生心血的植物学著作，彻底胎死腹中，再也无法"起死回生"了。

第二天，成都的大小报纸都对"7·27"大轰炸做了详细报道：这天，日军竟然史无前例地出动了一百零八架飞机，丧心病狂地对成都全城进行了地毯似的猛烈轰炸，成都行辕、四川省政府、成都市政府等重要机关，还有春熙路、盐市口、东大街、东御街、提督街、顺城街、少城公园、武侯祠、文殊院、抚琴台等几十条人口密集的繁华街道以及多处文物古迹全部被炸，共毁房屋三千五百多间，炸死炸伤市民一千二百余人。此外，还有六架日机窜飞到成都西北的灌县和大山深处的茂县，欲对古老的都江堰水利工程和蓄水量达数亿立方米的叠溪海子进行破坏性轰炸，企图给整个成都平原造成洪水泛滥的灭顶之灾，彻底摧毁四川人民的抗战意志。庆幸的是，日机在这两处的投弹都偏了方向，否则，成都的后果将更加不堪设想，更加令人恐怖！

这天一早，军队就派人来把我家屋院中那颗没有爆炸的炸弹拉走了，我爷爷和我奶奶正在清理着被炸毁烧尽的书屋废墟。我爷爷看了报童送来的报纸后，脸色顿时变得铁青，拿着报纸的双手都在颤抖。沉默许久后，从不说粗话的我爷爷第一次爆出了粗口。他站在满地书籍残片与手稿灰烬中，咬牙切齿地骂出声来，这狗娘养的日本人，真是太凶残，太没人类的天良了！我奶奶直起腰，抹着脸上的汗水说，那你怎么还心心念念地想着那个叫竹下秀夫的日本人？我爷爷长叹一声，说他是学者，是热爱大自然的植物学家，他跟日本那些凶残的军人完全不一样。我奶奶摇了摇头，说在我看来，日本人都一样，都没一个是好东西！特别是这个竹下秀夫，总给我一种奇怪的感觉。什么奇怪的感觉？我爷爷问。我奶奶想了想，把一双沾满黑灰的手举在空中，神色忧郁地望着我爷爷说，他为什么战前到中国来，为什么战争一爆发就消失得无影无踪了，至今都音讯全无，都没有给你只言片字的来信？他会不会是日本政府派到中国、派到四川来收集情报的探子呢？

我爷爷蓦地惊住了，双眼恐骇地瞪着我奶奶。我爷爷还从来没有想过这问题。我爷爷被我奶奶这个大胆的猜测彻底吓着了。

我奶奶见我爷爷那般惊恐无措的神情，心中很是得意。在过去的生活中，我爷爷一直是家里的主心骨，是家里的大学问家，什么事都由我爷爷做出判断，做出主张，我奶奶只能言听计从，遵意办事。而这次，我奶奶终于对一个十分重大的问题做出了自己的判断，并把我爷爷给镇住了！我奶奶越想心中越得意，最后竟把沾满黑灰的双手在脸面前有力地挥动着，以十分肯定的口吻大声说道，嗯，我看这个竹下秀夫，就是日本政府派来的探子！

不想我爷爷却恼怒了，他指着我奶奶的鼻尖吼道，你给我闭嘴！

我奶奶惊愕地看着我爷爷。

我爷爷气汹汹地瞪着我奶奶说，秀夫君十分崇拜中国，热爱中国文化，他是绝不会给日本政府做探子的！日本人全都做了探子，他也不会的！

我奶奶摇了摇头，说你不就到日本去留了几年学吗？日本人给你灌了啥迷魂汤呀？都到这时候了，你还在为那个日本人说话？

我爷爷颤抖着嘴唇想说什么，但又没有说出来。他猛一跺脚，转身气哼哼地走到墙脚下的花坛边上坐了下来，秋风黑脸地扭头望着远处，再也不理我奶奶了。

我奶奶只得弯腰独自一人在废墟上忙碌起来。我奶奶从层层叠叠的书籍残片中，翻出了半页还未燃尽的手稿，默默地注视着。在那半页残稿的上端，清晰可见我爷爷用工整的蝇头小楷写下的"太平花"三字，余下部分则全是空白。

我奶奶长长地叹了一口气，掏出手帕，将那半页残稿包起来，揣进了怀中。

远处的街道上，一片残破凋败，不时有凄凉的哭声从烧成黑炭的房架废墟里传来。头顶的天空中，被敌机轰炸的血腥和烟云还未完全消散，浓厚的雨积云又加入进来，黑沉沉地漫天垂挂着，就像一个饱满的行将破裂的巨大泪囊……

1941 年夏
/

1945年秋

立秋已经过去好几天了，但位于盆地深处的成都仍旧闷热难耐，高朗的天空中还像火烤般精赤发亮，没有一丝云翳飘起，也没有一丝凉风吹过。遍布街头巷尾的芙蓉树上早就结出了核桃般大小的花骨朵，但因得不到雨水的滋润而显得萎靡不振，如同缺乏营养的乡间小女子似的，一个个青涩涩蔫耷耷地勾垂着头，迟迟未能绽放出鲜丽的颜色。偶有提着竹篮买菜的女人从炽亮的石板街道上走过，因耐不住上烤下烘的暑热，便扯起袖头去抹脸上的汗水，同时朝着久晴无雨的天上望一眼，忍不住粗俗地骂道，我日你妈，都入秋了还不凉快一点，这老天爷安心要把人热死呀！而那些推车挑担的男人，早就躲到了街边的树荫下，一边撩起衣角往脸上扇着凉风，一边眯眼看着抱怨天气的女人傻笑。

远处，有几只毛色驳杂邋遢的老狗正卧伏在一根电杆脚下，仰头从嘴里吐出长长的舌头，吭哧吭哧地喘气。它们望着在毒日头下奔走的女人，似乎也在傻笑。

与街面的暑热和烦躁完全不同的是，在紧邻春熙路的古大圣慈寺里，此时却显得异常安静肃穆，不见人声喧哗，也不见香客进贡，只有单调的木鱼声伴着清亮的钟磬声在空寂的寺院里幽幽地流淌。

在香烛高烧的大殿上，披着赭色袈裟的方丈正陪着一位身穿灰布素衣的居士模样的男人，盘腿坐在蒲垫上，一边敲着面前的木鱼，一边闭目诵着经文。

那个方丈已经很老了，长满了黑色老年斑的脸上密布着深刻的皱纹，就像城外秋后的田野里被犁过的土地，暗沉沉地透发出沧桑衰老的气息。而那个居士模样的男人，则要年轻得多，从面相上看，只不过五十来岁，但竟也满头灰发，暮气沉沉。甚至，他闭目诵经时那副沉郁哀伤的枯寂神色，比身边那个耄耋之年的老方丈还要显得衰迈，还要显得苍凉。

这个由老方丈陪着念经的男居士，就是我舅爷爷李沧白。

在四年前那个悲惨的夏日黄昏，身为重庆防空司令部督察专员的我舅爷爷，跪倒在朝天门外河滩上密密麻麻的死难者尸海中，痛心疾首，仰天悲号。他虽然长年与冰冷坚硬的地质打交道，但还是被大轰炸所造成的灾难景象震惊了。他满面泪水地看着那些在防空洞里曾经拼命挣扎但最后还是被窒息惨死的恐怖面孔，深受刺激，也深感罪孽。当天晚上，他拖着沉重的脚步回到防空司令部，就在昏暗的煤油灯下，在满城残留的浓烈的烟火气息与刺鼻的血腥味中，含泪写了辞呈，连夜交到了行政院。

第二天一早，我舅爷爷不等上面的答复，便拒绝了王培源的再三挽留，执意离开了防空司令部，离开了被炸得百孔千疮的重庆城，搭乘一辆开往川西的破旧货车，经过整整一天的长途颠簸，回到了他的故乡成都。

1945 年秋

此时，成都已经夜色降临，街面上灯火朦胧，有不少男女正坐在自家的屋门口，或者手里端着烟杆烧烟闲谈，或者打着蒲扇给睡在箕篮里的婴儿扇凉，完全是一派平和安宁的景象。

我舅爷爷走到总府街的时候，还看见几个小女孩在街边昏黄的路灯光影里跳绳。她们一边倒腾着双脚不停地蹦跳，一边拍着两手欢快地唱着谐谑的民间歌谣：胖娃胖嘟嘟，骑马上成都，成都又好耍，胖娃骑白马，白马跳得高，胖娃耍关刀，关刀耍得圆，胖娃坐海船，海船倒个拐，胖娃掉下海……

我舅爷爷沉郁痛苦的心情终于舒缓了一些，他紧抿的嘴角上泛起了一丝惨淡的微笑。

但我舅爷爷并没有继续往前走，往他位于盐市口的家中走去。他提着那口被他带到重庆沾满了战争烟火与血腥的旧皮箱，折身走进一条小巷，径直来到了离家仅有两三条街的古大圣慈寺。

高墙壁立的古大圣慈寺里已经掩灯熄火，仿佛一块方外之地似的黑郁郁地矗立在闹市的灯火中，尤显安详静谧。我舅爷爷站在沉静的山门前，突然有了一种在酷暑烦嚣的季节面临一汪清水的澄澈透明的感觉。他敲开山门，走了进去。他在后院找到已经睡下的老方丈，述说了自己前来相扰的意图：请求老方丈帮他找一间僻静的屋子，他要在寺里住下来。

睡眼蒙眬的老方丈惊异不已。

在过去很长一段时间，我舅爷爷在主持四川省地质所的工作之余，每有闲暇，就要到寺里来，跟老方丈喝茶聊天，谈经谈佛，甚至谈自己的工作和家庭生活。他们早就是老朋友了。

惊异不已的老方丈望着我舅爷爷，口齿不清地咕哝道，你家就在附近，怎么要住到寺里来呀？你夫人没意见吗？

我舅爷爷没做任何解释，只是在晦暗中幽幽地说了一句，我刚从重庆回来……

老方丈一听，两道雪白的弯垂着把眼角都包住了的眉毛惊悸地颤了颤，瞬即瞪大了眼睛。他赶忙把灯芯挑亮，紧盯着我舅爷爷问道，听说重庆昨天被炸了，是吗？

我舅爷爷沉重地点头。

老方丈又问，炸得惨吗？

我舅爷爷在亮堂起来的灯光里痛苦地闭上了双眼。惨，惨无人道，惨如地狱！仅十八梯附近的几个隧道，就有几千人被窒息惨死在洞子里！其他地方被炸死炸伤、残肢断腿、身首异处的人，也摆满了大街小巷！我舅爷爷哽咽着说，脸上布满了椎心的痛楚，仿佛那些惨死者恐怖的面孔，又活生生地出现在他的眼前。

老方丈赶紧双手合十，满面悲苦地念着佛号，阿弥陀佛，阿弥陀佛。

我舅爷爷依旧沉浸在他内心的苦难里，面色沉痛地说，那些惨死者跟我的工作失误有关，我罪孽深重。我要住到寺里来，念经超度他们。

老方丈再次双手合十，口念佛号说，我佛慈悲，定能度这些惨死者于苦海中。

当晚，老方丈就安排我舅爷爷在他隔壁的一间禅室里住了下来。

夜深时刻的古大圣慈寺里更显安谧阒寂，除了浅吟的虫鸣外，连一丝风过的痕迹也没有，尘世所有的喧嚣与烦乱似乎都被周围的高墙远远地挡在了外面。

次日天刚蒙蒙亮,老方丈就带着寺里的僧众和我舅爷爷上了大殿。老方丈给我舅爷爷推荐的是《地藏本愿经》。老方丈说,《地藏本愿经》叙说了地藏菩萨的本愿功德,赞扬了地藏菩萨"地狱不空,誓不成佛,众生度尽,方证菩提"的宏大誓愿。我舅爷爷深深地点了点头,神色肃穆地将双手合十举在胸前,朝着法相庄严的佛陀发愿说,重庆大轰炸惨死者的冤魂一日不升天,一日不得安宁安息,我便一日念经不止!

随后,一阵悠缓清亮的钟磬声响起,已是耄耋之年的老方丈披上暗沉的赭色袈裟,亲自陪着一身灰布素衣的我舅爷爷坐在蒲垫上,手敲木鱼,念起了超度亡灵冤魂的经文。

排列在两厢的僧众跟着齐声念诵。

低沉绵密的念经声从大殿里传送出来,在寺院熹微的天光里汩汩流淌。这时,头顶的天空中已经露出了鱼肚白,像月夜下白浪滚滚的大海一样横布整个天宇。绵绵不绝的诵经声中,那鱼肚白的天空似乎比往日显得更加清寂,更加苍茫,更加辽阔了。

从这天起,与冰冷坚硬的地质打了多年交道的我舅爷爷便成了古大圣慈寺里一名长住的居士,日日礼佛不止、诵经不息。

几天之后的一个黄昏,住在盐市口的我舅婆婆不知从哪里得知了我舅爷爷回来的消息,急匆匆地赶到寺里来,哭着问我舅爷爷,你怎么不回家呀?你住在这庙里干什么?你要丢下我们娘儿母子,出家当和尚吗?

我舅爷爷正在他那间禅室里埋头抄着经文。他抬头看着泪眼婆娑的我舅婆婆,一脸的哀伤和凄楚。他声音嘶哑地说,重庆大轰炸中死了那么多人,他们冤哪,苦呀!我要念经超度他们。

我舅婆婆跺脚，说那些人是被日本鬼子的飞机炸死的，他们冤不冤、苦不苦，跟你有啥相干呀？你用得着抛家弃小地在庙里折磨自己吗？

我舅爷爷摇了摇头，长叹着说，你妇道人家，啥也不懂。总之我罪孽深重，必须住在庙里，吃斋念佛，超度那些惨死的冤魂苦鬼。

我舅婆婆可怜巴巴地望着我舅爷爷，那你什么时候回家啊？

我舅爷爷面色沉静地说，我已在菩萨面前发了誓愿，那些惨死者一日不升天，一日不得安宁安息，我就一日念经不止。

我舅婆婆的眼泪又流了下来，凄泣道，那何时是个尽头哟？

我舅爷爷沉默了，脸上也显出一种苍茫的神色来，就像此时黄昏的雾气在窗外的屋脊和树梢上缠绕盘桓。我舅爷爷盯视着面前抄好的厚厚一叠经文，想了想，安慰我舅婆婆说，我相信世间的万事万物，有始就有终的。一年不行，两年，两年不行，三年，它总会有个头的。

我舅婆婆走过去，从身后抱住了我舅爷爷，把脸贴在他的后颈窝里说，那可就苦了你了。我搬到庙里来陪你吧。

我舅爷爷摇了摇头，态度显得很坚决，说我已发下誓愿，那些惨死者没有超度升天前，我绝不沾染凡尘世间的一滴水，一粒米，一件事。夫妻生活，儿女情长，我更不会沾染的！

我舅婆婆见我舅爷爷那般决绝无情，不由得狠狠地拍打着他的后背，放声痛哭起来，说你这是安心要让我守活寡，守活寡啊！

我舅爷爷站起身，满面忧伤地抱着我舅婆婆再三抚挲，但最后还是咬牙推开了她，语调苍凉地说，你还是回家去吧。我决心已下，再无更改了。身处战乱，遍地血腥，生灵涂炭，有些事我们该

1945 年秋

守住，还得必须守住！

可以想象，比我舅爷爷年轻了将近十岁的我舅婆婆在离开古大圣慈寺时，心里是多么幽怨和哀伤。事后多年，我舅婆婆在给我讲述这天的情景时，那种幽怨和哀伤还云影般地在她脸上徘徊，还像水草似的紧紧缠绕着她。我舅婆婆说，那天她离开古大圣慈寺时，天色已经完全黑了下来。她走在黑漆漆的街上，看见两边的居民家里全都透出温暖的灯光，一家人围在桌子四周，其乐融融地吃饭说笑，她禁不住哭了。她几乎是一路哭着回家的。

我舅婆婆还说，此后她再也不到庙里去打扰我舅爷爷了。但每天早晨一起床，她就像被施了魔法似的，控制不住自己，要从盐市口的家里走到古大圣慈寺去，痴痴地站在那赭红色的高墙外面，在尘世凌乱的烦嚣中静静地聆听我舅爷爷的诵经声。她在我舅爷爷的诵经声中寻找着希望。她在寻找和期盼中一天天老去。

高墙里面，日日礼佛不止、诵经不息的我舅爷爷也在老去。

这年12月上旬的时候，成都的大小报纸争相刊载了日本军队向美国珍珠港发动突然袭击的消息。而在国内战场上，中日军队则进入了僵持状态，日本军队无法再往更深处的中国西部突进，中国军队也无力把进占了华中、华南的日本军队驱离。

看了报纸的我舅爷爷面色苍白，神情显得极其消沉沮丧。这时，成都已经进入了万物凋敝的隆冬季节，寺院里那些高大笔挺的梧桐树和银杏树全都掉光了叶子，光秃秃的枝丫伸展在晦暗的天空中，就像在绝望中挣扎呼喊的手臂。我舅爷爷望着那些悚然高举的绝望的"手臂"，一声又一声地长长地叹息。

这天，我舅爷爷坐在大殿上念经的时候总是显得心神不定。诵经完毕，我舅爷爷依旧呆坐在蒲垫上，仰头望着慈眉善目的佛像愣怔不语。旁边的老方丈幽幽地叹了口气，说在菩萨面前，须得六根清净，心神合一。不然，就是对菩萨不敬，也是对超度的亡魂不敬。我舅爷爷痛苦地摇了摇头，神情愤愤地说，这狗娘养的日本人，野心也太大了！他们不仅想侵占中国，还想称霸世界！眼下这场战争，还得扩大，还得持续下去！可怜我中国民众，还要在他们血腥残暴的铁蹄下，苦海无边地挣扎着！

老方丈站起身，蹒跚着走到佛像面前，往供灯里默默地添着灯油。许久，老方丈才从香案前回过头来，弯垂着雪白的眉毛，忧心忡忡地说，照我们佛家的话说，人有贪、嗔、痴、慢、疑五大孽障，也就是俗间说的"人心五大毒"。依老僧看来，日本这个国家、这个民族，就是被这五大孽障蒙蔽了心眼和灵智，才对中国和世界发起战争的。

我舅爷爷没有说话。他本能地觉得，一个国家不惜血本对另一个国家，甚至对众多国家发动侵略战争，肯定有着更为复杂深厚的原因与不可告人的深远的谋算，简单用佛家"五大孽障"来解释，是远远不够的。

这天晚上，我舅爷爷破例没有在他那间禅室里埋头抄写经文。他团坐在蒲垫上，殚精竭虑，闭目沉思。屋里墨黑似漆，冬夜的寒风尖啸着从窗外的屋脊与树梢上刮过，犹如锐利的冰刀一样，反复切割着我舅爷爷焦躁不安的内心。

第二天坐在大殿上诵经时，老方丈发现我舅爷爷的鬓边，竟然生出了几根灰白的头发，在初露的晨光和摇曳的油灯光影里，触目惊心地闪烁。

1945 年秋

时间就这样在绵绵不绝的诵经声中，日复一日地过去。

外面的世界，除了遥远的太平洋战场上偶有美国军队反击日军的零星消息传来外，国内战场依然呈现胶着状态，并无大的喜事发生。就连从1939年9月发起的长沙战役，中国军队先后投入一百二十多万人次参与作战，前后打了三次规模巨大的超级会战，打得焦土遍地，血流成河，打到1942年2月的时候，也仅仅是把进攻的日本军队击退，双方恢复到会战前的原有态势。

闻知此讯的我舅爷爷在高墙深锁的古大圣慈寺里，又是一夜独坐，一夜无眠。

次日上殿诵经时，我舅爷爷灰白的头发竟从鬓角蔓延到了后颈，丝丝缕缕，星星点点的，就像草丛中零落的残雪，在后脖颈上凄凉地闪耀。这时，我舅爷爷已经明白过来，残酷的战争一日不停息，和平美好的岁月一日不到来，他超度的那些惨死者的冤魂，便一日不得升天，一日不得安宁安息。

接下来，又是两年漫长的度日如年的艰难时光。深居古寺日日诵经不息、焦急期盼的我舅爷爷，依旧没有看到一丝胜利的希望。及至1944年6月，豫中会战失败，几十万中国军队被打得溃不成军，出川抗战的第三十六集团军总司令李家钰在撤退中壮烈殉国的消息传来时，我舅爷爷灰白的头发急剧增多，潮水似的漫上了头顶，如同遥远的西山峰顶蒙着一层斑驳的初雪，凉气森森，寒光闪闪的，使他整个人都显得暮气沉沉，浑身上下都弥漫着忧悒哀伤的气息了。

顶着满头灰发的我舅爷爷开始在他那间禅室里焦躁不安地踱步。旁边的案桌上堆着由他亲手抄写的经文。那些一笔一画工整抄写的经文层层叠叠地码放着，已经堆得很高了，比他过去在地质所当主任时，那些积累的地质资料还要厚，还要高。甚至，在禅室的屋角里，已经结上了布满灰尘的陈年蛛网，一只被网住的蜻蜓，在被吃去了浑圆的头部和肥美的腹部后，只留下一截干枯瘦长的尾巴，在丝网上悠悠地颤动。

我舅爷爷望着案桌上高高码放的经文和屋角陈年的蛛网，心里也不由得蒙上了一层厚厚的尘土。他想起了我舅婆婆在这间禅室里的哭泣与追问：这何时是个尽头啊？

窗外夏日的天空被浓厚的云翳遮蔽着，不见一丝蓝天的亮色，寺院里的树木全都呆立着静默不语，整个世界好像被窒息凝固了似的。

盼望着那个尽头及早地到来，便成了此后我舅爷爷在诵经之余的最大愿望与最热切的期盼。

事情是在什么时候开始发生变化的，我舅爷爷已经记不清了。几十年后，我舅爷爷在给我讲述他这段苦行僧一般的祈愿超度生活时，总是不停地摇头，不停地发出感慨，说他最初也没有料到他会在古大圣慈寺里待这么久，黄卷青灯的，待得他几乎都要绝望了，动摇了。然而，就在我舅爷爷深陷苦闷与绝望之际，大约是在1945年6月吧，成都的报纸突然刊发了湘西会战的消息，说是中国军队组织了二十八万兵力，拉起二百多公里的战线，向疯狂争夺芷江空军基地的日军发起全面反击，取得了雪峰山大捷，共歼敌三万余人。至此，中国正面战场由战略防御转入到战略反攻阶段。紧接着，太平洋战场上又传来了振奋人心的消息：美军在付出沉重的代价后，终于占领了硫磺岛和冲绳，准备向日本本土发起最后进攻！得知这些消息的我舅爷爷兴奋不已，彻夜不眠，一直在他那间禅室里亢奋地踱步，甚至还破天荒地反复吟诵起了陆游的诗：僵卧孤村不自哀，尚思为国戍轮台。

1945 年秋

夜阑卧听风吹雨，铁马冰河入梦来！这天午夜时分，天空中降下了成都入夏之后的第一场豪雨，粗大的雨点激越地打在屋瓦上，发出绵密洪亮的叮咚声，有如无数的鼓点在齐声地敲击、轰鸣。第二早晨，雨后初晴，天空中布满了玫瑰色的彩霞，天地之间红光灼灼。上殿诵经的我舅爷爷望着那满天的彩霞和满地的红光，喜滋滋地对老方丈说，快了快了，地藏菩萨的本愿就要实现了！

老方丈弯垂着雪白的眉毛，双手合十，口念佛号说，我佛慈悲，愿天下的亡灵冤魂都能升天安息。

此后，我舅爷爷就在古大圣慈寺里加紧了礼佛诵经，早课之外，他还给自己加上了晚课。暮色氤氲中，我舅爷爷的诵经声更加绵密宏大，手里的木鱼也敲得更加激越紧促了，似乎他口里的经文念得越紧，手中的木鱼敲得越急，他日夜期盼的最后时刻就会越快地到来。尽管如此，此后战争的飞速发展与神奇变化，还是远远超出了我舅爷爷的预料，各种惊心动魄的消息通过电台和报纸源源不断地传来，让深居古寺的我舅爷爷在振奋和惊喜之余，也有些措手不及。

8月6日，美国一架B-29轰炸机将一颗代号为"小男孩"的原子弹投放到日本的广岛上空，在耀眼的蘑菇云闪光和天塌地陷的轰鸣中，整个广岛几乎被夷为平地，共有十五万人伤亡。

8月9日，美军又将另一颗代号为"胖子"的原子弹投放到长崎，长崎市里的大多数建筑物被毁，伤亡近九万人。

8月15日正午，被原子弹巨大威力震惊震骇的日本裕仁天皇，通过广播，以极其沮丧的语调，向全世界宣布：日本接受《波茨坦公告》，实行无条件投降！

当时，我舅爷爷刚刚结束上午的诵经祈祷，正与老方丈缓步从大殿里走出。他们的脚步刚刚落到殿外的石板地上，突然就有鞭炮的炸响从外面传了进来。先是一声两声，三声五声，稀稀落落的。紧接着，鞭炮声便从各个地方响起，从四面八方传来，就像除夕之夜辞旧迎新的无数鞭炮同时炸响似的，噼里啪啦地汇成一片连绵不绝的震天动地的声浪，瞬间就把远远近近各种繁杂的市声闹声淹没了。

我舅爷爷站在大殿门外，怔怔地问，出了什么事？

老方丈也举目望着外面，一脸的疑惑。

这时，一个小沙弥从外面急匆匆地跑了回来，边跑边挥舞着双手大喊，日本人投降了！日本人投降了！

我舅爷爷猛地惊住了，手中的经书滑落到地上。

老方丈赶忙双手合十，弯垂着雪白的眉毛，满面欣慰地口念佛号，阿弥陀佛，阿弥陀佛！

我舅爷爷跌坐在石板地上，泪水飞迸而下。他仰头望向屋角上的天空，满面泪水地高声泣喊道，苍天有眼，苍天有眼啊！那些在大轰炸中惨死冤死的人们，终于可以安宁安息了，可也瞑目升天了！

这天午后，成都的几十万民众全都涌上街头，用各种方式方法欢庆这来之不易的民族胜利。激动万分的我舅爷爷没有加入到狂欢的人群中。我舅爷爷向老方丈深鞠一躬长施一礼后，便转身走下大殿的台阶，脚步轻快地朝着外面喧嚣热闹的凡尘世间走去。但他刚刚走出山门，就看见了我舅婆婆，手里提着一挂还未燃放的鞭炮，正形只影单地站在街边上，默默地望着他。几年不见，原本丰腴貌美的我舅婆婆竟然变得形销骨立、面容枯槁，默望着他的双眼里，就像林间幽暗

1945 年秋

的秋水似的,蓄满了无尽的忧郁和哀伤。我舅爷爷心里刀绞般地一阵疼痛,赶忙飞跑过去,一把将我舅婆婆揽在了怀里。

两人在街边上相拥而泣,放声大哭。

之后,我舅爷爷就和我舅婆婆紧紧地搂抱偎依着,泪盈盈地穿过春熙路,穿过总府街,穿过一路密集狂欢的人群,回到了他们久违的盐市口家中。

我舅婆婆烧了一大木盆热水,端进他们的睡房里。我舅婆婆把我舅爷爷身上的灰布素衣剥去,像对待初生的婴儿一样把我舅爷爷放进了盆中。我舅婆婆浇起盆中的热水,一寸一寸地为我舅爷爷清洗着身体。她清洗得非常温柔,非常细心。她的手指在我舅爷爷的身体上轻轻地摩挲,轻轻地滑动着,那样子就像在面对一件贵重的瓷器,深怕自己一不小心,把它光洁晶莹的釉面损伤了。

清洗完毕,我舅婆婆把我舅爷爷从木盆里扶起来。我舅婆婆情不自禁地把脸孔贴到我舅爷爷的胸膛上,翕动着鼻翼在我舅爷爷洁净的肌肤间呼呼地嗅闻着,心猿意马、神色痴迷地感叹道,好香,好香啊!

我舅爷爷捧住我舅婆婆,就像捧起一大团鲜花似的,把我舅婆婆放到了他们宽大的爱床上。

这时,外面欢庆胜利的鞭炮声益发地密集隆烈,在成都初秋的午后恣肆汪洋地震响着。

我舅爷爷和我舅婆婆的爱床上也响起了热烈的欢庆声,连绵不绝,震天动地,直至斑斓的黄昏来临,直至浩瀚的夜色里有烟花腾空而起,绚丽地绽放。

两人的汗水和泪水搅和在一起,身体和灵魂纠缠在一起,成了那个独特的初秋午后与独特的初秋夜晚。最激情奔放、最欢畅淋漓、最刻骨铭心的记忆。

几十年后,我舅爷爷因心力衰竭溘然长逝。我在帮着我舅婆婆整理他的遗物时,意外地发现了他的一本私人日记。我在读到他这段私密的记叙文字时,还不禁面热耳酣、怦然心动。但我很快就陷入了沉思。我透过这本日记,触碰到的不仅仅是我舅爷爷在胜利时刻的欢欣和快乐,还有那些潜藏在他内心的沉重的自责和深重的苦难……

此后,作为抗战大后方的四川省会成都,便长时间地沉浸在庆祝胜利的欢快气氛里。白天,人们敲锣打鼓上街游行,耍龙灯、舞狮子、踩高跷、摇幺妹船,尽情地抒发内心的喜悦。晚上,各家院门口都挂上了过年才使用的红灯笼,街道两边红汪汪地连成一片,仿若红色的氤氲飘荡的雾霭,把不是节日胜似节日的成都夜色装扮得愈加绚丽漂亮。喜庆的红光中,不时有剃着瓦片头的小男孩欢天喜地跑出来,在石板铺砌的街中央立起一个比拇指还要粗大的冲天炮,一手捂住耳朵,一手长伸着,用燃烧的香头子去点引线。被点燃的冲天炮尖啸着飞腾而起,在半空中砰地炸响,彩色的烟花随即迸散开来,花雨般纷飞降落。小男孩仰望着漫天飘落的彩色花雨,拍着双手又笑又跳,比逢年过节还要显得高兴和快乐。而那些年纪稍大的男孩子,已不满足于放炮放烟花这种简单的游戏了,他们三个五个地聚集在街边上,用两根竹棍一根麻线挑着木头挖制的响簧,全神贯注地扯动着,比谁拉得更高更响亮。响簧在他们手里的麻线上急速地旋转,嗡嗡嗡地发出低沉宏大的鸣叫,就像有千万只蜜蜂聚集在一起，整齐地扇动着翅膀，又像是一只老牛，正仰着脖子张大嘴巴对着旷阔的田野雄浑地哞叫。其间，也有个别的孩子因技术不到家，扯起的响簧非但没有发出声响，反而被麻线缠住，猛地反弹回来，嘭地磕打在额门上，即刻打出一个乌紫的青包吊起，引得那些成功拉响了响簧的孩子哗笑不已，扬扬得意，把拇指和食指撮进嘴里，打起一片尖利的呼哨，搅得那满街流淌的红光也在他们嘹亮的呼哨声中，像风中的红绸一样欢快地荡漾。

而这时，街边的酒楼里也灯火通明，热闹非凡，许多成都的本地文人邀请寓居成都的外地文人，正在饮酒赋诗，共庆胜利。那些外地文人已离乡背井寓居成都好几年了，胜利意味着他们可以回到远方的家中，可以看见老父老母，可以尽人子之孝了。他们显得特别兴奋，特别激动，酒饮得最猛，诗也赋得最多。哀丝豪竹助剧饮，如钜野受黄河倾。他们很快就醉了。于是，在灯火阑珊的午夜时分，就常常看见成都的本地文人搀扶着那些喝醉的外地文人，跟跟跄跄地在宽阔的石板街道上走着。这时，他们中间有些人的手里还捏着酒壶，还在往嘴里豪放地灌酒，还在手舞脚蹈地高声吟诗。浓烈的酒气和铿锵的诗歌充斥了烂漫的秋夜。他们在用文人炽烈的情怀和放浪的形骸，欢庆着战争的结束和中华民族来之不易的巨大胜利。

上天也似乎感应到了成都这种全民欢庆的氛围，先是在处暑的时候，降下了一场透明的清爽的细雨，遍布街头巷尾的芙蓉花骨朵得到滋润，舒然绽放，像一个个艳红的小灯笼，繁盛地悬挂在路边密集的绿叶间，在柔和的秋风里欢快地晃动。接着，在白露过后，又连续迎来了温暖晴朗的天气，栽种在路边和居民家院落里的桂花树,米粒般星星点点地结满了黄色的花蕊,馥郁的香气一股股一团团地四散飘荡,就连穿城而过缓缓流淌的锦江上吹来的风,都香气扑鼻,浸人心脾。人们走在江边,像喝了醴酒一样面色酡红,神情痴醉,脚步飘忽。而那些卧伏在街边的大狗小狗,全都在阵阵拂荡的香风中凝然不动,眼睛半睁半闭,醺醺然的,仿佛进入了绚丽的梦境。

被灿烂的秋阳和浓郁的桂花香气笼罩的成都,就这样迎来了更加喜庆的中秋佳节。

这天午后,我爷爷黄河清坐着一辆人力三轮车,在满街飘荡的香风中,兴致勃勃地回了家。他带回的并不是月饼之类的东西,而是几大摞牢牢捆扎的书籍。这是他在春熙路一家最大的书店里,忙活了大半天,精挑细选买来的。一到我家屋院的大门口,我爷爷就朝着院里高声叫喊着我奶奶的名字,要我奶奶赶紧出来,帮他搬书。

正在做着家务的我奶奶腰间缠着一张印花布围帕走了出来,一看那些书籍全都与植物有关,便明白了我爷爷的心思,赶紧在围帕上擦了擦双手,走上前拎起一大摞书籍,往院里走去。

我爷爷的书屋已照原样恢复了,但由于所有的藏书在几年前的轰炸中被焚毁殆尽,靠墙壁的两大排书柜里,依旧空空荡荡的。我奶奶不让我爷爷动手,跑前跑后地把那些书籍拎了回来,一一摆放在书柜里。之后,我奶奶便从怀中摸出一张层层叠折的手帕,小心翼翼地打开,取出半页火烧的残稿,铺展在宽大的案桌上,笑吟吟地对我爷爷说,你可以开始工作了。

我爷爷走到案桌前坐下来,低头望着那半页残稿,陷入了沉思。良久,我爷爷才抬起头来,长长地叹了口气,把那半页残稿推开了。他拉开案桌下面的抽屉，取出一叠信纸来。

我奶奶看着那叠信纸，疑惑地问我爷爷，你要给谁写信？

我爷爷的脸上即刻云翳般地覆盖起了一层忧郁的颜色。他望着窗外，神思幽幽地说，这么多年了，我一直没有跟秀夫君联系上。他当年离开四川独自一人到北方去考察，究竟是死在了野外，还是回到了日本，我至今不得而知。我想再写一封信，寄到日本去，打听一下他的情况。

我奶奶惊愕地盯着我爷爷，说这么多年过去了，你还在牵挂着那个日本人？

我爷爷苦笑，说我能不牵挂他吗？他是世界著名的植物学家，如果真的在中国野外考察出了意外，我作为他的朋友和植物学家，怎么向他的家人交代？怎么向国际植物学界交代？再说，他写的《东亚植物志》跟我写的《四川植物志》相辅相成，密切相关，我能不关心他的下落和情况吗？

我奶奶无可奈何地摇摇头，讪笑着说，那你就去关心他，给他写信吧。然后便悻悻然地转身向外走去了。

然而就在这时，外面的街道上突然传来了一串清脆的铃铛声，接着就听见邮差在院门外高声地叫喊起来，信，有你们家的信！

我奶奶在书屋门口站住了，回头望着我爷爷，满脸狐疑地说，我们家已有好几年没有接到过别人的来信了，这是谁写来的呢？

我爷爷想了想，说还会有谁呢？肯定是海晏嘛。他前两天不是托人带来口信，说他已经到了重庆，正在参加国共谈判，谈判一结束，他就要回成都来看我们吗？

我奶奶笑了笑，说你这个弟弟呀，热心于搞政治，对你这个搞植物研究的哥哥自来就敬而远之。当年他离开成都时,连招呼都没有跟你打一个,就天远地远地悄悄跑到延安去了。现在,他终于懂事了,终于晓得给你这个当哥哥的写信了!

话虽如此说,但我奶奶还是按捺不住内心的喜悦,满面笑容地快步走了出去,到院门外去收信了。

很快,我奶奶就回来了。但坐在书屋里的我爷爷发现,我奶奶的神色竟然显得有些惊愕,甚至有些紧张。她一边急急慌慌地往屋里走着,一边忐忑不安地打量着手里的来信,仿佛那是一个十分奇怪的东西,附着了某种幽灵般的气息似的。

我爷爷疑惑地问我奶奶,怎么了?

我奶奶结结巴巴地说,不……不是海晏来的,是……是……是日本的那个竹下秀夫来的!

我爷爷遽然怔住了。接着便霍地站起,几步抢到我奶奶面前,一把夺过了她手里的来信。我爷爷一看那具有日本特色的樱花信封和信封上熟悉的字迹,顿时激动得浑身都战栗起来。他把信紧紧地贴在胸前,仰对着屋顶的天棚,泪光闪闪地说,秀夫君呀秀夫君,你终于给我来信了!你知不知道这几年,我想你想得好苦呀?

我奶奶在旁边摇了摇头,酸酸地说,你看你这样子,收到一个日本男人的信,竟比当年收到我这个年轻恋人的信还要兴奋,还要动情!

我爷爷没有理会我奶奶,径直回到案桌前坐下来,双手颤抖着拆开信,迫不及待地读起来。书屋里一下变得阒寂无声。但站在旁边的我奶奶发现,随着我爷爷的目光快速地从信纸上扫过,他满脸的激动和惊喜像潮水一样迅疾地消退,仿佛露底的河床显出了嶙峋

1945 年秋

的乱石和色泽深沉的苔藓。接着，我爷爷的脸上又出现了一种极度的震惊和巨大的愤怒。也许是始料不及或者出乎意料吧，那震惊和愤怒立刻将我爷爷的脸孔扭曲了。他咬牙切齿，目崩眦裂，如同在面对一个背叛或者蒙骗了自己的仇人。这时，我爷爷捧着信纸的双手开始剧烈地抖颤，比先前那阵抖颤还要厉害，还要激烈，但性质已经发生了根本的变化，不是因为激动和惊喜，而是因为椎心的痛苦了。之后，我奶奶又发现，随着我爷爷继续往下读信，我爷爷脸上的愤怒和痛恨渐渐减弱，随之而起的竟是一种同情、一种悲悯，甚至是一种悲痛和悲伤了。这种复杂深沉的情绪像宽广的河水一样静静地流淌，瞬间便淹没了我爷爷。我爷爷像黑暗中的溺水者一样，无力地仰靠在椅背上，痛苦地闭上双眼，身心俱疲地沉重地哀叹道，事情怎么会是这样？怎么会是这样啊？

  惊诧不已的我奶奶赶忙走过去，从我爷爷手里取过信，急切地读起来。

  这封信一直由我奶奶保留着。几十年后一个炎热的夏日正午，当年迈的我奶奶将这封发自于刚刚停战不久的日本来信转交给我，我展信阅读时，还径自读得心惊肉跳、恐骇万端。周围的暑气和燠热一下消失殆尽，我仿佛被拽进了冰窟似的，周身发寒，浑身发抖。我完全理解了我爷爷当年在读这封信时，内心所经历的强烈的震惊和巨大的伤害，以及那难以言说的复杂的痛苦和深沉的悲伤。

  信是用日文夹杂着中文写的：

  河清君，你战前寄到日本的来信，我收到了，但出于种种复杂的原因，我一直没有给你回信，也没有勇气给你写信（具体原因你往下读信，就会知道的)。现在，我遭到了上天最残酷的惩罚，我开始检讨和反思自己的所作所为。我写信寄到中国来，就是向你真诚地坦白和痛苦地忏悔：那年我到中国来，到四川来，并不是完全为了考察植物，为了写作《东亚植物志》，因为我同时也接受了日本陆军情报部的委托：收集四川山川、地理、江河、道路、城市、乡村，甚至是军队和政府首脑机关的各种情报。他们之所以选中我，就是因为我是一名植物学家，可以在中国野外到处考察、走动，而不会引起怀疑。同时，他们还知道，我很喜欢中国，热爱中国文化，在中国有不少同学，可以得到相应的支持和帮助。而我之所以接受军方这个秘密授命，也是因为我喜欢中国，热爱中国，但在喜欢和热爱的背后，又产生了深深的嫉妒（这点我从来没有在你面前表露过）。你知道，我们日本国土狭长，就像一个弃儿，孤悬在东亚大陆之外，被大海围困，资源极其匮乏，并且时常遭受太平洋风暴的袭击和强烈的地震困扰。甚至有日本地质学家预言，日本诸岛极有可能在某次超强度的地震中完全毁灭，彻底沉入海底！这就让我们全民族产生了极大的恐惧和忧伤，甚至愤恨上天的不公：为什么要把我们这个优秀的民族投放到这样一个可怕的资源匮乏的岛国上？为什么不能给予我们一片更加辽阔、更加富庶的国土，让我们子孙万代平安幸福地繁衍、繁盛下去？于是，我们整个民族都把目光投向了隔海而望的东亚大陆，我们羡慕那片坚实的大地，惊叹那里丰富的物产和众多的人口，还有那片大陆上几千年来一直绵延不绝的绚烂的文化，也让我们无比痴迷、景仰，但在这份可望而不可即的憧憬和渴慕背后，又埋藏了我们民族痛彻骨髓的怨恨与嫉妒。我虽是一名在日本国内甚至在国际上也享有薄名的植

1945 年秋

物学家，但我首先是大和民族的一分子，我无可避免地感染了我们民族这种怨天尤人的怨恨情绪和极度狭隘自私的嫉妒心理（这点也是我最近才醒悟、明白过来的）。于是，我接受了军方的秘密授命，到情报部门接受了半年的训练。我不仅学会了测绘、拍照等侦察技术，还用数百种常见的植物名称，自创了一套诡异的通信密码，深得军方的赞赏。甚至，为了更好地掩护自己，我还阅读了大量中国的唐诗宋词、道教典籍，特别是对日本派使者到唐朝学习的那段历史，更是烂熟于心（虽然我过去也读过不少中国诗词、典籍，但只是出于简单的喜欢而已，不像这次用心地熟读、牢记）。正因为如此，我们到青城山去寻访玉真公主的踪迹，跟那位叫彭椿仙的道长谈起这段历史时，我才说我祖上也是"遣唐使"，也到中国拜访、学习过。其实根本没有这回事。我家祖上是札幌地道的农民，用你们中国的话说，就是斗大的字不识几个，怎么可能是"遣唐使"呢？我当时这样说，完全是灵机一动，为了博取你们的好感。就是后来我独自一人前往川北考察，也不全是去考察植物，主要是去考察剑门关。因为我知道中国有句古话，叫"蜀道难，难于上青天"。同时我还知道，在几千年的中国历史中，北方军队进攻四川，大多是从剑门关进入的。剑门关无疑是四川的北部锁钥，军事意义非常重要。剑门关一旦被攻破，四川腹地，特别是著名的成都平原，便无险可守，指日可下了。但令人意外的是，我在"考察"剑门关时，被当地正在打仗的军队抓获，要不是那个指挥官正好是你的学生，我就被他们当作"探子"枪毙了。其实他们猜疑得很对，我确实是个"探子"，但不是他们敌对方的"小探子"，而是来自于日本帝国的"大探子"。一名以植物学家身份做掩护的可耻的国际间谍！

河清君，你是一个诚实善良的人，你在知道我这些所作所为后，肯定会非常震惊，非常愤怒，非常痛苦，甚至非常鄙视我。我现在也十分痛恨和厌恶自己。但当时我被日本帝国不遗余力宣传和推行的"东亚共荣"思想和所谓的国家长远利益所蒙蔽（在你们中国，好像把日本这个极力粉饰的扩张侵略言行称为军国主义吧），我是心甘情愿为军方服务的。

1935夏天，我离开四川到中国北方继续所谓的"植物考察"。但实际情况是，我在四川的任务已经完成，我接到了日本陆军情报部门的紧急命令，他们速派我到华北去，全面收集情报。当时，日本关东军已经通过军事手段窃据了中国东北地区，并扶持建立了伪满洲国，但对于一心想建立"大东亚共荣圈"的日本政府和日本军方来说，还远远不够，他们还想把力量渗透到山海关内，俯视和觊觎整个中国。而华北是这个庞大计划的重要支撑，其战略意义极其重大。但当时我不能向你透露这方面的丝毫信息，我只能鼓励你继续寻找太平花，并答应竭尽力量帮助你，而且还与你相约，我们一定要完成各自手中的著作，共同为世界植物学做出令人瞩目的贡献。这不是托词，更不是花言巧语的欺骗。我当时确实是这样想的，到了华北后，我也确实是这样做的。可遗憾的是，我几乎走遍了华北大地，甚至到了一些偏僻的乡村、山区，但最终也没有找到你要的真正的"太平花"标本。我记得你说过，太平花迁徙流落到中国北方后，曾在多个朝代遭遇到战火的洗劫。我怀疑太平花早已在长达近千年的历史劫难中，毁灭殆尽，无迹可寻了。

1945年秋

我是在1937年6月底，突然接到日本陆军情报部门的命令，从北平火速赶到天津，乘坐一艘需要返回母港修护的日本军舰，回国"述职"的。直至7月初，日中之间的战争遽然爆发，我才明白情报部门急命我回国的意图：他们不想我这个"为大日本帝国做出了巨大情报贡献的优秀的植物学家间谍"（这是情报部门给予我的评价。我现在深为这个"评价"感到羞耻）流落在中国，遭遇到意想不到的情况，给帝国带来损失。

回到日本后，我就辞去了帝国大学的教职，在东京的寓所里，潜心写作《东亚植物志》。但我心里一直无法平静，总是要在写作之余，跑到街上去买回报纸来，细心地阅读，关注着战事的进展。不久，我就从报上得知，中国华北迅速沦陷，帝国军队在上海登陆，并很快攻占了上海，开始向中国的首都南京发起进攻。这时，我意外地在《东京日日新闻》上读到了一则标题为《百人斩竞争》的连续报道，说是有两名年轻的帝国少尉军官，在进攻南京的途中，展开刀劈杀人的竞赛，在短短的二十一天时间里，一人就斩杀了一百零五人，另一人则斩杀了一百零六人！我感到非常的震惊和痛苦：这是在推行和建立"大东亚共荣圈"吗？这分明是在残酷地杀戮啊！

不久，我十九岁的儿子也被征召到中国作战了。至于他到了什么地方，在哪个战场参与作战，我完全不知道，儿子也没有给我写来只言片字的书信。结果第二年春夏之交，军方就给我们家寄来了一纸通知书，说我儿子在中国的山东战场上阵亡了。我悲痛不已，带着妻子和女儿赶到儿子所在的师团本部去了解情况，但本部什么细节也没有对我们说，只说我儿子为"帝国捐躯"

了。我又向他们讨要儿子的遗物和遗体，他们显得极不耐烦，说捐躯就捐躯了，哪里还有什么遗物和遗体！

为此，我妻子回家后，双手捧着儿子的相片，痛哭了整整一个晚上。我也呆坐在书房里，彻夜无眠。这时，我不觉想起了你战前寄到帝国大学的那封信。我想，你儿子也肯定被征召上了前线，情况如何我很想知道。于是，我就匆匆写了封信。但次日我到邮局去寄发时，却被告知，除了可以给出征前线的将士寄信外，政府已禁止任何个人给中国政府和民间通信了。我只得失魂落魄地回到家里，把这封未能发出的信，锁在了抽屉里。

此后，我便陷入了无以自拔的苦闷、痛苦与悲伤之中。《东亚植物志》的写作，也由此搁置下来。

但真正促使我彻底反思并反省的，还是后来我家极其悲惨的遭遇：1945年5月9日夜间，美国空军派出300多架轰炸机，对东京进行了长达两个多小时的轮番轰炸，爆炸的火光将整个城市淹没在火海中。当时，我在北郊一个朋友的农庄里喝酒解闷。等到轰炸结束，我骑着朋友的一辆旧自行车赶回城去，发现我家所在的那条大街已被完全炸毁，我家的寓所已被炸成一片废墟，我妻子的身体已被炸得四分五裂，头在一个地方，身体在另一个地方，甚至院中的樱花树上，还挂着我妻子半条血淋淋的手臂！我震惊不已，恐骇不已。我站在我家寓所的废墟上，心如刀绞，失声痛哭。幸好那天，在学校里寄宿的我女儿没有回家，不然也会像她母亲一样，遭此厄运的。

我不敢在我家废墟上多作盘桓。我含泪收拾起妻子的残肢断臂，把她埋在了院中的樱花树下，便急匆匆地赶到女儿所在的学校，带着她离开了东京，去了几百公里之外的广岛，把她安置在了她姥姥家。我想，广岛离东京很远，我女儿在那里，会远离美军轰炸的。不料三个月之后的某一天（对了，至今我都还清楚地记得，这天是1945年8月6日。我一辈子都忘不了这个苦难的日子），却突然传来更加令人震骇的消息：广岛被美国的原子弹轰炸了！我虽然只是一个植物学家，但对原子弹这个人类生产出来的魔鬼武器的巨大威力还是有所耳闻的。我一听广岛被炸，顿感天昏地暗、天塌地陷。我急忙跑到北郊那个农场去，找朋友借了一辆破旧的福特汽车，连夜开着奔向了广岛。到达广岛城外的山口时，天已发亮，我透过车窗放眼一望，即刻便被眼前这个发达的工业城市被原子弹轰炸的恐怖景象惊呆了：整个城市像被一场超高热度的天火袭击似的，已被烧成了一片废墟，尽管城中的街道两旁，还有一些树木屹立着，但全被烧成了黑炭，光秃秃的尸骸一样枯立着，就连一些建筑的砖墙和铁柱，也被烧焦、熔化了。后来，我冒着被辐射的危险，开车进了城，找到了我岳母家。结果，那里的惨况让我更加震惊和恐骇：木结构的房屋全被烧成了灰烬，我岳母和女儿的尸体躺在院中，身上的衣裤全被烧光，整个身体已被烧糊烧焦，烧成了黑炭！我冲上去，从地上抱起我女儿，但她的遗骸却在我手中像焦脆的木炭一样，啪啪断裂。我手捧着我女儿断裂的身体，号啕大哭……我根本没有想到，我曾经相信并为之不惜牺牲我植物学家名誉而献身的"帝国开拓事业"，竟让我的家庭遭受到如此悲惨的痛创和彻底的毁灭！

我用汽车载着我岳母和女儿焦黑的遗体回了东京。我去的时候只用了不到十个小时，但回来的路上，却走了整整两天。我一边开车,一边哭泣。外面正下着大雨,我的泪水比车窗玻璃上流泻的雨水还要汹涌、凶猛。两天时间里,我没有喝一口水,吃一粒饭。我像一个孤魂野鬼似的,在荒寂的公路上麻木地游荡。我连把握方向盘的力气都没有了。连油门都踩不动了。最后,车子开到东京湾海滨时,我停了下来,我绝望悲痛地望着蔚蓝深广的大海,真想把车子一头开进海里去,死了算了。但最终我没有这样做,这不是因为我贪生怕死(我的亲人全都死了,我对这个世界已没有丝毫留恋),而是学者的理性告诉我,我得活着,为我惨死的妻子、女儿和岳母活着。为千千万万像我们家一样,在战争中遭到无情伤害与毁灭性痛创的日本家庭活着。夜色里,我开车进入了依然是满目疮痍的东京城,在我家寓所的樱花树下,起出我妻子的遗骸,把她放进车内,跟我女儿和岳母放在一起。然后,我就开车出了城,往北海道我的老家札幌驶去。一路上,我感到非常"幸福"。我不停地跟我妻子、女儿,还有岳母说话。我跟她们讲北海道的故事,讲我小时候在札幌的生活。甚至,我还跟她们唱家乡古老的歌谣。过去,我妻子、女儿和岳母,因为札幌很遥远,很荒僻,很寒冷,都不大愿意跟着我回去。于是,我就在路上跟她们讲了许多札幌好吃的,好玩的,特别是在冬天的时候,那满街飘荡的烤红薯的香气,是多么香甜,那些穿着传统樱花和服的女人,是多么迷人。我对她们说,北海道很洁净,很美丽。札幌也很洁净,很美丽。你们迟早会喜欢那里的……

现在,我已在札幌老家的乡下住了将近两个月。我将妻子、女儿和岳母的遗体安葬在了我家的祖坟里。我天天都要去坟园跟她们见面、说话。此时,正是札幌的初秋时节,天气很好,阳光很好，凉爽的风徐徐地吹拂着。我常常在坟园里一待就是一整天。我已经无心继续写作《东亚植物志》了。经过这一系列突如其来的悲惨的变故，我蓦地发现，尽管研究大自然、研究植物，是件非常惬意美好的事情，但跟战争这个深不可测的人类魔兽相比，却显得极其平淡，极其狭窄，甚至极其脆弱。我开始研究战争。我去北海道帝国大学（就在我们札幌市里）的图书馆借了许多这方面的书籍来阅读。有欧美诸国的，也有我们日本和你们中国的。我很快就发现了一个十分奇怪的现象：这些国家从古到今，不管是对内还是对外，战争一直连绵不绝。战争就像幽灵和瘟疫一样，始终伴随着这些国家的历史，无时不有，无处不在。甚至，这些国家还争相创办了各种著名的军事学校，比如美国的西点军校、英国的桑赫斯特皇家军事学院、俄罗斯的伏龙芝军事学院、法国的圣西尔军校。还有我们日本，早在1874年的时候，就创办了陆军士官学校。你们中国的清朝政府，也曾派出大量的青年学生，到我们日本来学习军事。而且，这些国家还编印和出版了繁多的军事教材和军事著作，其中最著名的就是你们中国古代的《孙子兵法》，它早就成了各国军校必读的教材。但令人遗憾的是，这些军事学校和军事著作，全都在教育和训练年轻人怎么去进行战争，甚至有些军事著作，还把战争当作一门艺术来谈论，教人怎么排兵布阵，怎么以少胜多、以弱胜强，把战争进行得更加完美，更加无懈可击，以便最大可能地保存自己，最大限度地消灭敌人！我不知道人类为什么这么热衷于战争，热衷于杀戮。难道人性的幽暗深处，就潜藏了那么多的贪婪，那么多的残暴，那么多的掠夺？难道人类世界就只存在"丛林法则"，就只有"弱肉强食"的强盗逻辑？

　　于是，一个新的研究方向和研究计划，在我脑海里诞生了。我打算收集古往今来一百场世界著名战争的详细资料，深入分析每一场战争发生的原因、发生的过程以及最后的结果。我准备根据我的研究成果，写一部《战争罪恶论》。我目前正在读《战争论》。这是一个叫克劳塞维茨的普鲁士军事理论家在十九世纪二三十年代写成的被誉为经典的军事著作。他在这部著作里极为详细地阐述了"什么是战争""战争的目的和手段"，以及"怎样编制战争计划""怎样向敌人发起进攻""怎样防御敌人"等。可谓事无巨细，涵盖了战争的各个环节。这个克劳塞维茨认为：战争就是作战双方的利益搏斗。要想获得战争的最大利益，就必须消灭敌人的军队，占领敌人的土地，彻底消耗敌人的物质力量，瓦解敌人的抵抗意志。战争就是用暴力行为迫使敌方全面服从、臣服于我方。所以，一切战争都是集团利益或国家政治的强大延续。而在《战争罪恶论》里，我将反其道而用之，竭尽全力探索和揭露战争的种种罪恶：战争最根本的动力其实来源于人心人性的贪婪与残暴；数千年来，世界各国相互之间连绵不断的战争，给人类生命带来了难以计数的巨大的伤害，同时也给人类文明造成了不可估量的巨大的损失。比如刚刚结束的这场世界大战，几乎所有重要的国家都被卷入进来了，它在全世界造成的生命伤亡数据，我现在还无法掌握，但我猜想，这绝对是个天文数字，绝对是史无前例的！与此同时，欧洲有许多古老的城市在这场旷日持久的战争中被毁坏，比如苏俄的斯大林格勒、德意志的柏林。在东方的中国战场上，更是有不少文明古迹遭到了毁灭性破坏。就是在日本，在美军的空袭和轰炸中，

1945年秋

也有一些文物古迹被损坏。至于在原子弹爆炸下的广岛和长崎的生命惨亡与物质、文化的损失，那就更不必说了。我在研究这些发生于不同世纪、不同地区、不同性质的繁复的战争时，十分悲痛地发现：人类深深渴望并向往的和平岁月，竟然成了异常稀缺的东西，就像弱怜的小动物一样，总是在战争这个残暴的魔兽的腿脚下，苟延残喘，战战兢兢，稍有不慎，就可能被踩踏得粉身碎骨。现在，世界上已经有了原子弹这样极其可怕的武器，今后还会出现什么样更具杀伤力的强大武器，目前还难以预料，但人类在未来战争中的悲惨命运却是可以预料的：那将是人类根本无法承受的末日似的彻底毁灭！人类蹒跚着艰难地走过了几千年，终于战胜饥饿、战胜疾病、战胜许许多多的自然灾害，走到了物质和技术相对繁盛发达的今天，但人类面对的未来却如此沉重、如此惨淡，这着实让人惊愕，让人悲伤，让人哀叹。

现在，我已经成了坚定的反战派。我反对一切战争。我把战争视为人类最大的恶，它远比地震、台风、瘟疫这些自然灾害，给人类带来的伤害和毁灭更加广泛、更加深刻，也更加痛彻心扉！作为一个曾经愚昧地为战争服务的学者，我感到自己尤为可耻，尤为罪孽深重！我要向我的妻子、女儿、岳母忏悔，向在战争中所有受到伤害或者殒没的珍贵的生命忏悔！

河清君，这就是我花费了整整一个晚上给你写信的原因。我希望你能原谅我，并鼓励我。我虽然不能完成《东亚植物志》的写作了，但我将穷尽自己的毕生精力，为反对战争，呼唤世界和平，贡献力量。

最后，请允许我作为一个曾经优秀的植物学家，向你这位多年来一直在苦苦追寻并研究太平花的真诚善良的中国学者，表示敬意。现在，我终于明白了你所说的"太平花超越了植物层面的重大意义"。和为贵、天下太平、太平盛世，这些都是你们中国文化中最宝贵的理念，也是你们中国人古往今来所追求的最珍贵的理想。我衷心地祈愿，你我心向往之的美好的"太平花"，最终能开满中国，开遍世界。

那天，我奶奶站在我爷爷的书屋里，一口气读完了竹下秀夫的长长的来信。我奶奶像亲身经历了那些恐怖的灾难似的，面如土色，浑身发抖，整个人都被巨大的痛苦和悲伤笼罩了。这时，初秋的阳光正在屋外的院地里明亮地闪耀，桂花馥郁的香气四散飘荡，而我奶奶的眼里却汪满了泪水。我奶奶长叹一声，抹着眼里的泪水说，没想到这个竹下秀夫一家的遭遇，竟比我家还惨！

我爷爷点点头，深有感触地说，这就是战争的罪恶啊！然后，我爷爷又站起来，走到窗边去，望着满院灿烂的阳光说，所幸的是，秀夫君已经明白了这一点，并对自己的所作所为进行了反思和忏悔。今后，他在日本研究战争的罪恶，我在中国研究太平花，我们会殊途同归的！

寒露降临，成都彻底告别了暑热的夏季，进入了真正的秋天。这时，遍布大街小巷的鲜红的芙蓉花已经开始枯萎、凋谢，一朵朵掉落下来，不是被路人踩得粉碎，就是被一些上了年纪的老太婆捡拾起来，带回了家去。老太婆们捡拾芙蓉花，不是因为怜惜，而是因为芙蓉花可以入药，可以解毒——如果她们家孙子的屁股上或者脖子上长了硬结子疮，她们只消把芙蓉花捣碎了给孙子们敷上，保证那硬结子疮在三天之内便消红解肿，平安无事。至于那些栽种在居民家院落里的桂花树，米粒般金黄的花蕊早就凋落殆尽，芳踪难寻了，代之而起的则是浅黄的菊花，在院墙足下或者花坛边上绚烂地开放。于是，早晨起来的时候，人们便会在那尖长的菊花瓣上，看见一颗颗硕大的露珠在柔和的天光里闪烁着晶亮的寒光。中午时分，太阳虽然仍旧当空高挂着，但发散出来的光芒已经显得有些淡漠了，太阳就像一个凉透了的大饼子，漠漠地挂在天上，很难让人感到它炽烈的热度了。一到夜晚，丝丝缕缕的寒气连绵不断地侵入屋内，让人在单薄的被子下顿感凉飕飕的有些不适，于是便赶紧爬起身来，从柜子里找出稍厚的棉被，加盖在身上。

我爷爷就是在这个秋寒满衿的季节，打算重新写作《四川植物志》的。由于所有的资料都在几年前的轰炸中被焚毁殆尽，我爷爷只能站在新修的书屋里，面对着空荡荡的墙壁，竭力回忆着过去那些植物标本和植物图谱。这些标本和图谱，都是我爷爷在长达近二十年的研究过程中，逐渐积累起来的。现在若要重新写作《四川植物志》，势必要到野外去，再一次收集标本，再一次绘图。我爷爷想想那数以千计的标本收集和数以千计的精确绘图，心里便不寒而栗。这需要花费他多少时间和多少精力啊！他此生还能完成这个庞大的系统工程吗？我爷爷想到自己快要五十岁了，顿时有些灰心和沮丧。但他又不愿放弃。毕竟，这部《四川植物志》已经成了他重大的人生目标和重要的人文理想，完全融进了他的内心，融入了他的血液。如果他就此半途而废，就此因为畏惧而将这部植物志扼杀在摇篮中，那他这一生就真的白活了。甚至，我爷爷还想起了我大伯伯黄蜀俊。我大伯伯早在读初中的时候就跟着我爷爷学习植物了，抗战爆发后，我大伯伯还一门心思地想跟着我爷爷继续研究植物，却被我爷爷毫不留情地送往了山东前线。如果就此放弃了《四川植物志》的写作，他对得起这个对植物研究一往情深并为国捐躯的儿子吗？还有日本的竹下秀夫，家庭遭到了那样毁灭性的灾难，但他却痛定思痛，顽强地昂起头来，开始研究战争的罪恶，希望为世界和平做出自己的贡献。而他面对的这些困难，和壮烈殉国的儿子与苦难深重的竹下秀夫相比，算得了什么呢？

于是，在这个天气渐凉的战争已经结束的秋季，我爷爷经过激烈的内心斗争，最后还是在书屋的墙壁正中，挂上了那半页写着"太平花"三字的残稿，开始坐在案桌前，提笔写作《四川植物志》。原先那部书稿里的文字，我爷爷大致还记得。他准备先将文字工作完成后，再到野外去收集植物标本，去描绘图谱。

秋日的时光就这样在我爷爷的书写中静静地流淌。

这天上午，当我爷爷坐在宽大的案桌前，全神贯注地在回忆中写作的时候，外面突然传来了响亮的敲门声。这时，我奶奶正端着一个椭竹编的筲箕，弓着身子，在院墙足下收集零落的菊花瓣。我奶奶打算把这些花瓣晒干了，在明年夏季的时候泡水喝。菊花具有散风清热、平肝明目的作用，是夏季对抗暑热、清除内火的极好饮品，成都居民几乎家家必备。我奶奶听见敲门声后，便直起腰来，放下筲箕，一边在围帕上擦着双手，一边不慌不忙地走上前去开门。

坐在书屋里潜心写作的我爷爷隐约听见了我奶奶拉动门闩的声音。但让我爷爷没有想到的是，门闩响动之后，竟传来了我奶奶近乎惊喜的大声叫喊,河清!河清!你快来看,快来看哪!是谁回来了!谁回来了!

我爷爷心里一怔,有些不悦,嫌我奶奶大惊小怪的,打扰了他的写作。但转念一想,我爷爷又似乎感觉到了什么,便赶紧站起身来,跑了出去。

结果,我爷爷跑到院门口的时候,就看见了我小爷爷黄海晏和我小奶奶许琳。两人手里各自提着一个旧皮箱,站在院门外的石梯上朝着我爷爷静静地微笑。而在两人中间,在他们的腿侧边,还站着一个穿着小小西装、打着小小蝴蝶结、梳着小小分头的男孩子,正仰着稚气的脸孔,用一双乌溜溜的大眼睛好奇地望着我爷爷。

我爷爷疾步奔上前去,一把抱住了我小爷爷,激动地说,海晏,你们终于回来了,终于回来了!自从你们托人带来口信后,我就日盼夜盼,天天盼着你们回来啊!

我小爷爷稳重地笑了笑,说我知道这几年你和大嫂一直在牵挂我们,我们也很想念你们。

我爷爷转头去看两人中间的小男孩,惊奇地问道,这是你们的孩子?

我小爷爷点点头,把小男孩推上前,说快叫大伯伯,叫大婶婶。

小男孩很大方很奶气地叫了一声大伯伯、大婶婶。还礼貌地向我爷爷和我奶奶鞠了一躬。

我爷爷惊喜地把小男孩抱起来,举在自己面前,看了又看,感叹说,多么漂亮懂事的孩子呀!

我奶奶走上来,轻轻地抚摸着小男孩的脸孔,目光里充满了欣喜与怜爱,说真是很漂亮哟,就跟我们的俊儿小时候长得一模一样。说完，便有些控制不住自己的情绪，背过身去，偷偷地抹起了眼泪。

我爷爷不想在这时候提起我大伯伯，便别转了话头，问我小爷爷，这孩子几岁了？

我小爷爷说，刚满三岁，是我跟许琳到延安后的第二年生的。

叫什么名字？我爷爷又问。

我小爷爷说，还没有给他起大名。我和许琳都叫他小豆子。他出生的时候还不足月，只有四斤多重，就暂时给他起了这个小名。

我小奶奶许琳在旁边含笑着点头。

我爷爷却摇了摇头，说只有小名不行。都三岁了，该起个有意义的大名了。

我小爷爷笑着说，我们就是带他回来，准备把他交给你和大嫂，让你们给他起大名的。

我爷爷怔住了，问我小爷爷，什么意思？

我小爷爷赶紧推着我爷爷进了院门，说目前的局势不容乐观，我们进屋后再细说吧。

于是，在1945年10月中旬这个天高气爽的秋日上午，我爷爷被我小爷爷推进了书屋，我奶奶则将我小奶奶许琳和小豆子迎进了客堂。我奶奶跑前跑后地给我小奶奶泡了茶后，又从内屋里拿出一盒饼干来，把小豆子抱坐在自己的大腿上，一片一片地拈起香脆的饼干，喂给小豆子吃。每喂一片，小豆子都要眨闪着乌溜溜的大眼睛，奶声奶气地说，谢谢大婶婶，谢谢大婶婶。我奶奶禁不住双眼潮红，把小豆子拉过来，在他的小脸上亲了又亲，喜滋滋泪涟涟地说，多乖的孩子，多乖的孩子啊！就跟你大哥哥小时候一样，又乖又懂事，嘴巴还甜得很呢！

我小奶奶一直在旁边静静地看着我奶奶和小豆子亲热。我小奶奶微笑着松了一口气，似乎心里有一块石头终于落地了。

但在新修的书屋里，我小爷爷和我爷爷的谈话却显得分外沉重。我小爷爷说，早在8月28日的时候，他和许琳就作为机要秘书，跟着中共代表团从延安飞到了重庆，参加了国共两党进行的多场谈判。双方围绕着和平民主建国、解放区政权及军队的整编等核心问题，进行了激烈的交锋，甚至在关键时刻拍了桌子。最让中共代表团气愤的是，据可靠情报，中共代表团到达重庆的第二天，蒋介石竟然找出1933年在庐山军官训练团炮制的《剿匪手本》，让何应钦秘密重印下发。就是在两党谈判期间，蒋介石也不断调动部队，对解放区进行骚扰，大大小小的战役频繁发生。最后，双方虽然签订了《政府与中共代表会谈纪要》，并对外公开发布，但解放区政权及军队的编制等核心问题并未得到解决。中共高层已清晰地洞察到，以蒋介石为首的国民党中央之所以要跟中共签订这份所谓的《双十协定》，表面上宣称"中国抗日战争业已胜利结束，和平建国的新阶段即将开始，必须共同努力，以和平、民主、团结为第一基础"，"长期合作，避免内战，建设独立、自由、和平之新中国"，但他们的真正目的，是为了争取时间，尽快把他们的部队开往华北等广大解放区，跟中共争夺胜利果实。国民党军事集团迟早会对中共及军队发动全面进攻的！

几天前，成都的大小报纸都争相刊载了《双十协定》，市民们纷纷涌上街头，敲锣打鼓，载歌载舞，极其隆重热烈地欢呼和平的到来。我爷爷也跑到街上去，买回报纸来仔细地阅读。读完报纸的我爷爷兴奋不已，激动非常，竟然抱着我奶奶在书屋里转起了圈子。我爷爷泪流满面地对我奶奶说，现在终于天下太平，终于天下太平了！我又可以研究太平花，写我的《四川植物志》了！就是在这一天，我爷爷郑重其事地把我奶奶保存的那写着"太平花"三字的半页残稿，从抽屉里找出来，高高地挂在了书屋正中的墙壁上。也是在这一天，我爷爷重新回到案桌前，开始凭着记忆写作他的《四川植物志》了。

可以想象，我爷爷在听了我小爷爷关于国共谈判的真实内幕后，心里是多么震惊，多么痛苦，多么沮丧。就像一个满心欢喜准备迎接阳光的人，却在出门的一刹那，突然遭遇冰冷的暴风雨的袭击，我爷爷的脸色即时变得一片苍白，一片阴郁。我爷爷阴沉着脸，默默地望着我小爷爷，许久没有说话。最后，我爷爷无可奈何地长长地叹了一口气，满面悲伤地说，树欲静而风不止啊。可怜我中国民众，又要在战火中饱受摧残与煎熬了！

我小爷爷的情绪也显得有些激动，他挥舞着双手，愤愤地说，我们共产党是真心实意想要和平的，可蒋介石不给我们和平，还一门心思想彻底消灭我们！我们被逼无奈，只能拿起手中的武器，以战止战了！

我爷爷苦笑，以战止战？那还不是血淋淋的战争？还不是要死很多人吗？

我小爷爷显然不同意我爷爷这种悲观的说法，他神情激昂地说，战争有两种，正义的战争和非正义的战争。我们共产党领导和进行的战争，就是正义的战争！我们最终的目的，就是为了解放劳苦大众，就是为了中国的长久和平与民主富强！

1945 年秋
/

我爷爷叹了口气，说我很欣赏你这种搞政治的热情，但我不关心政治，也不懂政治。我只是一个与自然打交道的植物学家而已。说完，我爷爷就心情沉重地转过身去，默默地走到书屋正中的墙壁前，伸手摘下那半页残稿来，拿在手里呆呆地看着。我爷爷苍白阴郁的脸上，再次出现了几年前曾经有过的灰烬般枯寂绝望的神色。

我小爷爷走上前，从我爷爷手里拿过那半页曾被战火损毁的残稿来，仔细地打量着上面的"太平花"三字。我小爷爷凝思良久，方才抬起头来，目光犀利地盯着我爷爷说，大哥，我知道你一直在研究太平花，对天下太平、太平盛世充满了强烈的向往，对战争充满了无比的厌恶，但战争与和平历来就是此消彼长的，战争不会无缘无故地消失，和平也不会无缘无故地到来。和平是需要奋斗、需要斗争的！有时，和平还需要用无数的流血和巨大的牺牲去换取！我们共产党人之所以这么多年一直浴血奋斗不止，就是为了彻底消灭战争，彻底铲除暴政，以换取广大人民群众永久的和平与永久的公平！

我爷爷历来对"斗争哲学"之类的话题不感兴趣，他摇了摇头，说你是搞政治的，我说不过你。然后便从我小爷爷手里拿过那半页残稿来，锁在了抽屉里。

我小爷爷目光咄咄的还想说什么，但我奶奶突然领着我小奶奶和小豆子走了进来，满面喜悦地对我爷爷说，海晏和许琳明天就要回延安去了，他们准备把小豆子留在成都，过继给我们当儿子！你赶快给小豆子起个有意义的大名吧！

我爷爷站在案桌前怔怔地看着我小爷爷，显得有些措手不及。我小爷爷朝我爷爷点了点头，说一旦蒋介石全面发动内战，我和许琳都要奔赴前线，那时就很难照顾到孩子了。我们想把小豆子留在你身边，让他跟着你读书，跟着你学习植物。

我爷爷惊愕地看着我小爷爷，阴云密布的脸上不觉泛起了一丝惊喜的亮色。

我奶奶则在旁边催促道，你赶快给小豆子起个大名啊！

但我爷爷脸上的喜色很快就消失无踪了，重又恢复了先前那种沮丧与忧悒。我爷爷神色漠漠地对我奶奶说，起什么大名啊？就叫小豆子吧。

我奶奶目瞪口呆地望着我爷爷。

我爷爷却坐到了案桌后面的椅子里去，将头仰靠在椅背上，痛苦地闭上了眼睛。

窗外的阳光被云翳遮住，一股阴郁与晦暗在院地里漫起，潮水般地涌进了屋内。在满屋秋寒与晦暗中闭目独坐的我爷爷，更加显得萧索，显得枯寂了。

1945 年秋

1949年冬

这是一个与众不同的干燥的冬季。

由于在此前的白露和秋分时节，雨水过多，淅淅沥沥地下了一个多月，把城外大片大片的稻田淹没在了黄汤汤的雨水中，农人们披着蓑衣顶着斗笠，把倒伏在泥水里的谷子抢收回家后，却无法晾晒，只得在灶房里烧起柴火，把湿漉漉的谷子倒进煮猪食的大铁锅里哗哗地炒着。烧着柴火炒谷子，成了1949年秋收时节川西平原最为奇特、最为苦涩的景象。但仍有很多湿漉漉的谷子烘炒不过来，只得堆在农家的堂屋里和阶沿上，任其发芽生秧，散发出热烘烘的像酒糟一样的酸臭味。所以，进入冬天之后，整个成都地区再没见一滴雨水降落，到处都干焦焦地吹着寒冷的风，房前屋后的草地上，霜也积得很薄，就像稀稀落落撒下的盐粒一样，在晦暗的晨光中闪烁着零落的清光。

也就在这时候，成都周边突然出现了大量的国民党部队，到处都在紧张地挖掘战壕修筑工事，甚至还有中央军哗啦啦地开进城来，在城墙上架起大炮，在街中间筑起堡垒，大喊大叫着，要"保卫成都""保卫大西南",“要跟解放军血战到底"！

但没过多久,一个令人震惊的消息却在成都传开了,说是刘文辉、邓锡侯、潘文华三位四川将领,在蒋介石飞临成都准备召开军事会议的前夕,偷偷逃出城去,在几十里外的彭县,突然通电宣布起义,脱离国民党军事集团,接受共产党和新成立的中央人民政府的领导！蒋介石得知情况后,气急败坏,恼羞成怒,接连骂了几声"娘希匹",随后便派出军队,前往玉沙街,抄了刘文辉的家,甚至还命令手下的中央军,向驻扎在城内城外的川军发起进攻。成都即时陷入了惊恐与混乱之中,不少市民携家带口,连更晓夜逃出城去,没有出逃的人们,也躲在家里,关门闭户,大门不出,二门不迈。

这时,解放军第二野战军已采取大迂回、大包围的战略行动,由湘西穿插到川南,截断了国民党军队南逃的道路。与此同时,华北野战军第十八兵团等部,也由陕西入川,向成都步步紧逼。龟缩在成都地区的国民党军队一时成了瓮中之鳖。蒋介石仓皇乘飞机逃到了台湾。不久,临危受命指挥西南战役的胡宗南,也乘飞机躲到了海南岛。经过一系列大大小小的战役,几十万国民党军队不是战败,就是缴械投降。成都最终获得解放。

12月30日,解放军在北门举行了声势浩大的入城仪式。

这天,我爷爷和我奶奶带着已经七岁的小豆子,早早赶到了北门。当解放军的队伍雄赳赳气昂昂地进入北门时,站在欢迎人群中的我爷爷赶紧将小豆子抱了起来,朝着解放军队列紧张地寻找着。但他们没有看见我小爷爷和我小奶奶的身影。

直到第二天的黄昏时分,我小爷爷和我小奶奶才穿着一身泥黄色的粗布军装,英姿勃勃地走进了总府街的我家屋院。我小爷爷刚一跨进院门，就朝着我爷爷的书屋大声叫喊道，大哥！我们回来了！回来了！

我爷爷闻声跑了出来，紧紧地握住我小爷爷的手，神情激动地说，回来好，回来好呀！我知道你们共产党早在三个月前就在北京坐了天下，现在四川也解放了，你们今后再也不打仗了吧？

我小爷爷露出满嘴洁白的牙齿，笑呵呵地说，我和许琳已经被上级安排到成都市政府工作了，还打什么仗呀！永久的和平已经到来了！

我爷爷泪花闪闪地点着头，说天下太平，国家有幸，人民有幸啊！然后，便回过头去，朝着书屋里叫喊，小豆子，你怎么还不出来啊？你亲爹亲妈回来了！

已经长了半人高的小豆子磨磨蹭蹭地从书屋里走了出来，走到我爷爷身边，抬头怯怯地望着我小爷爷和小奶奶。

我爷爷把他推上前，催促道，快叫你爸你妈呀！

小豆子动了动嘴唇，却没有叫出声来。他用一双乌溜溜的大眼睛，静静地打量着我小爷爷和小奶奶。

我爷爷抚了抚他的头，笑着对我小爷爷说，这孩子，一点也不像你小时候那样，又胆大又顽皮。他喜静不喜动，是个读书的好料子。

我小爷爷高兴地说，喜欢读书好啊。新中国成立了，今后的社会建设，需要的就是读书的人才嘛。

这天晚上，我奶奶拿出浑身解数，做了一大桌丰盛的饭菜，招待我小爷爷和小奶奶。我爷爷还把住在盐市口的我舅爷爷和舅婆婆请来作陪。在古大圣慈寺里念经礼佛的那几年间，我舅爷爷已经养成了吃素的习惯，现在又闭门研究佛学，面对满桌子的鸡鸭鱼肉，竟不动一下筷子，只是端坐在饭桌旁边，手中掐着佛珠，笑微微地看着大家吃喝。一向滴酒不沾的我爷爷反倒放开了性子，接连喝了几大杯烈性白酒，把自己喝得满面红光，双眼灼灼闪亮，说起话来大开大合地挥舞着双手。这是儒雅沉静的我爷爷从未有过的状态。我爷爷就在这种前所未有的兴奋状态中，把小豆子拉到他身边，神色庄重地宣布道，现在和平真正到来了！从今天起，小豆子就不叫小豆子，改名叫黄和平了！

我小爷爷拍着手说，好，这个名字起得好！我们共产党浴血奋战了二十多年，为了什么？就是为了和平，为了全中国人民的幸福生活嘛！

我舅爷爷也不觉双手合十，口念佛号说，阿弥陀佛，现在终于天下太平，再无战争，再无血腥和杀戮了！

这天晚上的家宴一直持续到午夜时分方才结束。当我爷爷和奶奶将欢聚的客人们送出我家屋院时，已是1950年的元旦了，成都的大街小巷到处都炸响着欢庆解放的鞭炮声，深广的夜空中到处都绽放着迎接新年的绚烂的烟花。

成都的夜色变得从未有过地欢欣与亮丽。

1949 年冬

后记

那个叫黄和平的文静后生一直跟在我爷爷黄河清身边,埋头学习植物。

大学毕业后,黄和平又以优异的成绩考上了我爷爷的研究生,开始协助我爷爷写作《四川植物志》,并频繁地跟着我爷爷到川中各地进行野外考察,搜集了大量的植物标本带回成都。那些年,凡是到总府街我家屋院做客的人们,都能看见他坐在我爷爷书屋的窗足下,专心致志地描绘着植物图谱。

1968年早春二月的一个黎明,我在这个花草茂盛的屋院里呱呱坠地。于是,这个叫黄和平的年满二十六岁的青年植物学家,就成了我的父亲。

后来,我父亲曾不止一次地对我说过,我出生的那天,我爷爷十分高兴,竟请来许多亲朋好友,让他们一边喝着喜酒,一边给我起名字。这些亲朋好友大多是四川植物学界的名家,可谓饱读诗书。他们从《诗经》和《楚辞》里选取了好几个非常优美、儒雅的词汇来给我命名,什么伯庸、骐骥、峻茂、乐康等。但我爷爷听了后，一个都不满意。我爷爷高举着酒杯，红光满面地说，现在我们已经过上了和平安宁的日子，但还不够，我们今后还要建设强大的祖国，过上富裕美满的生活！所以，我给我孙子起了个大俗大雅的名字，他就叫黄富强！

那些植物学界的名家先是一怔，接着就鼓起掌来，说还是黄老不拘一格，站得比我们高，想得比我们远啊！我爷爷一点儿也不谦虚，挥着手说，那是当然。我经见了多少风雨，饱尝了多少战乱啊，连这点都看不清楚，看不透，那我岂不是白活了！

但意气风发的我爷爷最终还是在《四川植物志》上卡了壳：该完成的文字早就完成了，该搜集的植物标本也搜集了，该绘的图也绘了，唯独悬挂在书屋正中墙壁上的"太平花"三字，依旧空落落的，既没有植物标本，也没有植物图谱。我爷爷又遭遇了几十年前同样的窘境：他始终没有找到他心中的太平花。

我爷爷郁郁而终。弥留之际，我爷爷一直拉着我父亲的手，再三嘱咐我父亲：一定要想方设法找到太平花。《四川植物志》若是没有了太平花，即使出版了，也无多大意义。

我父亲牢牢记住了我爷爷的话。

此后很长一段时间，寻找到真正的太平花标本，完整、完美地出版《四川植物志》，就成了子承父业的我父亲最大的心愿。

晃眼几十年过去。直到2016年秋天的时候，早已从植物研究所退休的我父亲，才因一个意想不到的原因，与他日思夜念、魂牵梦萦的太平花不期而遇。

这年秋天，距成都一百余里的都江堰市（即过去的灌县，已于1988年撤县建市，其境内的都江堰水利工程和青城山道教文化，已于2000年被联合国教科文组织列入世界文化遗产名录,成为中外著名的旅游胜地)邀请本地和省城的文化专家,共同探讨如何深入挖掘城市文化内涵,提升城市文化品牌形象,做大做强旅游产业的问题。会上,当地一位对青城山历史和道教文化颇有研究的老先生,大谈特谈青城山与太平花的关系,大谈特谈太平花一千年多年来颠沛流离的曲折过程,大谈特谈太平花所蕴含的深厚的中国传统人文理想。老先生已是八十高龄,但讲起话来依然激情满怀,思路清晰。他说,太平花生于青城山,长于青城山,曾在唐宋元明清各朝大诗人的吟咏中频繁出现过,但到了后来,却在青城山中绝迹了,以至于抗战期间国民党元老于右任,慕名前来寻访太平花无获,深感怅然,在他的《青城纪事诗》中,无比惋惜地写着"名山名卉知名久,不见花开醉太平"。后来,国画大师张大千结庐青城山,也趁着写生,深入林野沟谷,但同样查访无踪,不由得失望至极,再三喟叹。于是,老先生强烈建议,政府一定要派人去北京,想方设法寻找并迎回太平花,作为都江堰的市花和文化标志加以宣传与推广。最后,老先生还走到参会听取意见的市长面前,慷慨激昂地说,若论名花异卉之于都江堰,能做市花,能显其文化深厚意蕴深远者,当首推太平花,当唯有太平花而已!市长听得热血沸腾,当即拍板:责令林业、文化、文物诸单位,立即成立太平花考察小组,北上寻找太平花。用市长的话说,就是:你们哪怕翻遍北京城,挖地三尺,也要给我找到太平花!

不久,新成立的太平花考察小组就从都江堰出发了。我父亲就是在这时候被都江堰市政府聘为顾问,以植物学家的名义,跟着考察小组飞到北京寻找太平花的。考察小组下了飞机后,即刻马不停蹄地赶往中国科学院植物研究所拜访。他们在植物园里看见了许多"太平花",并询问了这些"太平花"的引种和繁育情况。但我父亲在听了情况介绍后却认为,这些大量种植、繁育的"太平花",属于普通常见的山梅花属,中国南北各地到处都有,到处都能栽种繁殖,并不是他们要找的真正的太平花。真正的太平花,必须是一千多年前从青城山,从成都献至汴京,后来又被海陵王劫掠到北京种植的那些太平花的后代。唯其如此,"太平花"才实至名归。带着他们参观的副园长深以为然。沉思一顷后,这位副园长又说,如此看来,你们只有到一个地方去寻找了。我父亲急问,哪个地方?副园长说,故宫博物院。那里的文华殿前,至今还幸存着几丛太平花。我父亲又打问这几丛太平花的来历。副园长笑着说,说起这几丛太平花,还一段有趣的历史故事。据说戊戌变法的时候,光绪皇帝在宫里秘密召见康有为。临走的时候,光绪皇帝让人从绛雪轩前挖来一株太平花,赐予康有为,并语重心长地说,但愿维新变法早日成功,吾国早日强盛,老百姓能过上太平盛世的日子。康有为感激涕零,把这株太平花带回去,奉为圣物,栽种在自己的寓所里,天天除虫浇水,日日精心护佑。后来,维新变法失败,康有为逃出北京城。两年后,八国联军攻入北京,火烧"三山五园",把畅春园、圆明园等处的太平花焚毁殆尽。后来战事平息,仓皇西逃的慈禧太后返回北京,立即叫人去把康有为寓所里的那株太平花挖了回来,移植到了文华殿前。大太监李莲英的私家园林里也有慈禧太后赏赐的太平花,他也精选了几株,移植到了文华殿前。太平花就此在宫里保存了下来。我父亲听完副园长的讲述后,兴奋不已,立即带着考察小组,赶到了故宫。我父亲一见文华殿前那几丛枝条纤细如指的太平花树，不由得瞬即泪流满面。他指着那几丛太平花树，激动地说，就是它，就是它了！然后，激动不已的我父亲便围着那几丛太平花树，转了又转，看了又看，还拿出相机来，对着枝干、枝条和叶片、叶脉拍了又拍，那亢奋、痴情和沉迷的样子，就像见到了久别重逢的亲人似的。

第二天，考察小组就匆匆赶回了都江堰，向市长做了汇报。市长目光炯炯地盯着我父亲说，黄教授，您确定文华殿前那几丛太平花，就是我们要找回的宝贝？我父亲郑重地点头，说我确定。这几丛太平花来历明白，脉络清晰，而且完全符合南树北移后种种变化、衍生的特点，决不会有假误的！市长高兴地拍着手说，那好，我们立即以市政府的名义，给故宫博物院去函，请求他们理解我们的心愿，让我们迎回千年流徙的太平花！我父亲却摇着头说，现在是秋天，不宜移栽植物。市长问，那什么时候移栽最为适合？我父亲说，最好是等到明年夏天。那时南北温差小，雨水最为充沛，移栽最能成活。市长说，行，那就等到明年夏天，我们一起去迎回太平花吧！

之后，我父亲就回到了成都，照着相机里的图片，精心描绘起了太平花的图谱。同时，他也去找了省内几家出版社，联系、商谈《四川植物志》的出版事宜。

第二年夏天，我父亲又应都江堰市政府的邀请，由市长和政协主席带队，前往北京故宫，隆重地迎回了一丛太平花。迎归仪式是在都江堰市著名的离堆公园里举行的，同时举行的还有我爷爷和我父亲合著的《四川植物志》的首发仪式。这无疑是一个很有看点的新闻。我作为省城一家晚报文艺副刊的资深记者和专栏作家，被报社派往都江堰去采访这个盛会。会上,都江堰市市长和政协主席先后做了讲话,分别阐述了太平花对都江堰市文化旅游发展的重大意义,以及迎归的具体过程,对故宫博物院的理解与配合深表谢意。而我父亲则从我爷爷讲起,讲了我爷爷数十年如一日,苦苦追寻太平花以及写作《四川植物志》的曲折过程。我父亲还特意制作了一块金属铭牌,赠予都江堰市,连同那丛迎归的太平花,种植、镶嵌在了离堆公园里,供来来往往的游客参观、鉴赏。铭牌上不仅准确记载了太平花植物层面的诸多信息,还详细介绍了太平花自南而北颠沛流离的漫长过程,以及太平花所蕴含的深厚的人文意义。

在之后的座谈会上,当地那位八十高龄的老先生欣然赋诗一首,借以抒发他愉快的心情:"名花生长本青城,流转兵戈滞北京。太平盛世迎太平,香魂缕缕满园春!"而我则当着众多都江堰市领导和莅会的嘉宾们表示:我一定要围绕太平花,围绕我爷爷他们那一代人,写一部沉甸甸的小说!

当天下午,我就赶回了成都,在报社安排好所发文章的版面后,便郑重其事地坐在电脑前,郑重其事地敲出了小说的题目:太平花。这时已是午夜时分,窗外的成都夜色灯火璀璨,霓虹闪烁,一派国际大都市的不夜天景象,但我心中却是一片茫然:这么大的题材,这么遥远、漫长的岁月,这么多熟悉亲近的人物,我究竟该从哪里写起,该怎么写呢?我就此陷入了小说创作极其艰难的孕育和极其痛苦的临产状态中。

直到这年冬天来临,我坐在我爷爷的书屋里冥思苦想,外面突然扑簌簌地飘起了繁密的雨夹雪。我透过庭院的灯光,清晰地看见了那些飘洒的雨丝,清楚地听见瓦屋上雪粒砸落的簌簌声。一幅清寒的画面蓦地出现在我眼前。我不觉想起了我小爷爷曾经给我讲过的1934年冬季那场骤然降临的雨雪。

我心里一动，感觉有东西潮水般涌来，溢满了我的胸怀。我很快在电脑上敲出了小说的开头部分：我无法确知1934年12月的成都天气。但在我的想象中，这肯定是个十分阴冷的季节，因为我的小爷爷黄海晏从浣花溪边那间爬满枯藤的小屋里走出来时，浑身都在战栗……

2018年8月起笔

2019年10月完稿于都江堰

图书在版编目（CIP）数据

太平花 / 黎民泰著. — 成都：四川人民出版社，2023.4
ISBN 978-7-220-13003-8

Ⅰ.①太… Ⅱ.①黎… Ⅲ.①长篇小说－中国－当代 Ⅳ.①I247.5

中国国家版本馆CIP数据核字（2023）第034777号

TAIPINGHUA
太 平 花

黎民泰　著

责任编辑	王其进
整体设计	最近文化
责任印制	祝　健
出版发行	四川人民出版社　（成都三色路238号）
网　　址	http://www.scpph.com
E-mail	scrmcbs@sina.com
新浪微博	@ 四川人民出版社
微信公众号	四川人民出版社
发行部业务电话	（028）86361653　86361656
防盗版举报电话	（028）86361653
照　　排	四川最近文化传播有限公司
印　　刷	四川机投印务有限公司
成品尺寸	145mm×210mm
印　　张	7.5
字　　数	165千
版　　次	2023年4月第1版
印　　次	2023年4月第1次印刷
书　　号	ISBN 978-7-220-13003-8
定　　价	56.00元

■版权所有·侵权必究
本书若出现质量问题，请与我社发行部联系更换
电话：（028）86361656

N